Fred Haller

# Johanniswein

FRED HALLER

# Johannis wein

ROMAN

inspiriert
von einer Erzählung
des Pfarrers
Corbinian Lohmayer
aus dem Jahre 1836

1. Auflage: Oktober 2022

© 2022 by Alfred Haller, Eggenfelden

Alle Rechte vorbehalten

Umschlaggestaltung:
Bürosüd plus GmbH, München

Lektorat:
Wortvergnügen Barbara Lösel, Nürnberg
Katrin Drton, Eggenfelden

Druck und Bindung:
Friedrich Pustet GmbH & Co. KG, Regensburg
Printed in Germany

ISBN 978-3-00-073454-0

Ich war ein Kind in seliger Zeit,
fremd war mir Kummer, Sorg und Schmerz.
Des Vaters Hand, lieb' Heiterkeit,
formt' mir ein unbeschwertes Herz.

Musst' allzu früh doch lernen,
Ungerechtes, Bitteres tragen.
Und nicht zuletzt in Todesnot,
mein Sein zu überdenken, Neues wagen.

Gregor

# Der Tanner

Die trüben Augen, die durch staubverschleierte Scheiben auf ein Krähenpaar hinausblickten, standen voller Tränen. Das schwarze Gefieder der Vögel glänzte im Sonnenlicht und schimmerte blauviolett. Sie drehten ruckartig ihre Köpfe, schauten sich nach allen Seiten um und hüpften noch ein wenig näher auf die Scheune zu. Sie fanden etwas, das an der Erde klebte, etwas Totes, Verwesendes. Die kräftigen Schnäbel hackten in die Fellreste, rissen Fetzen aus dem kleinen Körper, und Tanner erinnerte sich, dass er dort vor einigen Tagen einen Maulwurf erschlagen hatte. Er sah den Flederwisch, der auf dem schmalen Fensterbrettchen lag und griff danach. Zuerst wischte er damit die Spinnweben aus den Fensterwinkeln, dann strich er über das Glas, das aber kein bisschen sauberer wurde. Viele Jahre hatte hier niemand geputzt. Staub, Fliegenschiss und Spinnennetze verwehrten den Blick und ließen wenig Licht in die Holzscheune dringen. Tanner beobachtete die Krähen und verlor sich dann im Lichtspiel der Blätter einer Birke. Er fuhr sich mit dem schmutzigen Handballen seiner Linken über die Augen, stützte sich mit beiden Händen gegen die hölzerne Werkbank. Er konnte keinen klaren Gedanken fassen. Vor seinem inneren Auge sah er das Beil. Und den Strick. Das Messer. Nicht das Messer, sagte sein Verstand. Das Beil. Oder der Strick? Nicht das Messer. Ein Messerstich tötet nicht zuverlässig. Die Krähen hatten inzwischen den Kadaver vom Boden gerissen, wo er schon mit dem Erdreich verwachsen gewesen war. Tanner klopfte gegen die Scheibe, doch die Vögel nahmen davon keine Notiz. Er wandte sich zum zweiten Fenster und entfernte auch dort die eingestaubten Spinnweben, in denen keine Fliege mehr haften bleiben würde. Dann fand er einen Lumpen und rieb damit die Scheibe ab. Ohne Wasser würde es nicht gehen, aber Wasser holen wollte er nicht. Er nahm das Tischlerbeil von der Wand, das dort an zwei eingeschlagenen Nägeln hing. Die Klinge hatte etwas Rost angesetzt und so scheuerte er sie mit Sand. Seine knotigen Finger prüften die Schärfe der Schneide, er umfasste und drückte den Holzstiel, wog das Beil in der Hand und ließ es plötzlich krachend auf die Werkbank fallen. Seine Hände begannen zu zittern und sein Mund war trocken geworden. Er schluckte. Im Lichteinfall tanzten tausende Staubteilchen und draußen hackten mit gespreizten Flügeln die Krähen in das samtige Tierchen, das er erschlagen hatte. Die schrundigen Finger fassten das Kinn und kraulten den längst ergrauten Bart.

Was aber, so ging es ihm durch den Kopf, wenn der erste Schlag nicht tötet? Wäre er in der Lage, ein zweites Mal zuzuschlagen? Könnte er den entsetzten und verzweifelten Blick ertragen? Könnte er ihren Todesschrei ertragen? Und das Blut?

Etwas hatte die Schwarzröcke aufgescheucht. Als der Mann hinausblickte, sah er sie gegen die Nordseite davonfliegen. Den Grund für ihre Flucht entdeckte er nicht. Alles lag ruhig da, nur die silbergrünen Blätter der Birke blinkten weiter im kühlen Morgenwind. Die Vögel trugen seine dunklen Gedanken fort. Er hängte das Beil zurück an die Nägel in der Holzwand.

Was hatte er im Schuppen gewollt? Es war wie verhext. Die Gedächtnislücken wurden immer häufiger und erfassten ihn zu jeder Tageszeit. Er ging vor die Tür und sah sich draußen um, ob ihn irgendwelche Gerätschaften an das, was er suchte, erinnern würden. Nach einer Weile kam er wieder zurück. In der Ecke stand der dreibeinige Hocker. Er zog ihn heran und setzte sich darauf. Längst war ihm klargeworden, dass sein Kopf krankte. So starrte er auf die Werkbank und auf die Werkzeuge an der Wand. Plötzlich blieb sein Blick an einem Gegenstand hängen. Nach einem Moment der Unsicherheit fiel ihm wieder ein, was er gesucht hatte. Er musste den Kumpf mitnehmen. Der in Lederriemen fixierte Hornbecher mit dem Wetzstein hing neben dem Beil. Verärgert über seinen schwindenden Verstand stieß er einen leisen Fluch aus. Er griff sich den Kumpf und knüpfte ihn an den Gürtel. Vor der Tür schulterte er die Sense und schlug den Weg zu seinem Brunnwiesl ein, wo er am Vortag den Grummetschnitt, die zweite Heuernte, begonnen hatte.

Die Blicke im Rücken, die ihm vom Fenster einer verriegelten Kammer des Hauses folgten, nahm er nicht wahr.

# Wolfsrode, zehn Jahre zuvor

Die provisorische Behausung des jungen Forstmannes war finster, obwohl die absteigende Sonne noch helles Licht spendete. In dem Raum gab es nur ein kleines Fenster. Gregor hatte deshalb die Tür offenstehen lassen. Er saß am Tisch und riss einen Brocken Brot vom Laib. Dann wischte er sich die blonden Strähnen aus seiner breiten Stirn und löffelte genüsslich den Bohneneintopf, den ihm eine mitfühlende Bauersfrau am Vortag vorbeigebracht hatte. Er aß die Suppe kalt, denn extra ein Feuer anzünden wollte er nicht. In seiner notdürftigen Wohnung gab es bislang keine Feuerstelle, doch draußen, auf der geschützten Ostseite der Schupfe, stand über einer kreisrunden Einfassung aus Ziegelsteinen ein Dreibein, in das der Kochtopf eingehängt werden konnte. Vor einem Vierteljahr war das alte Forsthaus abgebrannt. Seine ganze Familie war dabei ums Leben gekommen. Gregor war gerade einmal achtzehn Jahre alt, als sich die Katastrophe ereignete und alle Unbeschwertheit des jungen Lebens mit einem Schlag zu Ende war. Eines Nachts brach im Dorf das Feuer aus und ein heftiger Wind fachte es so sehr an, dass binnen weniger Stunden Häuser und Scheunen bis auf den Grund niederbrannten. Fünf Familien waren betroffen und konnten kaum mehr retten als das nackte Leben. Die Försterfamilie nicht einmal das. Es war grauenhaft. Der Vater blieb, beim Versuch die Tochter aus der lodernden Hölle zu retten, mit ihr eine

Beute der Flammen. Der jüngere der beiden Söhne starb am darauffolgenden Tag unter schrecklichen Schmerzen im Hause des Wundarztes an seinen Verbrennungen, die Mutter an Vergiftung durch den beißenden Rauch. Gregor war in der Nacht, als es passierte, nicht zu Hause. Er war für ein paar Wochen zu einem Vetter geschickt worden, wo er in einer Tischlerwerkstatt den Umgang mit Hobel und Feinsäge lernen durfte. Er konnte es nicht glauben, als ein Bote die Nachricht überbrachte. Gregor fand sich in hilfloser Verzweiflung wieder, unfähig, einen klaren Gedanken zu fassen. Der Dorfpfarrer schließlich nahm den jungen Burschen für einige Tage zu sich, ließ ihn trauern und sprach tröstende Worte zu ihm.

Gregor erinnerte sich an die Gespräche in der Familie, an die Worte des Vaters, der oft über die Unerforschbarkeit von Gottes Handeln gesprochen hatte. Leid und Schmerz, alle Trübsale auf Erden sollten zur Beförderung des Seelenheils dienen. Er beschwor die Treue des biblischen Hiob, der im Vertrauen auf Gott die Widerwärtigkeiten des Lebens zu ertragen wusste.

Hiob. Genauso fühlte sich Gregor. Sein Leben war geschont worden, aber alles andere war ihm genommen. Er konnte sich nicht damit trösten, dass hinter der Feuerkatastrophe eine gute Absicht des lieben Gottes stecken sollte. Und war der Verlust des Zuhauses nicht genug? Mussten Vater und Mutter, mussten Bruder und Schwester unter Qualen sterben? Das war kaum zu ertragen. Und doch fand er nach einiger Zeit in der Erinnerung an die Lehren des Vaters Trost. Der Schrecken wich einer still trauernden

Wehmut über den Tod der guten Eltern und der lieben Geschwister.

Der Vater stand im vierundfünfzigsten Jahr, als ihn das Feuer so plötzlich aus dem Leben riss. Ein Mann, der immer wissbegierig gewesen, in vielen Fertigkeiten talentiert war und sogar Bücher gelesen hatte. Es war nun alles dahin. Die Truhe mit den Kostbarkeiten, den ledergebundenen Büchern, war ein Raub der Flammen geworden. Auch die Bibel, aus der Gregor und die Geschwister jeden Abend einen kurzen Text vorlasen, war verloren.

Gregor hatte zu dieser Zeit die Försterlehre beim Vater längst abgeschlossen, deshalb war es nur gut und recht, dass er trotz seines zarten Alters in die Nachfolge berufen wurde. Ein gerichtlich ausgefertigter Bestallungsbrief beurkundete seine Anstellung beim Grafen von Haldenstein. Der Gerichtshalter nahm ihn in Eid und Pflicht.

Vier Wochen, nachdem Gregor zum Förster berufen worden war, verstarb jedoch der Dienstherr überraschend an Herzversagen. Gregor sorgte sich, wie es mit ihm weitergehen sollte. Walther von Waldenau, ein Neffe des Verstorbenen, war dessen eingetragener Erbe. Er beauftragte den Wiederaufbau des Forsthauses, das zu seinen Besitztümern zählte. Dem Freiherrn eilte aber kein guter Ruf voraus. Angeblich hatte der jähzornige Adlige bereits fast alle Beamten, sogar die Rentenverwalter und Gerichtshalter, gefeuert und durch eigene Günstlinge ersetzt.

Eines Abends saß Gregor in seiner Hütte. Hinter der grob gezimmerten Tür, die zum Stall führte, meckerte eine Ziege. Das Tier und ein paar Hühner teilten mit ihm das

Heim. Nachdem er die Rübensuppe verschlungen hatte, wischte er mit Brotstücken den bronzenen Topf sauber. Nicht der geringste Rest blieb zurück.

Plötzlich hörte Gregor Lärm von der Baustelle des neuen Forsthauses, wo er selbst vor einer Stunde noch mit den Zimmerern gearbeitet hatte. Er sprang auf und eilte vor die Tür. Die Arbeiter hatten ihr Tagwerk schon beendet und waren nach Hause gegangen. Nur der Meister war noch zurückgeblieben, hatte den Fortschritt geprüft, die weiteren Gewerke geplant und einige Notizen mit einem Kohlestück auf ein Brettchen gekritzelt. Gregor sah, wie das stattliche Pferd des Barons auf der Stelle tänzelte und Staub aufwirbelte. Das Tier riss den Kopf hin und her, während sein Herr Flüche und Beschimpfungen herabbrüllte. Der dickliche Mann mit rotem Kinnbart war etwa vierzig Jahre alt und auf seinem breiten Schlachtross eine imposante Erscheinung. Große Federn wehten auf seiner markanten Hutkrempe im Wind. Vor zwei Tagen erst war er in selber Manier aufgetreten und hatte den langsamen Baufortschritt bemängelt. Er wolle nun endlich den Dachstuhl fertig sehen, so schrie er den armen Meister an, der unterwürfig die Mütze vom Kopf gezogen und den Blick zu Boden gesenkt hatte. Er solle das Tageslicht gefälligst nutzen und die Arbeitsstunden ausdehnen, so der Baron.

Gerade wollte Gregor wieder in den Schuppen verschwinden, da brüllte von Waldenau ihn an und lenkte sein Ross auf ihn zu. Gregor klopfte das Herz, denn er war sich sicher, dass nun er an der Reihe war, die üble Laune des Adligen zu ertragen.

»Forstmann, du Tagedieb!«, schrie der schon von Weitem. Nach wenigen Augenblicken stampfte und wieherte das Pferd vor Gregors Behausung. »Gibt es denn keinen Getreuen in diesem Dorf, den ich beim Arbeiten antreffe? Meinst du, dein Haus baut sich von selbst? Ich will dich auf der Baustelle sehen, bis die Sonne hinter dem Kirchendach untergeht. Ist das zu viel verlangt für mein Silber?«

»Natürlich, Herr! Ich meine, nein, Herr!«

»Ach! Es ist zum Kotzen! Dieser Trottel von Zimmerer schafft nichts.«

Gregor wagte kein Wort zu erwidern. Das Pferd beruhigte sich langsam und dann stand es schnaubend still.

»Was hast du über das Wild zu berichten?«

Das Jagen war eine große Leidenschaft des Barons. Er war neugierig auf die Wälder und die Jagdgründe, deshalb fanden die Forstmänner seiner Dörfer bislang allesamt Gefallen bei ihm.

»Nun, Euer hochwürdiger Herr Onkel selig ist nicht selbst hinausgeritten, um zu jagen. Das Wild hat gut heranwachsen können. Jetzt leben in unseren Gründen prächtige Hirsche und Rehe.«

»In meinen Gründen, wohl gemerkt!«, verbesserte ihn von Waldenau. Er strich zufrieden über seinen Bart.

»Verzeihung! Natürlich.«

»Ich werde bald hier ansitzen wollen. Und du wirst mich begleiten. Doch kannst du überhaupt reiten? Du hast kein Pferd.«

»Ja, Herr Baron, ich kann reiten. Wir hatten viele Jahre ein Pferd.«

»Komm her, Kerl!« Von Waldenau winkte ihn mit zwei Fingern zu sich. Als Gregor vor dem Ross stand, warf er ihm einen Beutel zu. »Kauf ein brauchbares Tier. Aber bilde dir nichts ein! Ich statte alle meine Förster gleich aus. Dafür erwarte ich die beste Pflege des Reviers, und dass sich keine Wilderer breitmachen. Verstanden, Bursche? Ich lasse dir Hafer, Heu und Stroh liefern.«

Gregor hatte den Stoffbeutel sicher mit einer Hand gefangen. Er verbeugte sich tief und blieb in ergebener Haltung vor von Waldenau stehen. Die Münzen wogen schwer in seiner Hand. Er drückte sie und spürte die großen Geldstücke. Es war kaum zu glauben und sein Dank kaum auszudrücken. Stotternd brachte er ein Vergelts Gott hervor.

Der Baron wendete sein Pferd und rief nur noch zum Abschied: »Und sieh zu, dass das Forsthaus fertig wird!«

Das Gebäude musste fertig werden, denn solange er im Stall wohnte, konnte das Pferd nicht untergebracht werden. Deshalb die Eile. Deshalb auch der Unwille des Barons. Doch was sollte der junge Förster dazu beitragen? Er hatte es nicht in der Hand, wann das Haus fertig werden würde.

Schnell verbarg er den Beutel unter dem Hemd. Er lief in den Schuppen und sah sich in seiner dunklen Stube um. Wo sollte er das Geld nur so lange verstecken? Bei dem Gedanken, den Beutel wochenlang im Stall liegen zu haben, wurde ihm ganz flau im Magen. Schließlich steckte er den Schatz in den Strohsack, auf dem er schlief. Am nächsten Tag würde er weitersehen.

In dieser Nacht konnte Gregor keinen Schlaf finden. Er

hatte Angst. Er fühlte sich verletzlich. Ein Dieb könnte das Geld stehlen. Ein Räuber könnte ihn überfallen. Für eine kurze Zeit dämmerte er weg, dann fuhr er plötzlich hoch, suchte nach dem Geld und fiel erleichtert auf sein Lager zurück, als er den Beutel ertastete. Und das Pferd! Gregor war kein Reiter. Der Vater besaß damals ein altes klappriges Kaltblut, wohl wahr. Das hatte Gregor beim Holzrücken mit hüh und hott zwar geschickt durch den Wald gelenkt, aber ein Reittier war das nicht. Wie konnte er vor dem Baron nur bestehen? Der Vater fehlte. Der hätte alles gewusst und alles gekonnt.

In der Nacht begann es zu regnen, schwere Tropfen klopften an die Hütte. Als der Morgen graute, stand Gregor wie gerädert von seinem Lager auf. Er molk die Ziege und führte sie hinaus, dann aß er eine bescheidene Morgensuppe. Er brach das alte Brot in Stücke und weichte es in der frischen Milch ein. Als die Arbeiter morgens auf der Baustelle eintrafen, war Gregor längst bereit. Mit einem Filzhut beschirmt wartete er schon auf seine Kameraden. Der Meister war streng zu den Gesellen und den Dörflern, die von der Obrigkeit zur Mithilfe eingeteilt worden waren. Ein langer Tag, so wie der Baron es befohlen hatte, lag vor ihnen. Sie hatten miese Laune, vor allem gegenüber Gregor, den die Arbeiter als Günstling des hohen Herrn erkannten. Was sollte er dagegenhalten? Ihm fiel keine Entschuldigung ein, und so ging er selbst besonders eifrig ans Werk. Das Pferd erwähnte er mit keinem Wort. Als der Meister am späten Nachmittag endlich den Hammer aus der Hand legte, war Gregor völlig erschöpft.

Er ging früh zu Bett und schlief gleich ein. Mitten in der Nacht wurde er durch ein lautes Gepolter geweckt. Da waren Stimmen und andere Geräusche, die er nicht deuten konnte. Sofort suchte seine Hand wieder nach dem Beutel des Barons. Er sprang aus dem Bett und schaute aus dem Fenster. So sehr er sich bemühte und die Augen aufsperrte – er konnte nichts erkennen. Schnell prüfte er, ob die Tür zu seinem Wohnstall verriegelt war. Wie sollte er sich erwehren, falls es Räuber wären, die es auf das Silber abgesehen hatten? Er tastete sich hinüber in den Ziegenstall und holte die Heugabel. Damit wäre er allemal gut bewaffnet, doch klopfte ihm das Herz vor Angst. Es regnete nicht mehr, aber der Himmel war noch immer wolkenverhangen, so dass weder Mond noch Sterne zu sehen waren. Gregor war hellwach und hatte keine Ahnung, wie spät es war.

Es war keine friedliche Zeit. Preußen führte Krieg und allerorts zogen versprengte Menschen, Kriegswerber oder Landstreicher umher. In Gregors sächsischer Heimat wurde der Größenwahn Friedrichs des II. mit Sorge beobachtet. Was für ein Hohn, dass dessen Vater Friedrich Wilhelm Soldatenkönig genannt worden war, obwohl er in 40 Jahren nur einmal Krieg geführt hatte. Der ungeliebte Filius aber, der sich mit Lust der Literatur und Musik zugewandt hatte, marschierte schon im ersten Jahr seiner Regentschaft in Schlesien ein und nun stemmte er sich trotzig gegen das Habsburger Kaiserreich samt seiner Verbündeten. Vor einiger Zeit hatte Gregor im Haus des Kämmerers eine Landkarte gesehen. Dieses Stück Papier hatte Gregor sehr betroffen gemacht. »Unsere geliebte Heimat steckt wie im Maul eines Nussknackers zwischen den verfeindeten Territorien Preußen und Österreich«, so der besorgte Obmann. »Aber damit nicht genug! Sogar Russland und Frankreich ziehen gegen den Alten Fritz ins Feld. Ich prophezeie es dir schon heute: von unseren deutschen Landen wird bald nichts mehr übrig sein.«

Es wurde wieder still, aber Gregor konnte nicht mehr einschlafen. Die Gedanken quälten ihn wie die Nacht zuvor. Solange das Geld in seiner Behausung lag, würde er keine Ruhe finden können. Er fasste einen Entschluss, griff den Beutel, stieg aus dem Bett und legte sich seinen Umhang über. Mit der Heugabel bewaffnet verließ er den Stall.

Endlich sah er den Mond durch kleine Wolkenlücken leuchten. Gott sei Dank, so konnten seine Augen die Umgebung ein wenig erkennen und den Weg finden. Trotz allem musste er sehr aufpassen, denn die tiefen Löcher auf der Straße hatten sich mit Regenwasser gefüllt und waren schlecht zu erkennen. Der Kirchturm, den er ansteuerte, glänzte ein wenig im Mondschein. Das Haus daneben war schnell erreicht und lag wie alle anderen dunkel und still da. Er klopfte vorsichtig an die Tür. Als sich nichts rührte, wurde er energischer und hämmerte mit der Faust dagegen. Da öffnete sich über ihm ein Fenster.

»Was ist denn los? Wer ist da?«, rief eine aufgebrachte, alte Stimme.

»Der Gregor, Herr Pfarrer, Gregor, der Förster!«

»Was ist passiert? Jesus, Maria!«

»Bitte lasst mich ein, ich …!«

Der Geistliche war verärgert, doch schließlich ließ er

sich erweichen und öffnete die Tür.

Gregor trat in die breite Diele, von der eine Holztreppe hinaufführte auf die kleine Galerie des Obergeschosses. Ein süßer kalter Weihrauchduft empfing ihn dort, den er begeistert in die Nase sog.

Der Pfarrer sollte das Pferdegeld aufbewahren, bis Gregor es verwenden konnte. Es brauchte einiges an verzweifeltem Flehen, bis der Geistliche endlich nachgab. Gregor versprach, sich mit einer kleinen Spende erkenntlich zu zeigen, sobald der Rosshandel abgeschlossen war. Wie gern hätte er obendrein die Nacht im Pfarrhaus, in einem anständigen Bett und beim Duft der Heiligkeit verbracht, doch es wurde ihm nicht angeboten. Die Angst wegen des Geldes aber hatte er abgeben können und so trat er erleichtert den Nachhauseweg an. Dort angekommen kroch er unter seine schmutzige Decke und schlief friedlich, bis der Hahn am nächsten Morgen zu krähen begann.

***

Die beiden Männer gingen frohen Herzens und waren in heiterem Gespräch miteinander. Sie hatten kein Ohr für die Stimmen des Waldes, den Gesang der vielen Vögel und das Surren der Insekten, von denen die Luft erfüllt war. Gregor hatte vom strengen Auftritt des Barons erzählt. Seinem Begleiter war solch herablassende Art wohlbekannt, denn er stand als Jagdhelfer und Knecht in dessen Dienst. Er äffte seinen Herrn nach, wie dieser ungeduldig mit der Büchse herumfuchtelte und sich selber verfluchte, wenn er das

Wild verfehlte. Und über die Baronin Mutter, die im Schloss das Regiment führte, spottete er, dass sie den ach so edlen Sohn ziemlich beleidigend herumkommandierte.

»Du hast es gut, Gregor. Bist ein freier Mann und stehst in der Gunst unseres Herrn.«

»Mein Herr ist der Christus, Gog, das weißt du.«

»Sicher. Und unser Herrgott wird mich für die üblen Schikanen des Dienstherrn einmal reich belohnen. Ja mein Freund, dann bin ich vornedran!«

Die beiden lachten wieder. Aus der Ferne hörten sie die Äxte der Holzhacker durch den Wald hallen. Gregors Aufgabe bestand darin, mit dem Meister die Arbeiten zu überwachen, die zu fällenden Bäume auszuwählen und den Transport zum Sägewerk zu organisieren. Der Vater hatte früher die Fäden in der Hand gehabt und niemand hatte ihm etwas vormachen können. Nun war das anders. Da der junge Förster noch wenig Erfahrung gesammelt hatte, war es an dem alten Holzhauer, die Geschicke zu lenken und dem Jungspund seine Vorstellungen zu unterbreiten. Der alte Fuchs wusste die Situation für sich zu nutzen, sich selbst ein leichtes Leben zu machen und einen Teil des Profits in die eigene Tasche zu bringen. Den jungen Förster dagegen strafte er insgeheim mit Missachtung.

»Pass auf!«, schrie der Holzrücker, und Gregor musste zur Seite springen, um dem schweren Ross den Weg frei zu machen.

»Wist, wist! Hiah!«

Der Mann ging mit den Zügeln in der Hand wenige Meter neben dem schnaubenden Pferd. Er lenkte es mit wenigen Befehlen sicher durch das schwierige Hanggelände. Hier musste man besonders aufpassen, dass die Stämme abwärts nicht ins Rutschen oder ins Rollen gerieten. Diese harte Waldarbeit hatte Gregors Vater über viele Jahre selbst ausgeführt. Gregor hatte zwar schon viel gelernt, doch er konnte sich nicht behaupten. Mit seiner schüchternen Zurückhaltung machte er bei den harten Männern keinen Stich. Es gab kaum etwas, bei dem seine Meinung gefragt war. Noch nichts, bei dem seine Einschätzung richtiger war als die der Arbeiter. Sein Leben war der Wald. Seine Freude das Wild und alle Tiere auf dem freien Feld. Aber er war der Junge des Försters, nicht der Förster. Er war längst kein Mann.

Gog dagegen war anders. Fast fünf Jahre älter. Er hatte kein schönes Gesicht. Eine kleine knollenförmige Nase mit hohen Nasenlöchern, ein breites geteiltes Kinn und strenge, stahlblaue Augen. Doch er verstand es, mit den Holzhauern seine Späße zu treiben. Sie freuten sich, ihn zu sehen, auch wenn er sie hochnahm. Er war kräftig gebaut. Und er packte mit an. Jedes Mal, wenn er Gregor zu der Gruppe begleitete, griff er sich ein Griesbeil, half Baumstämme in die Spur des Rückepferdes zu drehen oder schlug Äste vom Stamm. Wenn Gog einen Baumschlag infrage stellte, dann kamen die Männer ins Grübeln. Ja, vielleicht hatte er recht. Er war ein Mann, der Autorität ausstrahlte, obwohl er nur der Büchsenspanner des Barons war. Immerhin ein Mann aus dem Schloss, mit gutem Wams und der Hand an der Axt, auch wenn die Kraft seiner linken Hand begrenzt war. Darüber redete er nicht. Er trug stets einen Handschuh, und auf Gregors Nachfrage hatte er ausweichend geantwortet, dass eine frühe Verletzung ihm noch anhafte. In ihm hatte Gregor einen guten Freund gefunden. Von ihm konnte er lernen – vor allem den Umgang mit Menschen. Dabei stellte sich Gog selbst nie über den jungen Förster.

Sie blieben eine Weile und verfolgten die Arbeit des Rückers. Die Kraft des Pferdes war erstaunlich. Mehrere mittlere Stämme wurden ihm an die Ketten gehängt und ohne Mühe zog es sie auf einen kleinen Platz, zu dem der Weg führte. Obwohl die anderen Männer wild durcheinanderriefen, erkannte das Ross die Stimme seines Rückers ganz genau. Der musste sich nicht anstrengen. Auf jeden Schnalzer, jedes Wist oder Hott, das dem Tier die Richtung vorgab, reagierte es sofort. Es hatte einen guten Herrn. Und der belohnte jeden Gang mit einem zufriedenen Wort oder einer anerkennenden Berührung und sogleich drehte es wieder um und kehrte zurück zu den Hauern. Dann stand es dampfend bereit für eine neue Runde.

Als die beiden Männer das Dorf wieder erreicht hatten, verabschiedeten sie sich. Nach einer kleinen Stärkung machte sich Gregor auf, um den Hausbau zu unterstützen. Schon wieder gab es Geschrei. Dieses Mal aber war es der Meister, der fluchte und schimpfte. Der Zimmerer schlug einen jungen Burschen mit dem Haselnussstock, weil der ein Brett zu kurz abgesägt hatte. Drei Männer waren damit beschäftigt, auf der Westseite die Sparren aufzuschlagen. Der Baron würde also in wenigen Tagen ein gedecktes Haus zu sehen bekommen. Ein Stapel von

Buchenholzschindeln lehnte bereits am gemauerten Kamin.

»Hier, pack mit an, Gregor!«, forderte ihn ein Bauer auf, der wie die anderen Männer vom Obmann für die Arbeit vorgeschlagen und von einem Verwalter verpflichtet worden war. Es gab kaum einen freien Bauern im Dorf. Fast alle waren Lehennehmer, die zum Baron gehörten und einen Teil ihrer Zeit Frondienst zu leisten hatten. Die beiden Männer trugen nun Sparren herbei und richteten sie auf, damit sie von oben auf das Dach gezogen werden konnten.

»Ich habe deinen Vater sehr gemocht«, sagte der Bauer freundlich. »Wir sind oft auf einen Becher Wein zusammengesessen. Das war eine schöne Zeit.«

»Ja, ich weiß. Ihr habt euch gegenseitig ein wenig ausgeholfen, nicht wahr?«, antwortete Gregor mit einem verschmitzten Zwinkern.

»Sags nur nicht zu laut!«

»Keine Sorge, Konrad, auch von mir wirst du das eine oder andere Mal ein Stück Fleisch bekommen. Ich will es aber einzig aus meinem Jagdanteil nehmen.«

»So ist es recht, mein Junge. Lass dich nur nicht auf krumme Sachen ein, und rechne damit, dass man dir immer wieder auf die Finger schauen wird.«

»Hey! Ihr Tratschweiber! Es ist noch nicht Feierabend!«, schrie der Meister, der inzwischen auch hinaufgestiegen war und die Balken nach oben zog.

»Sind wir etwa in der Kirche? Wir machen unsere Arbeit auch ohne dein Anscheißen!«

»Das seh ich. Ihr könnt schon gleich die Latten herbeibringen und hier stapeln. Los, ihr Tagediebe! Wir wollen noch was schaffen.«

»Der zetert den ganzen Tag wie ein altes Fischerweib«, bemerkte der Bauer unbeeindruckt. Als sie sich einige Schritte entfernt hatten, fasste der Alte Gregor am Arm und meinte: »Es ist kein Hausen für dich in dem Ziegenstall. Willst du nicht für die nächste Zeit bei mir wohnen? Ich hätt zwar nur eine kleine Kammer für dich, aber die ist allemal besser als dein Verschlag. Und einen Teller warme Suppe hab ich in Gottes Namen auch noch übrig für dich. Überlegs dir.«

Da gab es nichts zum Abwägen für Gregor. Über das Angebot war er sehr froh. Mit seinen wenigen Habseligkeiten übersiedelte er schon am nächsten Tag auf Konrads Anwesen. Er würde sich mit einem kleinen Stück Wildbret, das ihm als Förster zugesprochen war, bedanken.

***

Schon während der Messe hatte er Gog im Kirchenstuhl entdeckt und ihm einen Augengruß zugeworfen. Es war ungewöhnlich, dass Gog hier war, denn die Sonntagsmesse besuchte man stets in der Heimatgemeinde. Gregor, der vor seinem Freund das Kirchenschiff verließ, wartete draußen auf dem Platz.

Die Sonne leuchtete sommerheiß vom strahlend blauen Himmel. Er stellte sich unter die ausladende Linde, deren duftende Blüten von Tausenden Bienen umschwärmt wurden.

»Gog, was für eine Freude! Was machst du denn hier?«

»Gott zum Grüße, Forstmann. Mir war nach einem Ausritt. Ich habe das Pferd fast eine Woche nicht geritten, deshalb bin ich hierhergekommen. Lass uns einen Becher Wein trinken, mein Freund.«

»Eine gute Idee. Eine Erfrischung kann ich gebrauchen.«

Gregor lachte und die beiden gingen die wenigen Schritte hinüber zur Taverne. Gog führte das Pferd neben sich her und band es hinter dem Haus fest. Sie betraten die Diele und gelangten in die kleine Gaststube, die sich schnell mit weiteren Gästen füllte. An einem Nebentisch fanden sie freie Plätze, von denen aus sie durch das Fenster auf Gogs Rappen hinausschauen konnten.

»Na, wie siehts aus, hast du schon überlegt, wie du an ein Pferd kommen willst? Dein Stall ist jetzt frei. Du kannst also jederzeit auf Brautschau gehen.«

»Brautschau? Ach so, ja. Ich hab den Posthalter angesprochen. Der kennt sich damit aus. Er will die Augen offenhalten.«

Gog legte die Stirn in Falten und verzog das Gesicht. Er sagte nichts.

»Hast du eine bessere Idee?«, fragte Gregor.

»Ooch, es ist deine Sache. Ich freilich hätte nicht auf den Posthalter setzen mögen.«

»Bei ihm machen die Postreiter Station. Es gibt keinen Zweiten bei uns, der so viel mit Pferden zu tun hat wie er. Er meint, da wird sich bald was ergeben.«

»Lass uns trinken!« Sie stießen die Becher an und tranken vom Wein, den die Wirtstochter an den Tisch gebracht hatte.

»Auf die Gesundheit!«

Gog fixierte grübelnd die Holzmaserung der Tischplatte. Mit dem Fingernagel drückte er eine Rille entlang einer dunklen Faser. Er fasste Gregors Handgelenk und blickte ihm dann mit besorgter Miene in die Augen.

»Ich sags dir frei heraus – dem Postmeister traue ich nicht. Er ist eigennützig. Glaub mir!«

Damit hatte Gregor nicht gerechnet. Wo hätte er denn sonst anfragen sollen, wenn nicht beim Posthalter? Der Mann machte einen ehrlichen Eindruck auf ihn. Gog nahm noch mal den Becher und trank. Gregor tat es ihm gleich.

»Hast du denn einen anderen Rat für mich, Gog? Immerhin gibt es bei euch auf dem Gutshof eine Menge Pferde.«

»Ich lass dich nicht hängen!«, versicherte Gog mit einem freundschaftlichen Lächeln. »Pass auf! In zwei Wochen ist der Ulrichmarkt in Münchrode. Das wär doch die Gelegenheit. Ein Vetter von mir ist dort Hufschmied. Der kennt die Pferdehändler aus der ganzen Gegend. Wenn ich ihn frage und ihm sagen kann, wie viel Geld du ausgeben willst, dann wird er sicher helfen.«

»Mensch, da wär ich dir sehr dankbar!«

»Er hat auch meinen Rappen ausgesucht. Das war ein wirklich guter Handel. Mein Vetter und ich stehen uns sehr nahe. Er macht das, wenn ich ihn bitte.«

Gog reichte seinem Freund die Hand und Gregor

schlug ein, als hätten sie schon einen prächtigen Hengst erstanden.

»Wir werden uns zwei, drei Tage beurlauben lassen müssen, mein lieber Gregor.«

»Ich freu mich sehr!«

# Dem König ein Vivat

Gregor stand vor dem Gasthaus, das Gog ihm genannt hatte. Er zögerte. Hatte der Junge, den er um den rechten Weg gefragt hatte, ihn missverstanden? Er blickte in ein kleines Anwesen. Vor einem verwahrlost wirkenden Gebäude, dessen Fassade sich grau vor Schmutz und Stockflecken präsentierte, dampfte ein Misthaufen, auf dem eine Gruppe weißer Hühner eifrig im Dreck scharrte. Dies konnte unmöglich das Gasthaus Zur blauen Traube sein. Zu beiden Seiten schlossen Nebengebäude an und Gregor hörte ein paar Schafe blöken, die er auf der Rückseite des Hauses vermutete. Nichts aber deutete auf ein Haus hin, das Gäste aufnehmen wollte. Unter dem Vordach eines Schuppens zu seiner Linken saß auf einem Holzbock ein alter Mann in zerrissenem Gewand. Er schlug in rhythmischem Takt den Dengelhammer auf die blanke Klinge einer Sichel. Als er den Fremden bemerkte, verstummten die hellen Töne und der Alte glotzte mit offenem Mund herüber.

»Gott zum Gruße. Ich suche nach dem Wirtshaus Zur Traube. Zur blauen Traube!«

Der Alte neigte den Schädel und spreizte die Hand hinter dem Ohr. Einen etwas längeren Moment schien er nach weiterer Ansprache zu lauschen, dann erst gab er Antwort.

»Hääh? Ich hab dich nicht verstanden, Jung!«

Der schwerhörige Alte winkte Gregor näher zu kommen und nach einem neuen Verständigungsversuch nickte er eifrig.

»Ja, ja, das ist schon recht. Es muss der Wein fließen, gell! Aber das ist nicht meine Sache! Verstehst du? Heut kommt ein neuer Rekrut. Es ist des Preußenkönigs Sache, da misch ich mich nicht ein. Verstehst du? Ja, ja, ich dengle die Sensen und die Sicheln – das ist mein Verdingen. Auch das Brennholz mach ich noch. Verstehst du? Aber für die Blaue Traube. Die Elsbeth sagt, ...«

»Gregor!«, rief plötzlich eine vertraute Stimme.

Gog stand im Türrahmen des schäbigen Hauses und winkte ihm zu.

»Gott zum Gruße, mein Freund. Ich hab schon geglaubt, du findest den Weg nicht. Komm herauf, ich habe gute Nachricht!«

Gregor verabschiedete sich von dem alten Mann, der lachend seine Bartstoppeln rieb, sich abwandte und umso eifriger wirre Selbstgespräche führte.

Der Weg zur Haustür barg einige Hürden. Gregor musste aufpassen, nicht in frischen Schafkot und in Odelpfützen zu treten. Gog legte seinem Freund den Arm um die Schultern und führte ihn in eine kleine Stube, die mit einer Schenke, nur drei Tischgruppen und einem Wandschrank ausgestattet war. Es roch nach Pfeifenrauch und Moder. An einem der Tische saßen drei ältere Männer, wobei einer, mit dem Kopf auf dem linken Unterarm, in festen Schlaf gefallen war. Die beiden anderen beobachteten wortlos die eintretenden Gäste. Auf einem Tischchen standen bereits ein Krug Wein und zwei Becher. Die beiden setzten sich. Gog fasste in bester Feierlaune den Weinbecher und forderte zum Trinken auf.

»Der Handel ist so gut wie perfekt«, begann Gog zu erklären. »Ich komme gerade von meinem Vetter. Stell dir vor, er hat schon mit einem Landdragoner verhandelt. Und er kennt das Pferd, das der Mann morgen auf den Ulrichmarkt führen wird. Ein gutmütiges, sehr anständiges Tier. Jetzt liegt es an dir. Mein Vetter schwört drauf, dass es dir gefallen wird.«

Gregor war außer sich vor Freude. Ja, er brauchte ein erzogenes, gutmütiges Pferd, damit ihm seine Unerfahrenheit nicht zum Verhängnis werden würde. Er sah sich schon mit dem Baron in Flur und Wald reiten.

»Und was ist mit dem Preis? Ich kann nicht mehr bieten, als ich dir genannt habe.«

»Keine Sorge, Gregor, mein Vetter ist ein rechtschaffener Mann. Ich habe ihm von deinem traurigen Schicksal erzählt und er will alles daransetzen, bei diesem Handel unter deinen Möglichkeiten zu bleiben. Es ist ihm eine Freude, für dich ein gutes Pferd zu erstehen, und selbst will er keinen weiteren Gewinn für sich haben als deine Freundschaft.«

Gregor war gerührt und erleichtert. Und seine Augen glänzten. Er seufzte. Glücklich schätzen kann sich derjenige, dem der Herrgott in schweren Zeiten gute Freunde zur Seite stellt. Gregor saß zwar in einer stinkenden Gaststube, wo sich Schaben und Mäuse hinter den Bänken tummelten, doch er war bei Menschen, die ohne Eigennutz an seinem Leben Anteil nahmen.

Gog beugte sich zu seinem Freund über den Tisch und sprach in leisem Ton weiter: »Ein Schmuckstück ist dieses Haus nicht, das weiß ich selbst, aber die Einkehr ist billig und die Schlafkammern sind sauber. Du wirst schon sehen.«

»Ich bin für alles dankbar. Es wird allemal nicht übler sein, als meine Bude im Ziegenstall es war.«

»Mein Vetter hat für heute Abend zum kameradschaftlichen Nachtmahl eingeladen. Es haben sich ein paar amüsante Gäste angesagt. Wenn du magst, dann komm doch mit! Er würde sich freuen.«

Gregor sagte gerne zu. Wenn er auch zurückhaltend und scheu war, so freute er sich doch auf die Bekanntschaften und auf interessante Geschichten. Als es dunkel wurde, gingen die beiden zum Haus des Vetters. Es war nicht weit. Der Hufschmied war kein grobschlächtiger, muskulöser Klotz, wie Gregor ihn sich vorgestellt hatte, sondern im Gegenteil ein drahtiger Mann mittleren Alters. Ein dunkler Typ mit schwarzgelocktem Haar und graugesträhntem langen Vollbart. Er führte die Gäste in ein kleines Nebengebäude, eine Art Gartenlaube, die schön eingerichtet und wo ein langer Tisch für mehrere Personen gedeckt war. Bier und Wein standen auf den Plätzen schon bereit. Der Schmied kam sogleich auf das Pferd zu sprechen, das am folgenden Morgen herbeigeführt werden sollte. Er pries die guten Manieren des Tieres und den günstigen Preis, zu dem er es erstehen konnte. Während er noch redete, betrat seine stattliche Gemahlin mit drei schönen Mädchen den Raum. Alle hießen sie den jungen Förster aufs Herzlichste willkommen.

Gregor war mit dem Schmied und dessen jüngster Tochter am Schwatzen, als ein paar Männer eintraten. Zwei von ihnen waren etwas ältere, sehr stolz aussehende Soldaten. Sie trugen schwarze Waffenröcke mit silberfarbener Brustverschnürung und einer weißen Schärpe darüber. Anliegende weiße Reiterhosen steckten in hohen schwarzen Stiefeln. Sie waren der Familie wohlbekannt, denn die bezaubernde Hedwig flüsterte Gregor gleich Namen und Offiziersstand der beiden ins Ohr.

»Preußische Husaren? Bei uns in Sachsen?«, fragte Gregor erstaunt. »Verzeih mein Erschrecken, aber wie kommt ihr zu dieser Bekanntschaft. Es liegt doch kein fremdes Militär hier in Quartier.«

»Du hast schon recht. Aber diese beiden Unteroffiziere kennen wir schon lange. Es sind wohlhabende Herren, die fast jedes Jahr zum Ulrichmarkt kommen. Sie treiben Pferdehandel.«

»Ach so! Hoffentlich treten sie nicht zu mir in Konkurrenz!«

»Keine Sorge«, entgegnete der Schmied. »Obwohl ich mich gern in ihre Geschäfte einbringe. Ich habe auch für diese die Augen offengehalten und einige Händel geführt. Sie suchen aber junge, wendige Hengste mit viel Temperament. Die haben einen stolzen Preis. Trotzdem erzielen sie in Brandenburg damit einen guten Gewinn.«

Der Schmied begrüßte die Soldaten überschwänglich.

Gregor betrachtete die Offiziere interessiert. Was sie wohl alles zu erzählen haben würden? Der ältere der beiden Husaren stand sehr aufrecht, streckte die Brust heraus und nickte zustimmend zu den Worten des Gastgebers, ganz vornehm verdrehte er dabei seitlich den Kopf. Die schwarze Pelzmütze, auf der ein blecherner Totenschädel prangte, klemmte unter seinem Arm. Kaum hatten sich die Gäste untereinander bekannt gemacht, da trugen die Schmiedin und ihre herausgeputzten Töchter das Nachtmahl auf. Gregor bekam einen Platz zugewiesen und saß zwischen Hedwig und ihrer Mutter.

Der Hausherr sprach ein kurzes Tischgebet und forderte seine Gäste auf, das Freundschaftsmahl zu genießen. Auf einem Servierbrett dampfte in Scheiben geschnittenes Salzfleisch. Obendrein gab es herrliche Brühwürste, dazu ein Rübengemüse und Braunkohl, Brot aus hellem Mehl und eine Meerrettichsoße. Es war ein Festmahl, wie Gregor es so üppig noch nie aufgetischt bekommen hatte.

Die Bierkrüge wurden rasch geleert, dann gab es Wein aus dem Frankenland. Die Husaren schienen den Tropfen zu lieben, jedoch war er für Gregors Geschmack zu herb. Er nippte nur ein wenig davon.

»Du verziehst das Gesicht, als müsstest du Essig trinken.« Hedwig lachte ihn aus. Sie sprang von der Bank auf und lief hinaus. Kurz darauf kam sie mit einer anderen Flasche zurück und meinte mit schmeichelnder Stimme: »Du bist wie ich. Du magst auch lieber mit süßem Wein feiern, gell? Trink schnell aus, dann füll ich dir den milden nach. Der schmeckt wie Honig.«

Hedwig stellte sich als aufgewecktes und liebliches Mädchen heraus, das anregend zu plaudern verstand. Gregor hatte kaum sein Glas ausgetrunken, gleich schenkte das reizende Kind nach. Sie selbst wollte oft mit ihm anstoßen und machte ihm schöne Augen dabei. Noch bevor das Mahl beendet war, lief das Mädchen nach einer zweiten Flasche. Gregor war so sehr eingenommen von den Geschichten des lauten Offiziers, von Hedwigs Reizen und dem Wohlgeschmack des Weines, dass er Maß und Ziel völlig aus den Augen verlor. Der schnauzbärtige Alte erzählte von der Schlacht bei Zorndorf, wo sie im 5. Husarenregiment von Ruesch tapfer an der Seite König Friedrichs gekämpft hatten.

»Ich kann euch sagen, es stand Spitz auf Knopf. Bei glühender Hitze rückten unsere Einheiten vor, doch sie konnten die Frontlinie der Russländer ums Verrecken nicht aufbrechen. Unsere Infanterie versuchte jede freigeschossene Bresche zu attackieren, sich in jedes Loch, aus dem kein feindlicher Pulverrauch emporstieg, hineinzuwerfen. Doch der Iwan schloss seine Reihen, so wie Wasser in einem Becken zusammenrinnt. Unser linker Flügel kam unter schweren Beschuss und irgend so ein Hanswurst ließ Retour blasen. Was dort geschah, das könnt ihr euch nicht vorstellen. Der König Friedrich selbst war der mutigste und verbissenste Soldat in dieser Schlacht. Er sprang vom Pferd und ergriff die Fahne des Regiments Bülow, die in Dreck und Blut lag. Er richtete sie unerschrocken auf und trieb den Haufen verdammter Feiglinge wieder gegen den Feind! Spät, aber nicht zu spät rückte endlich General von Seydlitz an. Der schlaue Fuchs hatte lange gewartet. Er umging den vordringenden Russen und stand ihm plötzlich mit fünfzig Schwadronen im Rücken. Der General trieb den panischen Feind in die Sümpfe bei Quartschen.«

Die Zuhörer klebten an den bebenden Lippen des Offiziers. Er unterbrach seine Rede und ergriff sein Glas.

»Ein Vivat auf den General von Seydlitz. Durch sein Geschick ist es mir vergönnt, heute mit euch feiern zu können!«

Dann stand er auf und trank das Glas in einem Zug aus. Die Gäste machten es ebenso. Der Alte beugte sich über den Tisch, wobei er sich mit der linken flachen Hand abstützte und mit der rechten den Zeigefinger hob. Alle in der Runde verstummten und warteten gespannt auf sein Wort. Er kniff die Augen zusammen und duckte den Kopf geheimnisvoll.

»Dabei war es Unrecht!«, fuhr er mit leiserer Stimme fort. »Der General hatte gegen den wiederholten und ausdrücklichen Befehl des Königs gehandelt. Er hätte mit ihm das schwächelnde Zentrum stützen sollen. Doch von Seydlitz sah darin keinen Gewinn. Er entschied sich gegen den Gehorsam! Gegen den König – der Teufelskerl! Er erkannte seinen Vorteil und handelte eigenmächtig nach dem edlen Prinzip seines Königs: alles oder nichts!«

»Bravo!«, rief einer der anderen Männer und erhob das Glas, um noch einmal diesen Sieg zu feiern. »Es lebe General von Seydlitz!«

Der Alte aber fügte hinzu: »Es lebe König Friedrich!«

Nach dem rühmlichen Kriegsbericht zerstreuten sich

die Gespräche in vielerlei Belangloses und Zotiges. Gregor jedoch konnte bald den Gesprächen nicht mehr folgen. Der Wein war ihm so sehr in den Kopf gestiegen, dass er nur mehr schwer von seiner Bank hochkam. Es war fast Mitternacht geworden und er bat Gog, nach Hause zu gehen. Sein Freund schien in etwas besserem Zustand, nickte aber sogleich zustimmend.

Gregor wischte sich die Nase, da wurde er plötzlich auf einen Stuhl gezogen. Er schaute neben sich in das lachende Gesicht des alten Husarenoffiziers, der ihn sogleich ansprach. Seine Augen funkelten.

»Werter Herr, ehe wir uns trennen, müssen wir ein letztes Mal auf das Wohl des großen Friedrichs ein Glas trinken. Wer aber mit mir zu Ehren des Königs trinkt, der muss auch ein militärisches Aussehen haben. Die Husarenmütze auf dem Kopf und das volle Glas in der Hand – so wollen wir dem großen Friedrich ein Vivat bringen!«

Kaum hatte der Offizier dies gesagt, drückte er sich seine Husarenmütze auf den Kopf und reichte die des Kameraden Gregor, der sie ohne Bedenken aufsetzte. Dieser posierte mit ernstem Blick und hob die Hand zum Gruße. Die Anwesenden lachten und bestätigten ihm, wie gut ihm die Soldatenzier stünde. Sie tranken das Glas auf das Wohl des Königs und der Offizier zog seinen Geldbeutel aus der Tasche. Vor aller Augen zählte er Gregor sechs Dukaten in Gold auf den Tisch und drückte sie ihm in die Hand. Er legte seinen Arm um ihn und sprach ihm freundschaftlich ins Ohr: »Versteht mich nicht falsch, Herr Förster, aber ich habe von Euren tragischen Verlusten gehört. Dies Geld soll kein Geschenk sein, denn damit würde ich einen Mann Eures Schlags beleidigen. Nehmt es als ein Unterpfand meiner treuen Anhänglichkeit an Eure Person. Mein Herz fühlt sich zur Hilfe verpflichtet. Über das Geld dürft Ihr verfügen, bis ich selbst Bedarf habe oder in Nöte kommen sollte. Wenn ich es in ein paar Jahren wieder zurückfordere, dann lohnt es mir aus Eurer Küche und aus Eurem Keller. Ein ebenso lustiges Mahl wie heute soll der Zins dafür sein. Mehr erwarte ich nicht. Ihr werdet es mir nicht verwehren, denn Ihr seid ein Edelmann, mein lieber Herr Förster. Nun kein Wort mehr darüber!«

Gregor verstand die Worte des Soldaten, doch die Sache war ihm nicht geheuer. Er litt keine Not und war auf das Gold des Fremden nicht angewiesen. Gregor empfand es als unschicklich, das Geld anzunehmen. Er wollte nicht. Er legte die schweren Goldmünzen auf den Tisch und schob sie in die Richtung des Gönners, doch er war so betrunken, dass er nicht in der Lage war, seine Ablehnung in Worten auszudrücken. Die Zunge war ihm so schwer, dass er nur mehr Unverständliches hervorbrachte. Die Frau des Schmiedemeisters erkannte die Verlegenheit des jungen Mannes und rutschte rasch ganz nah an seine Seite. Sie zog ihn zu sich und hauchte ihm ins Ohr.

»Mein lieber Herr Förster, ich sehe wohl, dass Euch die gut gemeinte Geste des Offiziers geniert. Ich bitte Euch aber, lehnt jetzt nicht ab, es könnte ihn beleidigen. Steckt nur das Geld in die Tasche, und wenn Ihr möchtet, dann sprecht ihn morgen früh noch einmal darauf an. Das ist die beste Zeit, das Geld zurückzugeben.«

Gregor verstand, nickte apathisch und steckte die Münzen langsam in die Tasche.

Der Offizier stand auf und zog Gregor mühselig auf die Beine. Unter fröhlichem Lachen stützte er den Betrunkenen und verkündete den Übrigen: »Mit der Husarenmütze auf dem Kopf meinem großen König ein Vivat getrunken und dazu blanke sechs Dukaten auf die Hand bekommen – seht, da ist der Rekrut fertig!«

Alle lachten über die scherzhafte Rede des Husaren und prosteten den beiden mit ihren Bechern zu. Dann aber schickten sich auch die anderen Gäste an, nach Hause zu gehen. Der Hufschmied wollte jedoch den Abschied nicht erlauben, bevor jeder den Schlaftrunk, ein Gläschen Doppelanis, genommen hätte. Seine Frau schenkte reihum ein und Gregor bekam aus Hedwigs Hand ein besonders großes Becherchen.

Endlich sollte das Fest zu Ende gehen können. Gregor wankte dankbar zur Tür, doch er stieß mit Schulter und Kopf gegen den Rahmen, dass ihm das Blut aus der Nase rann. Gog fing ihn auf und stützte ihn. Zusammen torkelten sie ins Freie.

»Oh, ist mir schlecht!«, gestand Gregor. Als ihn auf dem Hof die frische Luft anwehte, da wurde sein Rausch so heftig, dass er sich nicht mehr auf den Beinen halten konnte und bewusstlos zu Boden sank.

*\*\**

Der junge Mann erlangte langsam sein Bewusstsein wieder. Das Erste, was er empfand, war ein stechender Kopfschmerz. Ihm war schlecht und er hatte Durst. Die Nase schmerzte und fühlte sich dumpf an. Er wischte sich über das Gesicht und spürte, wie er dabei eingetrocknete Blutkrusten abrieb. Die Übelkeit war sehr groß, und er fiel in eine stoßende, aber flache Atmung. Er musste rülpsen. Ihm war so elend, dass er die Eindrücke um sich herum zwar wahrnahm, aber sie nur langsam verarbeiten konnte. Er war in einem fremden Raum erwacht. Dies war nicht das anständige Zimmer im Gasthaus Zur Blauen Traube. Er fand sich in einem rauchgeschwärzten, kühlen Gewölbe wieder, das einer Gefängniszelle glich. Gott bewahre, er hatte nie einen Kerker von innen gesehen, aber dieser Raum, in dem er die Augen geöffnet hatte, war eine Gefängniszelle, das war ihm sofort klar. Das kleine, hochgelegene Fenster war mit dicken Eisenstangen gesichert. Gregor lag auf einem stinkenden, schmutzigen Strohsack. Was war nur geschehen? Er überlegte, doch er konnte sich nicht erinnern, wie um Himmels willen er in dieses Loch gekommen war. Er besann sich auf die Abendgesellschaft. Ja, er war im Haus des Hufschmieds zu Gast gewesen – mit Gog, seinem Freund. Gregor schaute sich nach ihm um, doch er war allein in diesem Verlies. Er hatte mit der Familie des Schmieds und den Husarenoffizieren gegessen und getrunken, doch an mehr erinnerte er sich nicht. Das Grauen packte Gregor endgültig, als er erkannte, dass er, seiner Kleider beraubt, in einem Anzug von grobem Zeug lag, wie es gewöhnlich die Soldaten außer Dienst bei ihrer

Arbeit trugen. Er richtete sich auf und versuchte, auf die Beine zu kommen, da sprang aus dem finsteren Winkel ein großer zottiger Fanghund hervor, der angekettet losbellte und die Zähne fletschte. Zu Tode erschrocken rief Gregor nach seinem Freund Gog.

Da wurde quietschend der Riegel der Eisentür zurückgeschoben. Sie tat sich knarrend auf und ein großer, breitschultriger Soldat mit einem federgeschmückten Hut trat herein. Am Gürtel trug er einen breiten Säbel und unter dem Arm klemmte ein spanisches Rohr.

»Guter Freund«, rief ihm Gregor ängstlich entgegen. »Sagt mir doch, um Gotteswillen, wo ich bin. Was hat man mit mir vor?«

»Ich bin nicht dein guter Freund!«, donnerte der finstere Mann zornig. »Ich will dich Mores lehren, du ungeschliffener Bursche. Ich will dir mit einem Dutzend Hieben die Augen öffnen, damit du siehst, wen du vor dir hast. Herr Feldwebel heißt man mich, hast du das verstanden?«

Gregor fiel sofort auf die Knie und bettelte unterwürfig um Entschuldigung.

»Verzeiht bitte, bester Herr Feldwebel! Ich werde es nie an der gebührenden Hochachtung mangeln lassen. Bitte habt Nachsicht, da mir das Militär ganz fremd ist. Aber verratet mir doch, wo ich bin und wie ich hierhergekommen bin.«

Die Unterwürfigkeit des jungen Mannes besänftigte den Feldwebel ein wenig. Er gebot dem kläffenden Hund, Ruhe zu geben, dann baute er sich vor dem Gefangenen auf.

»Es tut nichts zur Sache, wie das Kaff heißt, in dem wir

hier für einen Tag Rast machen. Du bist in guter Gesellschaft mit anderen Angeworbenen und meiner Person auf dem Weg nach Ostpreußen.«

Der Feldwebel grinste, als er den ungläubigen Schrecken in den Augen des Gefangenen sah.

»Mach dir nur nicht in die Hosen. Auch wenn dein Kleid nur ein Rekrutenkittel ist, will ich dir verraten, dass diesen schon mancher getragen und in der Folge seines Ehrgeizes gegen eine Offiziersuniform eingetauscht hat. Kurz und gut: Du hast die Ehre, unserem König Friedrich als Gemeiner in einem Husaren-Eskadron dienen zu dürfen.«

Gregor erschrak. »Barmherziger Gott, was ist mit mir geworden. Nein, das ist nicht wahr! Kein Mensch kann mich zwingen, Soldat zu sein, wenn ich es nicht freiwillig werden will.«

»Was fällt dir ein, Kerl? Willst du leugnen, es freiwillig geworden zu sein? Hast du nicht in Münchrode, im Haus des Hufschmieds, mit der Husarenmütze auf dem Kopf auf die Gesundheit Seiner Majestät des Königs von Preußen getrunken? Und hast du nicht von einem Offizier das Handgeld in blanker Münze angenommen? Willst du sieben ehrliche Personen, die sämtlich ein Zeugnis über deinen freiwilligen Eintritt in die preußische Armee ausgestellt haben, zu Lügnern erklären?«

Gregor schluckte. Endlich wurde ihm das schändliche Spiel bewusst, das ihm widerfahren war.

»Bursche, ich rate dir wohlmeinend, füge dich mit Vernunft und gutem Willen in das, was du nun einmal bist, andernfalls könnte es schlimme Folgen für dich haben!«

All das konnte Gregor nicht glauben. Nie zuvor hatte er so ausschweifend gefeiert und getrunken, und dieses eine Mal durfte nicht sein ganzes Leben auf den Kopf stellen. Wie konnte er so übel verraten worden sein? Und was war mit Gog? War sein Freund ebenfalls verschleppt worden? Mit gefalteten Händen und flehenden Augen redete er auf den Soldaten ein.

»Herr Feldwebel, ich bitte Euch, hört mich an! Ihr müsst mir glauben – auf mein Ehrenwort –, dass ich niemals die Lust am Militär und dem Kampfe hatte. Es wär mir ein Gräuel. Ich bin ein Förster und nichts anderes wünsche ich mir für mein Leben. Nach Münchrode kam ich mit einem Kameraden, um am Markt ein Ross zu kaufen. Der ehrwürdige Baron von Waldenau hat mir das Geld dafür gegeben. Ja, ich stehe als Forstmann in seinem Dienst und habe nur ein paar Tage Freistellung erhalten. Ich muss mich gewiss morgen auf den Heimweg machen. Lasst mich also gehen, ich werde nie und nimmer ein Soldat sein können.«

Der Feldwebel grinste. Es schien, als hätte er nur auf Widerspruch gewartet. Er nahm seinen Hut vom Kopf und warf ihn auf einen kleinen Schemel neben der Zellentür. Dann zog er ein Meerrohr unter seiner Achsel hervor und schlug es dem jungen Burschen, der kniend zu ihm aufschaute, mit voller Wucht ins Gesicht. Es hagelte Hiebe. Der Unmensch trat mit seinen schwarzen Lederstiefeln nach dem Jungen und schlug ihn ohne Unterlass. Der zottige Hund war wieder aufgesprungen und kläffte dazu. Erst als Gregor regungslos vor ihm lag, ließ der Feldwebel von ihm ab. Schnaufend verließ er den Raum und verschloss die schwere Tür.

Irgendwann kam Gregor wieder zu sich. Sein ganzer Körper war ein Bündel aus Schmerz und Verzweiflung. Er schaffte es mit Mühen, sich auf das Bett zu schleppen. Ein Holzkrug mit Wasser stand neben dem Lager auf dem gestampften Boden. Gregor trank daraus. Die Hälfte rann allerdings daneben, denn er hatte keine Spannung in den Lippen. Sie waren aufgeplatzt und sein linkes Auge, das den Rohrstock abgekommen hatte, war geschwollen. Er ließ sich auf das Bett niedersinken. Unfähig zu einer weiteren Bewegung spürte er seinen warmen Urin laufen und fiel kurz darauf wieder in einen tiefen Schlaf.

Am folgenden Morgen traten zwei junge Soldaten in die Zelle und zogen Gregor hinaus auf die Straße. Die Luft war noch recht frisch und er fröstelte. Zusammen mit vier anderen neuen Rekruten – seinen Freund Gog sah er nicht unter ihnen – schleppte er sich auf einen Wagen, vor den zwei Pferde gespannt waren. Wachen stiegen hinzu und auf dem Bock saß schon der Kutscher bereit. Ein paar Säcke und eine Kiste wurden verstaut, dann schnalzte der Lenker und trieb die Tiere vorwärts. Begleitet von berittenen Husaren setzte sich der Trupp in Bewegung – einer ungewissen Zukunft entgegen.

\*\*\*

Eine schrille Pfeife riss die jungen Männer um fünf Uhr

morgens aus ihren Träumen. Tags zuvor waren sie nach sechzehnstündiger Fahrt spät abends auf einer kleinen Burg eingetroffen, wo sie ein Nachtmahl bekamen und dann zusammen in einen finsteren Raum gesperrt wurden. Die vier Kameraden sprangen sogleich von ihrem Lager auf und nahmen die militärische Grundstellung ein. Nicht so Gregor. Er blieb mit dem Fuß in der Decke hängen und kugelte auf den Erdboden der Zelle.

Wie ein wildes Tier stürzte der Offizier auf ihn zu und riss ihn nach oben. Eine Tracht Prügel mit dem Stock würde den Burschen Ordnung lehren. Doch der Soldat schreckte zurück, als er Gregors Zustand erkannte. Der konnte sich nicht aufrecht halten, schwankte und stöhnte vor Schmerz. Ein Auge war vollends zugeschwollen, die Augenbraue auseinandergerissen und schwarze Blutkrusten klebten um die klaffende Wunde. Auch die Nase war malträtiert und blutverschmiert.

»Gütiger Himmel, Kamerad! Wer hat dich so zugerichtet?«

Gregor schnappte nach Luft. Seine Lippen bebten, doch er brachte kein Wort heraus. Der Offizier ließ ihn auf sein Bett zurücksinken und verließ mit den vier anderen den Raum.

Als Gregor wieder alleine war, versuchte er, sein verletztes Auge zu öffnen, doch es gelang ihm nicht. Sein Finger strich über die Schwellung des Lides, der Nase und der dicken Lippen. Alles schmerzte. Er weinte. Und schlief wieder ein.

Kurz darauf drehte sich der Schlüssel erneut im Schloss.

Ein alter Sanitäter trat in den Raum. In einer Schüssel mit Wasser schwammen einige Blätter und getrocknete Kamillenblüten. Nachdem Gregor sich auf die Bettkante gesetzt und das grobe Hemd ausgezogen hatte, untersuchte der Alte die Verletzungen, drückte die Rippen und wusch ihm das Gesicht.

»Das Auge sieht böse aus. Was hast du angestellt?«

»Ich weiß es nicht.« Gregor war vorsichtig, er hatte Angst, durch ungeschickte Worte wieder in Schwierigkeiten zu kommen. »Vielleicht hat mich der Feldwebel falsch verstanden.«

»Hm. Das solls geben.«

»Ich will keinen Ärger machen.«

»Schon gut, Junge. Aber du hast ganz recht, im preußischen Militär bekommt einem die Widerrede schlecht. Unser König sagt: Jeder Soldat muss seinen Offizier mehr fürchten als den Feind! Schreib dir nur das hinter die Ohren!«

»Schöne Aussichten.«

»So. Zieh dich jetzt an und leg dich noch mal auf das Lager! Ich bringe dir eine Schüssel Brei.«

Gregor war dankbar. Seine Glieder waren nicht gebrochen. Er durfte sich ausruhen. Vielleicht war er an einen guten Ort verschleppt worden.

Der Herrgott fiel ihm ein. In Gedanken begann Gregor zu beten. Für Heilung. Für Hilfe. Um vor dem Tod auf dem Feld bewahrt zu werden? Allmählich wurde ihm bewusst, in welche Misere er geraten war. Obwohl er solches nie gesehen hatte, formten sich Bilder in seinem Kopf.

Donnernde Kanonen, die feuerspeiend junge Männer zerfetzten. Hässlich aussehende Fremdländer, die ihre Bajonette wütend in flehende Körper stachen. Brüllende Offiziere, die ihre Untergebenen in die tödlichen Kampflinien trieben.

Die Angst hockte wie ein unsichtbarer Teufel auf seiner Brust. Er konnte kaum atmen. Plötzlich riss er den Kopf herum und starrte in die finstere Ecke der Zelle, aus der er ein leises Geräusch, ein Rascheln auf dem Strohlager, vernommen hatte. Im ersten Moment fürchtete er den Fanghund des gemeinen Feldwebels, der von dort wieder hervorspringen würde, doch es war nur eine Ratte. Der Gedanke an den prügelnden Grobian erinnerte ihn an seine erste Lektion als Soldat: Das Militär duldet keine Widerrede.

Er wollte sich fügen und nicht noch einmal rebellieren. Rebellion bringt Prügel, das hatte er schmerzlich erfahren müssen. Einfügen in das Soldatenleben, den Dienst verrichten und den Respekt der Offiziere verdienen. Mit Gottes Hilfe würde er es schon aushalten können.

Zu Gregors Überraschung musste die Gruppe nach dem Frühstück wieder auf den Wagen steigen. Die Reise ging weiter und sollte noch gut zwei Wochen andauern, bis sie ihren Bestimmungsort endlich erreichten.

# Die Festung an der Ostsee

Ein wenig zurückgesetzt von der Flussmündung der Persante in die Ostsee war die befestigte Stadt Kolberg erbaut. Von Weitem grüßten die Türme der Marienkirche und anderer hoher Gebäude. Mit zigtausend Palisaden erwehrte sich die Stadt ihrer Angreifer. Der Fluss im Westen, ein durch Schleusen flutbarer Wassergraben und das morastige Umland schützten die Festungsstadt. In achthundert Häusern lebten etwa fünftausend Einwohner. Sieben Bastionen gaben dem Grundriss der Festung die Form eines Sterns. Vor der Stadt verteidigte die Hafenschanze mit schweren Kanonen die Meerseite.

Im Oktober 1758 hatten russische Bataillone die Stadt mit sechstausend Mann belagert, beschossen, aber nicht bezwingen können. Da waren Schäden entstanden! Von schweren Mörsern zerbombte Dächer, Löcher in den Steinwänden und verkohlte Gebäuderuinen. Als die Russen Anfang November endlich unrühmlich das Feld räumten, kroch die eisige Winterkälte nachts in die aufgerissenen Häuser. Überall regnete es hinein. Viele Fenster, deren Glas zerborsten war, wurden kurzerhand mit Brettern zugenagelt. Doch geschnittenes Holz war knapp und wurde teuer, ebenso alle Lebensmittel. Die Feinde hatten die Speisekammern der Vorstädte und Dörfer geplündert und mitgenommen, was ihnen brauchbar erschien. Noch empfindlicher als diese barbarische Belagerung, wie schrecklich sie auch gewesen war, trafen ihre Nachwehen die Bevölkerung. Die Menschen rückten zusammen. Wer eine freie Kammer hatte, der bot einer kleinen Familie darin Unterkunft. Wer ein Eck freiräumen konnte, der stellte es einem Verwandten oder einem Freund als Lager zur Verfügung. Die Bürger hielten durch und im Frühjahr begann der Wiederaufbau. Handwerker aus dem weiten Umland wurden dafür angeworben, doch weil dies lange nicht ausreichte, stellte das Militär den Handwerksmeistern junge Soldaten zur Seite.

***

Gregor war inzwischen über ein Jahr in Kolberg stationiert. Die Ausbildung war ein monatelanger Drill gewesen. Exerzieren, reiten, marschieren, kanonieren. Dann aber war es mit dem Soldatenleben schnell vorbei gewesen. In dieser Stadt wurden Arbeiter gebraucht, um die Schäden an den Außenanlagen des Festungsrings, den Häusern der Stadt und der Marienkirche auszubessern. Die kleine Einheit Husaren saß selten auf den Rücken ihrer Pferde. Oberst von der Heyde hatte sie zum Schlagen von Holz eingeteilt. Seit dem vergangenen Winter arbeitete die ganze Stadt in den umliegenden Wäldern. Nichts war wichtiger, als Baumaterial heranzuschaffen. Unzählige Fuhrwerke lieferten Tag für Tag ihre Ladungen ab. Vorrang hatte die Wiederherstellung und Verbesserung der Wehranlagen, da konnte kaum Brennmaterial für die Salzsieder abgezweigt werden. In der Vorstadt am linken Persante-Ufer kochten die Sieder auf großen Salzpfannen die Sole. Die Salzgewinnung war eines der wichtigsten Gewerbe der Stadt und auf den Handel mit dem weißen Gold ging ihr Reichtum zurück. Für das Sieden der konzentrierten Salzsole war aber eine große Menge Feuerholz erforderlich. Die trockenen Lagerbestände gingen allmählich zur Neige, doch der Nachschub blieb aus. Die Sieder sahen die Holzfuhrwerke durch das Geldertor in die Stadt hineinziehen und gingen selbst leer aus. Kein Wunder, dass sie zu murren begannen. Manchem Fuhrmann stellten sie nach und verprügelten ihn. Die Stadträte berieten und kamen auf eine vielversprechende Lösung, wie sie sich mancherorts bereits bewährt hatte. Sie wollten etwas Neues wagen, holten Sachkundige und beschlossen nach langem Hin und Her den Bau eines Gradierwerks. Ein Baumeister wurde berufen. Er legte Pläne vor und erklärte die Funktion des Bauwerks. Auf eine gigantische Mauer aus Schwarzdornreisig, 25 Fuß hoch und 250 Fuß lang, würde die Sole gepumpt werden. Während des langsamen Herabsickerns durch das Reisig verdunste Wasser und erhöhe sich die Salzkonzentration, so dass hinterher die Siedezeit verkürzt werden könne. Sogleich aber gruppierten sich auch erbitterte Widerständler. »Ein Teufelswerk!«, schimpften die Pfannenschmiede, die um ihre Aufträge fürchteten. Schnellere Salzgewinnung bedeutete geringeren Bedarf an Siedpfannen. Sie stellten ihr Gerät den Salzsiedern zur Verfügung und bekamen dafür ihren Teil am verkauften Salz. Auch die Sieder sahen ihren Gewinn schwinden. Das Gradierwerk würde eine Menge Geld kosten und erst in Jahren eine Rendite einfahren. Womöglich würde die Holzverknappung höhere Preise für den

Brennstoff mit sich bringen.

Eine Ratsversammlung wurde einberufen, zu der die Zunftvertreter geladen wurden. Besonders giftig ereiferten sich die Salzsieder. Ein schlaksiger alter Mann fuchtelte wild mit ausgestrecktem Zeigefinger herum. Er schalt das Bauwerk eine unverantwortbare Belastung für die gebeutelte Zunft. Die Belagerung und Plünderung durch die russischen Söldner habe sie an den Bettelstab gebracht, so der Sieder. Und er beklagte den unzureichenden Schutz vor den Feinden. Die Vorstädte außerhalb der Wälle und Wassergräben seien den Belagerern ausgeliefert, während die fetten Stadträte sich hinter schützenden Mauern und Kanonen in ihre gut gefüllten Keller verkriechen könnten.

Ein Raunen ging durch den Saal und schließlich wurde es Johann d'Arrest, dem Bürgermeister der Stadt, zu bunt. Er schlug mit der flachen Hand auf den Tisch und schnitt dem Siedemeister das Wort ab.

»Schweigt still! Was fällt Euch ein, in diesem Hause solch beleidigende Worte herauszuschreien? Sind wir nicht zusammengekommen, um mit Euch Lösungen für guten Salzhandel zu besprechen? Unverschämter!«

»Verzeiht, Herr Bürgermeister«, ein Begleiter des Sieders meldete sich zu Wort, »aber ein Gradierwerk wird uns die Arbeit wegnehmen. Es ist doch die Sorge um unsere Familien, die Meister Fegel aufbrausen lässt!«

»Ihr solltet lernen, über das Heute und Morgen hinauszudenken. Derzeit fehlt es uns an Holz für die Siedereien, deshalb vermindert das Gradierwerk den Aufwand. Und wenn wieder genug davon zur Verfügung steht, dann werdet Ihr sogar mehr Salz schöpfen und Euren Verdienst mehren können.«

»Das ist Unsinn! Es fehlt an Holz, und Ihr baut ein Gradierwerk. Woraus denn, bitteschön? Aus Luft vielleicht? Und wer soll das Werk bezahlen?«, wandte der Sieder ungläubig ein.

»Es werden sich Lösungen finden. Das Werk ist eine einmalige Investition. Danach sparen wir Zeit und Holz auf Dauer und mehren den Gewinn am Salzhandel.«

»Wer wird dann den Reibach machen? Wir Pfänner sicher nicht!« Nun stellte sich auch der Pfannenschmied gegen das Vorhaben.

»Jetzt hab ich aber genug!«, rief der Bürgermeister. »Wir haben Eure Einwände gehört. Ihr könnt gehen. Der Stadtrat wird über die Sache entscheiden.«

Schon bald begannen die Arbeiten auf der Salzinsel, dem Landstreifen zwischen Persante und Holzgraben, wo die Solequelle sprudelte. Der Bürgermeister wollte das Bauwerk so schnell wie möglich errichten, und da Bauleute knapp waren, wurde er wieder bei Kommandant von der Heyde vorstellig. Auch für diese Aufgabe bat er um Unterstützung durch die Soldaten.

\*\*\*

Beim ersten Tageslicht nahmen die jungen Soldaten in Reih und Glied Aufstellung zum Morgenappell. Der einsetzende Regenschauer schützte sie vor dem täglichen Drill nicht – im Gegenteil. Gregor war längst zu der Überzeugung gekommen, dass es dem Kommandanten ungemein Spaß bereitete, alle Widrigkeiten zu nutzen, um die militärischen Tugenden einzuschleifen. Wo immer es sich bot, galt es zu beweisen, hart gegen sich selbst zu sein. Auszuharren, auszuhalten. Es war nicht so, dass der Offizier einen Gefallen daran fand, seine Untergebenen zu quälen, nein, vielmehr ging es ihm darum, gehorsame und tapfere Männer zu erziehen. »Lerne leiden, ohne zu klagen!«, war einer seiner vielen Lehrsätze. Er forderte Selbstdisziplin, Gehorsam, Mut ...

Gregor konnte es nicht mehr hören. Es war jeden Tag das Gleiche. Im Innersten hoffte er auf eine Wendung in seinem Leben. Er war kein Mann für den Krieg. Die Arbeit im Wald machte ihm dagegen nichts aus – das war seine Welt. Auch wenn er abends todmüde auf die Pritsche fiel, zog er jeden Morgen gern hinaus und legte die Hand an Axt und Säge. Aber er sehnte sich nach der Heimat, den lieben Menschen und der vertrauten Sprache. Oft hatte er darüber nachgedacht, im Forst einfach zu türmen und sich nach Süden durchzuschlagen, aber noch zögerte er. Wenn er einen Mitstreiter hätte, der es mit ihm wagen würde, dann wäre es leichter. Die Bedrängnis war nicht groß genug, das Risiko einzugehen, denn Deserteuren drohten schlimme Strafen.

***

»Meister!«, rief einer der Arbeiter den Bauleiter zu sich, als sie eines Morgens wieder mit ihrem Tagwerk beginnen wollten.

»Was ist, Junge?«

»Kommt mal schnell hierher! Ich muss Euch etwas zeigen!«

»Was ist denn wieder? Ich hab Wichtiges zu tun.«

Er eilte trotzdem unwillig zu dem Helfer, der beide Hände in die Hüften gestemmt vor der Rahmenkonstruktion der Gradierwand stand und nach oben schaute.

»Na was?«

Der junge Arbeiter zeigte nach oben.

»Was ist da?«

»Die Zapfen!«

»Die Zapfen? Herrgott noch mal! Wieso sind da keine Zapfen?«

Der Meister entdeckte den Fehler. Die Holzzapfen, die in die überstehenden Querriegel eingeschlagen worden waren, um die Verbindung mit dem hohen Ständerbalken herzustellen, fehlten. Von unten sahen die beiden Bohrungen am Riegel wie Nasenlöcher aus. Plötzlich fiel ihm der Kinnladen herunter. Nicht nur ein Zapfenschloss war lose, sondern die Zapfen fehlten an allen acht Querriegeln des Ständers. Ebenso an etlichen anderen Säulen. Das ganze Gebilde konnte bei einer ungünstigen Belastung auseinanderfallen.

Sofort lief der Meister einmal um die ganze Gradierwand, scheuchte die Arbeiter zur Seite und inspizierte die Fehlstellen.

»Verdammte Hunde!«, wütete er. »Schon wieder so etwas. Wenn ich die erwische, ich schwörs euch, dann gnade ihnen Gott!«

Er stellte fest, dass die Zapfen teilweise ausgeschlagen, teilweise abgesägt waren. Da musste letzte Nacht jemand Hand angelegt haben, und das frevelhafte Werk hatte gewiss eine Menge Lärm verursacht. Unmöglich, dass in den nahen Siederhäusern niemand etwas davon mitbekommen hatte.

Nachdem der Schaden behoben war und der Baumeister alles noch einmal überprüft hatte, eilte er zu Bürgermeister d'Arrest. Er traf ihn bei einer Unterredung mit dem preußischen Diplomaten von Diez an und musste sich etwas gedulden. Anstatt es sich in den einladenden Ledersesseln bequem zu machen, die vor dem Amtszimmer für Besucher bereitstanden, ging er aufgewühlt den breiten Flur auf und ab. Mit dem Ärmel seines feinen Leinenhemdes wischte er sich die Schweißperlen von der Stirn.

Endlich ließ ihn der Bürgermeister eintreten. An einem dunklen, mit kunstvollen Intarsien verzierten Tisch, den er gern für Gespräche in kleinem Kreis nutzte, bot er ihm Platz. Der Meister berichtete von dem Sabotageakt auf der Baustelle. Er führte aus, was hätte passieren können, und forderte eine Untersuchung des Falls. Ein Kommissar müsse geschickt werden, der den Leuten im Siederland und in der Gelder Vorstadt auf den Zahn fühlen sollte.

»Und eine Nachtwache!«

»Eine Nachtwache? Noch mehr Personal? Woher soll ich das nehmen? Meint Ihr, Heyde gibt mir seine Soldaten umsonst? Dafür muss ich mit harten Talern bezahlen.«

»Es ist nicht das erste Mal, und heute sind wir an einer

Katastrophe vorbeigeschrammt. Es ist nicht auszudenken! Nächste Woche beginnen wir mit dem Auffüllen mit Reisig. Wir müssen damit rechnen, dass uns die Sieder die Wand in Brand stecken.«

»Malt doch nicht gleich den Teufel an die Wand!«

»Mein lieber Herr Bürgermeister! Gestern Nacht haben sich diese Verbrecher eine Menge Mühe gemacht. Wenn erst einmal das Reisig aufgeschlichtet ist, reicht eine Lunte und Euer Bauwerk verbrennt wie Zunder! Ich kann Euch nur warnen!«

»Hm. Ich fürchte, Ihr habt recht!«

»Wir müssen sehen, dass wir so schnell wie möglich die Sole aufs Dach bekommen, dann ist es geschafft. Bis dahin will ich nachts vier Mann Wache auf der Baustelle wissen, sonst garantiere ich für nichts. Lasst Euch das gesagt sein. Wenn es erst brennt, wird man Euch anschauen!«

»Was erdreistet Ihr Euch!«, schimpfte der Bürgermeister mit rotem Kopf. Das fordernde Gebaren des Zimmermanns empfand er als unverschämte Respektlosigkeit. Nach einer ausführlichen Belehrung sagte er die nächtliche Patrouille aber zu. Er sah ein, dass ein kleiner, hundsgemeiner Streich der Sieder in einer Katastrophe enden würde.

***

Ein Kommissar wurde benannt. Er klopfte an jedes Haus der Sieder und Pfannenschmiede und fühlte ihnen scharf auf den Zahn. Seine Verhöre waren zur Ermahnung nützlich, doch brachten sie keine hilfreichen Hinweise auf den

Schurken, der die Gradierkonstruktion manipuliert hatte.

Vier Soldaten wurden zur Nachtwache eingeteilt. Sie sicherten das Pumpenhaus, die Gradierwand und den Reisigplatz, der durch die Ladungen der eintreffenden Fuhrwerke jeden Tag ein wenig anwuchs. Der Unteroffizier drehte mit einem Gemeinen seine kleine Runde um die Salzinsel, dann hinauf auf die Straße, die zum Stadttor führte. Von der erhöhten Position aus konnte man die ganze Anlage und die Häuser der Vorstadt überschauen.

Gregor und sein Kamerad Otto, mit dem er sich angefreundet hatte, blieben am Gradierwerk zurück. Sie saßen im Schein einer Laterne auf der zur Vorstadt gewandten Seite. Ihr Lager bestand aus zwei Holzbänken, über die sie Rossdecken geworfen hatten. Es roch nach frischem Holzschnitt und nach herbem Schwarzdornreisig. Gregor hüllte sich in den Mantel und stellte den Kragen auf. Ein Wind war aufgekommen und ihn fröstelte ein wenig. In den fernen Wäldern erhob sich ein Geheul.

»Hörst du den Wolf? Er ruft den Mond an.«

»Den Mond?«, erwiderte Otto.

»Schau doch, was für eine geheimnisvolle Nacht. Schau, der Mond!«

Die beiden sahen hinauf zur Mondscheibe, die in dieser Nacht in einer seltsam rötlichen Farbe leuchtete. Aus der Ferne erklang wieder das Geheul.

»Ich spüre so eine Unruhe in mir, Otto.«

»Ist dir nicht gut?«

»Pah!«, antwortete Gregor leise, dann aber schwieg er. Er stand auf, suchte in der Dunkelheit nach seinem Beutel und zog eine Tonflasche heraus.

»Trink, mein Freund!«

Die beiden tranken von dem scharfen Branntwein, der ihre Mägen wärmte. Sie sahen die Laterne ihrer Kameraden Richtung Stadttor ziehen. Gregor steckte die Flasche weg und setzte sich wieder.

»Otto, ich vertraue dir. Ich will dir etwas sagen.«

»Ja?«

»Was man uns beiden angetan hat, ist schändliches Unrecht.« Einen Moment schwieg er wieder, und da Otto nichts entgegnete, fuhr er fort: »Was hat uns der König Gutes gebracht? He?«

»Was meinst du?«

»Kann es recht sein, dass man uns gegen unseren Willen verschleppt hat und uns die Jahre der Jugend stiehlt? Wenn wir Glück haben – ja, wenn wir Glück haben, fehlen uns einige Jahre. Wenn wir Pech haben, stiehlt uns der König unser Leben. Ich möchte nach Hause, Otto. Sogar nach der langen Zeit, die ich hier verbracht habe, kann ich mich nicht damit abfinden. Mein Zorn steigt von Tag zu Tag mehr. Ich möchte weg.«

Gregor musste unweigerlich an die zurückliegenden Ereignisse denken. An die List, mit der er dem Militär ausgeliefert worden war. An die schlechte Behandlung und das Andenken, das ihm aus der Tracht Prügel geblieben war. Die Schläge ins Gesicht hatten einige Muskelstränge so sehr verletzt, dass ihm sein linkes Augenlid immer ein wenig herunterhing, und die Augenbraue darüber war auseinandergerissen. Nun, er konnte sehen. Das Augenlicht war so scharf wie zuvor, das war die Hauptsache. Doch er sehnte sich nach der Heimat. Auch wenn er noch immer mit Schmerz auf den Verlust der Eltern zurücksah, so waren ihm die Dorfleute doch so treu und freundschaftlich zugetan, die Sprache so vertraut und der Wald sein Zuhause gewesen.

»Otto, ich muss hier weg! Ich hab eine so große Wut, so böse Gedanken. Ich will frei sein, so wie der Wolf. Ich will fortlaufen. Ich kann es kaum noch aushalten. Willst du nicht mitkommen?«

Sein Freund schluckte.

»A… aber«, die Frage überforderte ihn, »das ist sehr gefährlich. Wenn sie uns erwischen, erschießen sie uns!«

»Unser König Friedrich ist mit seinen Armeen am Ende. An allen Fronten fallen die Kameraden und uns wird es nicht anders ergehen. Es ist eine Frage der Zeit, bis die Russen wieder vor den Toren stehen. Wir müssen uns irgendwie durchschlagen. Du hast ja gehört, dass es letzte Woche drei von uns geschafft haben.«

»Wir wissen nur, dass sie weg sind. Ob sie noch leben, das weiß Gott!«

»Ich würde am liebsten das Gradierwerk selbst abfackeln, auf das nächste Pferd springen und abhauen.«

»Das lass mal lieber bleiben! Wenn du fliehen willst, dann mach das so still und heimlich wie möglich, und verschaff dir einen Vorsprung.«

»Ich werde weggehen, darauf kannst du Gift nehmen! Komm mit mir, Otto!«

Im Herzen hegte der Kamerad den gleichen Wunsch

wie Gregor. Aber sie mussten es richtig anpacken. Sie brauchten einen legitimen Grund, die Festung zu verlassen, und einen Vorsprung, bevor man die Flucht bemerkte.

»Hast du einen Plan?«

»Wir müssen die Zeit nutzen, wenn der Offizier den Rundgang macht. Es dauert eine halbe Stunde, bis er wieder am Lagerplatz zurück ist. Wir laufen in die Vorstadt und stehlen dort zwei Pferde. Vielleicht können wir dann …«

»Um Himmels willen, hör auf mit diesem Irrwitz! Es muss einen besseren Weg geben. Ich werde darüber nachdenken.«

»Morgen schon, Otto! Morgen Nacht.«

»Still! Die anderen kommen zurück!«

\*\*\*

Auch in der nächsten Nacht schmiedeten die beiden Freunde Pläne, verwarfen aber die Idee, die Flucht zu Fuß anzutreten. Sie mussten es schaffen, die Festung mit den eigenen Pferden zu verlassen. Dies konnte nur in ihrer dienstfreien Zeit während des Tages geschehen, wenn die Tore geöffnet waren. Sie wollten keine großen Vorbereitungen treffen, denn das Horten von Proviant würde sie verdächtig erscheinen lassen und konnte zum Verhängnis werden. Den unfreiwillig rekrutierten Soldaten wurde von den Offizieren immer ein gewisses Misstrauen entgegengebracht. Auf ihnen ruhten stets verdammt wachsame Augen. Es musste gelingen, recht bald nach einer Nachtwache die Pferde aus dem Stall zu führen und über das Münder Tor in die Vorstadt an der Meerseite zu reiten. Kein Wachposten würde dort Deserteure vermuten, sondern die beiden für Boten halten, die zur Münder Schanze an der Küste des baltischen Meeres geschickt worden waren. Ihr Weg würde sie zunächst nach Osten führen und dann in einem weiten Bogen um die Stadt herum nach Südwesten.

Der Unteroffizier der kleinen Nachttruppe hatte sein Lager in einem anderen Haus – von ihm ging keine Gefahr aus. Nur der dritte Soldat war mit ihnen zusammen in einem großen Saal untergebracht. Er sollte in der Nacht vor der Flucht vornehmlich mit Branntwein bedacht werden und so nichts mitbekommen.

Einen weiteren Tag wollten sie noch warten. Einmal ihren Plan durchspielen. Nach der Nachtschicht nahmen sie am frühen Morgen am gemeinsamen Mahl in der Garnisonsküche teil und verdrückten sich dann in den großen Saal, wo sie in ihre Betten krochen. Nach einer Stunde aber schlichen sie sich uniformiert hinaus und schritten in selbstbewusstem Gespräch hinüber zu den Pferdeställen. Genau so sollte es am nächsten Tag ablaufen. Es gelang, ohne dass jemand auf sie aufmerksam wurde. Bald darauf lagen sie wieder auf ihren Matratzen und schliefen mit einem guten Gefühl ein.

Die folgende Nacht war wieder klar und der Mond hatte fast seinen vollen Umfang erreicht. Das Quartett saß am Gradierwerk und der Unteroffizier ging die Patrouillen abwechselnd mit einem der drei Gemeinen. Gerade war er mit Gregor auf der Brücke, die über den Holzgraben ins Siederland hinüberführte, als plötzlich verdächtige

Geräusche zu vernehmen waren. Sie spitzten die Ohren. Eindeutig hörten sie das näherkommende Trampeln von Pferdehufen. Der Offizier mühte sich, aber er konnte die Reiter nicht richtig erkennen. Wie viele es wohl waren? Nicht wenige, vielleicht zwanzig. Als sie ganz nahegekommen waren, zügelten sie die Pferde. Die Wachen duckten sich hinter den Steinwänden der Brücke. Sie hörten das Wiehern, das Stampfen der Hufe und Stimmen der Reiter. Stimmen, die in fremder Sprache Befehle aussprachen, die durcheinanderredeten.

Der Offizier deutete Gregor wortlos den Rückzug an. In schnellem Schritt schlichen sie lautlos über die Brücke und erreichten nach wenigen Minuten ihre Kameraden. Nicht aber an ihrem Lagerplatz, sondern schon zweihundert Meter davor. Die beiden standen am Holzgraben und waren völlig aufgewühlt. Sie bemerkten das Kommen ihres Kommandanten überhaupt nicht. Als der Offizier sie ansprach, erschraken sie.

»Was ist hier los?«

»Unteroffizier Flemming, wir haben da drüben eine Reiterei gesehen. Ich meine, es sind kosakische Späher. Sie waren hier am Holzgraben und haben sich dann wieder zurückgezogen.«

»Wie viele waren es?«

»Schwer zu sagen, vielleicht zehn.«

»Gut gemacht, Gemeiner. Aber woran habt ihr sie als Kosaken erkannt?«

»Ich bin mir nicht sicher, obwohl ich sie gut sehen konnte. Sie trugen schwarze Fellmützen, aber ohne jede

Zier. Ohne Schärpe. Und sie redeten in einer fremden Sprache!«

»Wir haben an der Brücke auch Reiter gehört. Sie kamen uns nicht nahe genug, damit wir sie hätten erkennen können. Aber sagt, wo habt ihr eure Musketen?«

»Es tut mir leid, Unteroffizier Flemming, wir haben sie am Lagerplatz zurückgelassen.«

»Was?«, schrie da der Offizier los. »Am Lagerplatz? Wie könnt ihr nur, ihr Elenden! Lauft sofort zurück!«

Als alle vier das Lager wieder erreicht hatten, drangen erneut Geräusche einer Reitergruppe zu ihnen. Diese entfernten sich in Richtung der Gelder Vorstadt.

»Los, ihr beiden haltet vorne am Pumpenhaus Stellung und beobachtet weiter. Aber denkt daran, dass ihr es mit feindlicher Kavallerie zu tun habt. Bei Gefahr zieht ihr euch ins Pumpwerk zurück. Verstanden?« Gregor und Otto repetierten die Anweisung und marschierten sogleich los. Dann wandte er sich an den anderen Kameraden: »Wir zwei gehen hinauf zum Geldertor und melden den Vorfall.«

Aus der Ferne waren wieder Stimmen und die Hufe vieler Pferde zu hören.

»Verdammt, was wird jetzt aus deinem Plan, Gregor?«

»Keine Sorge, die Kosaken sind morgen früh wieder weg. Die ziehen schon seit Monaten durchs Land und brandschatzen. Ich wette, von der Heyde wird morgen ein starkes Reitercorps hinausschicken, um dieser Bande das Fürchten zu lehren.«

»Dann müssen wir aber aufpassen, dass wir ihnen nicht in die Quere kommen.«

Nach einer halben Stunde kam Flemming mit fünf Mann Verstärkung, allesamt ältere, erfahrene Soldaten, zurück. Die Nacht verlief auch weiterhin nicht ruhig. Weit über Mitternacht hinaus hörten sie das Schlagen von Pferdehufen, und in der Ferne fielen Schüsse. Gefahr jedoch bestand zu keiner Zeit. Als am Morgen die Arbeiter zur Baustelle kamen, zogen sich die Soldaten in die Festung zurück. Die Männer bemerkten sofort eine aufgeregte Geschäftigkeit auf den Straßen und konnten die Nervosität wegen der paar versprengten Kosaken nicht recht verstehen. Starke Soldateneinheiten zogen hinauf auf die Münder Seite. Wollte der Kommandant wegen der fremden Späher ein so großes Aufsehen machen, oder drohte von der Nordseite eine ernstzunehmende Gefahr?

»Es ist viel schlimmer, Kamerad! Auf See liegen russische und schwedische Kriegsschiffe. Man hat fünfundvierzig Segel gezählt!«

Schon krachten die ersten Kanonenschüsse. Es waren die eigenen Geschütze, die von der Hafenschanze gegen kleinere Schaluppen schossen. Diese Schiffe waren nähergekommen, um den Ankergrund zu untersuchen. Gregor und Otto starrten sich fragend an. Was sollte aus ihrem Plan werden?

»Verdammt, was machen wir jetzt?«, fauchte Gregor mit gedämpfter Stimme.

Flemming, der mit dem Rücken zu den beiden stand, drehte den Kopf, um zu sehen, wer da gesprochen hatte.

»Keine Sorge! Kolberg ist nicht zu knacken. Wir fluten die Kanäle und geben diesen Bastarden ordentlich Blei.

Dann wird sich zeigen, ob ihr an den Kanonen zu gebrauchen seid.«

»Und was wird aus dem Gradierwerk?«

»Solange die Schlampe noch unversehrt ist, werden wir uns nachts zu ihr legen.« Der Offizier grinste.

Sie schlurften in die Küche, saßen schweigend vor ihren Tellern mit Brei. Bald zogen sie sich in den Schlafsaal zurück. Flemming blieb draußen auf dem Hof und diskutierte mit anderen Offizieren. Gregor beobachtete ihn durchs Fenster. Er schlüpfte unter die Decke und wartete. Otto wälzte sich in seinem Bett. Plötzlich krachte eine Bombe aus einem Mörsergeschütz. Sie schlug in ein Haus ganz in ihrer Nähe ein. Sogleich waren die Schlafenden aus ihren Träumen gerissen, und alle stürzten an die Fenster. Ein wildes Durcheinander entstand. Schreie von der Straße. Die Glocke eines Löschzugs bimmelte. Otto schüttelte den Kopf. Gregor hämmerte zornig mit der Faust gegen den Fensterrahmen. Er biss die Zähne aufeinander, schritt zurück zum Bett und ließ sich hineinfallen. Er selbst hatte diesen einen Tag abwarten wollen, und jetzt war es zu spät für seinen Plan.

Es gab nichts zu sehen, so zog es die jungen Männer allesamt wieder zurück unter die Decken, doch an schlafen war nicht zu denken. Mit großem Getöse schlugen feindliche Kugeln ein und zerstörten Hauswände, durchschlugen Dächer und Geschossdecken. Oberst von der Heyde war mit einigen seiner hohen Offiziere auf den Turm der Marienkirche gestiegen und verschaffte sich ein Bild über die Aktivitäten rund um die Stadt. Auf dem Meer hatten sich drei flachbordige Transportschiffe weiter angenähert, die mit großen Mörsern feuerten. Wenngleich die Schiffe teils von der Unruhe der Wellen, teils durch die Rückstöße der Geschosse schwankten, war keine der feindlichen Bomben vergebens. Sie trafen alle. Im gleichen Maße erwehrte sich aber die Artillerie Kolbergs. Bald lag eine dichte Wolke aus Staub und Pulverrauch über der ganzen Stadt. Am Nachmittag verstummten die Geschütze endlich, dafür begannen fast hundert Berittene ein Gefecht am Heu- und Strohmagazin. Die Kosaken von der vorherigen Nacht hatten ihr Lager am östlichen Strand nahe dem Stadtwald aufgeschlagen. Sie konnten durch schützendes Kanonenfeuer zurückgedrängt werden. Das Bombardement ging über Tage so weiter. Die mit dreißig Mann besetzte Hafenschanze trotzte hunderten Kanoneneinschüssen, doch als sie zusätzlich von Land aus von Artillerie attackiert wurde, musste sie aufgegeben werden. Der Leutnant versuchte mit seinen Leuten und einigen Geschützen die Festung zu erreichen, geriet aber leider in Gefangenschaft. Transportschiffe hatten bald tausende Soldaten auf Land abgesetzt. Von der Heyde ließ nördlich der Festung alle Bäume und Sträucher, die dem Feind Deckung geben konnten, umhauen. Nichts war gewisser, als dass die Feinde demnächst in die Siedlung der Pfannenschmiede eindringen würden. Die Einwohner hatten die Häuser, die zwischen Meer und der Festung lagen, bereits verlassen. Der Kommandant traf die nächste schmerzliche Entscheidung ...

»Gregor, du bist dabei! Sattel dein Pferd. Aufstellung,

sofort!«

Die preußischen Husaren rüsteten sich. Die Tiere wurden aus den Ställen geführt und die jungen Männer gruppierten sich mit ihren Vorgesetzten. Das Hornsignal »Aufsitzen« tönte über die Plätze und kurz darauf setzten sich aus mehreren Höfen zweihundert Reiter in Bewegung. Vorbei an der Bastion Preußen ritten sie durch das Münder Tor in die Vorstadt hinaus. Dort verteilten sie sich über die Häuser, die Schuppen und Ställe, um ihren traurigen Auftrag zu verrichten. Sie zündeten Pechkränze und Teertonnen an und steckten in Brand, was dem Feind hätte nützlich sein können. Es ging alles sehr schnell. Die brennenden Hütten, die schwarzen Rauchsäulen und berstenden Bomben verwirrten die Angreifer. Die fremden Strategen schätzten die Situation falsch ein und ließen Kanonen in Stellung bringen. Über viele Stunden bombardierten sie völlig unnötig die brennenden Häuser.

In der zweiten Belagerungswoche fiel die Kirche der Reformierten völlig in sich zusammen. Auch einige Gewölbe der großen Marienkirche waren eingebrochen und die Besteigung des Turms wurde verboten. Von fünf Bastionen aus donnerte preußische Artillerie, doch die Einschläge des Feindes mit Brandkugeln und Granaten ließen nicht nach. Von der Heyde begleitete auch die Löscharbeiten persönlich. Er kannte keine Furcht. Selbst dann, als ihm Kugeln um die Ohren flogen und der Zünder einer Bombe seinen Rock versengte, wich er keinen Schritt zur Seite.

»Die Kugel, die mir gilt«, rief er kühn aus, »ist noch nicht gegossen!«

Die Husarenreiterei verteidigte die Vorstädte Geldern und Lauenburg gegen feindliche Kavallerie und Fußtruppen. Ein Hin und Her setzte ein. Gregor und Otto, die beiden Freunde, mussten jetzt den Krieg lernen. Sie erlebten den direkten Schusswechsel auf dem Feld, sahen Kameraden verletzt vom Pferd fallen. Glücklicherweise kam es nicht zum offenen Nahkampf, zum Hauen mit den Säbeln und Stechen mit den Bajonetten. Die beiden kehrten gesund in ihre Garnison zurück.

Die Moral der tapferen Verteidiger jedoch litt schwer unter den verheerenden Zerstörungen der Stadt. Es gab bald kein Haus mehr, das nicht beschädigt war. Viele Dachstühle brannten lichterloh aus, Mauern und ganze Gebäude stürzten ein. Und das Bombardement wollte kein Ende nehmen.

\*\*\*

Seit Anfang der Belagerung war in dem kleinen Dorf Sellnow, südlich der Festung, eine russische Infanterieeinheit von mehreren hundert Mann postiert. Sie musste der Versorgung dienen, denn von dort gingen keine Kriegshandlungen aus. Am 18. September vernahmen die Wachen am Geldertor aus dieser Richtung Kanonenschüsse, die sie nicht deuten konnten. Die Offiziere versuchten, das Getümmel mit Fernrohren zu ergründen.

»Husaren!«, rief plötzlich einer, der die blitzenden Säbel auf der kleinen Erhebung nahe dem Dorf kämpfen sah. »Es sind Husaren!«

Ein überschwänglicher Jubel tönte von den Wällen, als das preußische Gewehrfeuer einsetzte. Kleinere Einheiten, die abwechselnd ihre Musketensalven krachen ließen, erzeugten das »rollende Feuer« von den Flügeln der Schlachtreihe zur Mitte hin. Es war Generalmajor Paul von Werner, der mit seinem Heer der braunen Husaren dieses völlig unvorbereitete russische Lager überrannte. Die Russen liefen über das Siederland davon, viele von ihnen gerieten in die Gefangenschaft der Preußen.

Am Nachmittag erschien der Retter mit seinem ganzen Korps, ungefähr fünftausend Mann, vor dem Stadttor. Von Heyde ging ihm entgegen. Nach einer herzlichen Begrüßung paradierten die Husaren, mit blanken Säbeln auf den Sattelknopf gestützt, durch die Stadt. Ihr wildes Aussehen, die schwarzen Bärte über den Lippen und die zornigen Mienen, beeindruckte die geschundenen Stadtbewohner sehr. Die Befreier lagerten außerhalb der Festung hinter der Vorstadt.

Den Russen schienen diese Truppen eine größere Übermacht zu sein, als sie es in Wirklichkeit waren. Sie schätzten die Truppenstärke viel höher ein. Völlig überraschend suchten daraufhin auch die gelandeten Kräfte meerseitig wieder Schutz auf ihren Schiffen. Am nächsten Morgen war der Strand und sein vorliegendes Land übersät von zurückgelassenem Kriegsgerät, Munition und sogar Kanonen. Die Preußen sammelten eiligst ein, was brauchbar war. An der Hafenschanze bot sich ihnen ein seltsames Bild. Die Fliehenden waren mit den Zugwagen, ihren Schiffen entgegen, in das Meer hineingefahren. Dort standen seit Stunden noch immer die Pferde still und hielten aus, obwohl ihnen die Wellen über die Rücken schlugen. Sie schnaubten mit emporgereckten Köpfen und zitterten am ganzen Leib vor Kälte und Angst. Sie waren Zeugen der überstürzten und völlig chaotischen Flucht.

\*\*\*

In ihrer kleinen Einheit waren Gregor und Otto meist zusammen. Die in Kolberg stationierten Husaren blühten im Abglanz des befreienden Korps regelrecht auf. Sie reckten die Brust, wenn sie durch die zerbombten Straßen der Stadt ritten. Ihre Einheit sicherte die Persante-Mündung, half bei der Bergung von Kriegsgerät und sprengte kleinen Kosakengruppen nach, die sich noch immer im Umland versteckt hielten. Mit zwanzig Reitern kamen sie am vierten Tag nach der Wende in ein elendes Dorf, wo die Rega in das Meer mündet. Das Treptowsche Deep bestand aus einigen kleinen Katen und schien gänzlich verlassen. Unteroffizier Flemming ließ eine verdächtige Scheune umstellen, zu der im Morast viele Fußspuren führten. Als sie sich näherten, konnten sie menschliche Stimmen vernehmen. Der Offizier ließ die Soldaten die Musketen anlegen und brüllte wiederholt gegen die vermuteten Gegner in ihrem Versteck, doch es kam keine Antwort. Der Größe nach zu urteilen, konnten sich in der Scheune gut und gerne fünfzig Mann aufhalten. Noch einmal drohte er, Feuer zu geben, doch nichts regte sich. Auch Gregor hielt sein Gewehr gegen die Holzwände, als er plötzlich den kleinen Riegel an der Scheunenwand bemerkte. Schweißperlen traten ihm auf die Stirn. Falls sich hinter den Brettern Menschen befänden, so wären sie nicht freiwillig dort, sondern möglicherweise eingesperrt worden. Gregor ließ den Gewehrlauf sinken und keuchte außer Atem: »Herr Offizier!«

Er durfte sprechen und der Unteroffizier nickte anerkennend. In einer neuen Aufstellung postierten sich die Husaren seitlich des Scheunentors. Gregor sollte öffnen. Er schob vorsichtig den Riegel zurück und zog das Tor auf. Daraufhin torkelten über einhundert ermattete, misshandelte und völlig verdreckte Gestalten ins Tageslicht. Sie waren Bewohner der Münder Vorstadt und des Siederlandes. Schon bald nach der Ankunft der Kosaken waren sie gefangen genommen und hierhergetrieben worden. In der wochenlangen Gefangenschaft hatten sie wenig zu trinken und fast nichts zu essen bekommen. Als sich das grau verwitterte Tor zur Freiheit knarrende öffnete, waren die Menschen zu schwach und in ihrem Schmutz zu beschämt, als dass sie ihrer Freude rechten Ausdruck geben konnten. Nur ein zaghaftes, warmes Lächeln und Tränen der Erleichterung konnten sie ihren Befreiern schenken, die sie in die zerbombten Häuser zurückführten.

***

Am 23. September zogen die letzten Segel der feindlichen Flotte außer Sicht. In den zerschossenen Kirchen wurde eilends Schutt und Dreck von den Bänken gewischt, damit ein Dankfest gefeiert werden konnte. Was für ein trauriges Bild. Das Fensterglas lag in Scherben am Boden und wo die Lichtstrahlen durch die Öffnungen einfielen, flirrte die Luft vor Staub. Und doch! Und doch sangen die kolbergschen Kehlen so inbrünstig Loblieder, wie sie selbst zu Ostertagen nie gehört worden waren. Drei Tage später ließ Major von Werner das Lager seines siegreichen Husarenkorps abbauen und zog weiter.

***

Was an den Festungsbewehrungen in den vergangenen Jahren mühsam instandgesetzt worden war und vieles mehr, lag wieder in Trümmern. Beschädigte Wohnstuben mussten dringend repariert werden, denn der Winter stand vor der Tür. Was für eine schwere Herausforderung für die Verantwortlichen der Stadt! Vieles Notwendige würde nicht mehr in Ordnung gebracht werden können, das war schnell klar. Das Umland war geplündert, die Vorräte der Bürger und Bauern geraubt und die Äcker verwüstet. Die Freude über den Sieg wich schnell der Ernüchterung. Und es begann zu regnen.

»Ausgerechnet!«, wollte man ausrufen, doch die vergangenen Wochen waren ungewöhnlich mild und trocken gewesen. Es war längst Zeit und der Herbst zog wie jedes Jahr mit Regen und Nebel ins Land. Die verbliebenen Feldfrüchte mussten eingeholt und das Kraut gehobelt und mit reichlich Salz in die Fässer getreten werden. Feuerstellen brannten, doch die Herzen der Menschen vermochten sie nicht zu wärmen. Die Zeiten des Miteinanders waren vorbei. Wer jetzt nicht seinen Vorteil suchte und Vorsorge für die kommenden Monate traf, der würde schwer hungern müssen. Eine Depression legte sich auf die Seelen der Bürger, so bleiern wie die graue Wolkendecke am Himmel. Nässe, Nebel und Neid auf alles, was ein anderer noch hatte, man selber aber nicht mehr besaß, waren das Gesicht dieser Zeit. In den Nächten plünderten sie die Felder und Gärten um die Festung. Sie stahlen Rüben und Kraut und schlugen sich um das Wenige, das ihnen nicht gehörte.

***

Mit dem Sieg über die russischen Belagerer gelangten die stationierten Husaren zu einem neuen Selbstbewusstsein. Sie hatten all die Jahre nicht zu den angesehensten Einheiten des preußischen Militärs gezählt, doch das wurde nun anders. Sie gebärdeten sich stolz und grimmig. Auch Gregor hatte sich verändert. Auch er trug jetzt einen Bart, streckte den Hals und hielt die Hand am Säbel. Sein Soldatendienst hatte einen Nutzen gehabt und einen Sinn bekommen. Solange er Soldat war, sollten seine Kraft und sein Leben der Fahne gehören. Wie weggeblasen waren in diesen Tagen die Gedanken an Flucht, und er fügte sich in die preußischen Tugenden, die der Offizier bei den täglichen Appellen lehrte: Pflichtbewusstsein, Treue, Ehrlichkeit, Zuverlässigkeit, Sparsamkeit …

Aus dem Bataillon wurden weiterhin kleinere Gruppen zu fünfzig Reitern ins Umland geschickt, um feindliche

Trupps aufzuspüren. Sie kämpften zornig, waren an Gefangennahme nicht interessiert und führten höchstens die festgesetzten Offiziere zur Festung heim.

Gregor lag auf seiner Matratze und blickte in die Dunkelheit. Um ihn herum schlafende und schnarchende Leiber – daran hatte er sich gewöhnt. Sonderbarerweise musste er an seinen Vater zurückdenken. Der hatte ihn Anständigkeit gelehrt und ihn zur Bescheidenheit ermahnt. Seitdem waren nur wenige Jahre vergangen, doch es schien ihm wie ein Traum aus einer weit entfernten Welt. Der Vater war ein friedfertiger Mann gewesen. Der konnte nicht anders, als gutmütig sein. Die Familie war bei ihm jederzeit gut versorgt. Die Mutter, die herzensgute Frau, war immer da gewesen. Schlau, manchmal hellsichtiger noch als der Vater, aber das hatte sie nie herausgekehrt. Von ihr gab es stets Zuspruch. Ein Lächeln zog sich um Gregors Mund. Er erinnerte sich daran, wie der Vater ihr den Kopf zuneigte, zuhörte, nickte und eine Sache dann entschied. Würde Gregor je eine verständige Frau finden? Würde er auf dem Feld sein Leben lassen oder als alter invalider Offizier junge Männer betrunken in die Falle führen müssen? Das Richtige zu tun, war in diesen Zeiten nicht die Sache eigener Entscheidungen. »Seine Pflicht zu erkennen und zu handeln, das ist die Hauptsache!« Das Wort des Alten Fritz' schien an diesem Ort sehr angebracht und wurde von den Offizieren gern gebraucht. Pflichtbewusstsein, Widrigkeiten ertragen, sogar der Begriff »gut«, »gut sein«, alle diese Tugenden hatten beim Militär eine andere Bedeutung bekommen. Gregor hatte an diesem Tag einen jungen Kosaken getötet. Der war nicht älter gewesen als er selbst. Die preußischen Husaren kämpften tapfer, sie leisteten »gute Arbeit«. Es war nichts Schändliches daran, die Kugeln nach dem Feind zu schießen, den Säbel nach ihm zu schlagen, bevor man selbst die Klinge spüren sollte. Es war gute Arbeit. Aber dem jungen Kerl, der sich auf dem Boden wälzte, in die verzweifelten Augen zu blicken, ihm das Bajonett in die Brust zu stoßen ... Ein kalter Schauer überkam ihn. Wieso? Vielleicht vor der Erkenntnis, dass ihm das Töten nicht leidgetan hatte.

Gregor schloss die Augen, sprach in Gedanken ein Gebet und schlief ein, bevor er es beenden konnte.

\*\*\*

Der Husarentrupp zog weiter durch das Umland und hatte einige versprengte russische Reiter aufgespürt und erledigt. Dreißig Mann stark ritten sie durch den Stadtwald nach Osten und durchstreiften die kleinen Ortschaften in Richtung der Stadt Körlin. Auf einem großen Gutshof schlugen sie ihr Nachtlager auf und am nächsten Tag ging es an der Persante entlang zurück nach Kolberg.

An diesem Tag hatte es nicht geregnet – ein Glück. Trotzdem war es kalt, höchstens zehn Grad. Seit drei Uhr Nachmittag senkte sich ein Nebel auf die Wiesen. Gregor spürte die Körperwärme seines Pferdes. Es dampfte in der kühlen Luft. Eben hatten sie das Dörfchen Nassow erreicht. Es lag da wie verlassen. Die Fenster und Türen verriegelt, versteckte es seine Bewohner, die sich hinter grauen

Holzwänden vor den Reitern fürchteten. Die Bauern konnten Freund und Feind kaum unterscheiden. Beide nahmen ihnen ihr Brot. Der Offizier ließ absteigen.

»Es ist ein Kaff so öde wie das andere! Würden nicht ein paar Hühner im Dreck scharren, ich meinte, die Dörfer wären alle verlassen«, bemerkte der Kommandant abfällig.

Der Unteroffizier nickte eifrig.

»Na los, Hagmann, Flemming! Nehmt euch eure Männer und seht in die Schweineställe.«

Er selbst holte eine Trinkflasche aus einer ledernen Satteltasche und nahm einige Schlucke dünnen Wein.

»Langsam macht das keinen Sinn mehr«, bemerkte Otto hinter vorgehaltener Hand. »Wir werden hier nichts Besonderes mehr erleben. Die Russen und Schweden haben längst den Weg in ihre Winterquartiere eingeschlagen.«

»Sei bloß still! Ich will keine Schwierigkeiten bekommen«, entgegnete Gregor nur und winkte ab. Sie steckten ihre Gewehre in Heuschuppen und Ställe und standen mit den Reiterstiefeln bis zu den Knöcheln im Schlamm.

»Sieh dir diesen Scheißdreck an«, schimpfte Otto. »Und der Alte, schau! Der hat genau aufgepasst, wo er seinen Fuß vom Pferd setzt.«

»Hör jetzt auf zu klagen! Glaubst du vielleicht, in der Festung hättest du es besser? Unsere Kameraden räumen Schutt und verkohlte Asche. Da sitze ich zehnmal lieber auf meinem Fuchs. Es ist noch immer ein gutes Gefühl, wenn wir abends in den Soldatenhof reiten. Wir sind Husaren, Otto. Husaren!«

»Du hast ja recht, mein Freund. Ich höre mich an wie

ein altes Waschweib. Verzeih! Wir sind der starke Arm des Preußenkönigs, Gregor. Und wir beide werden eines Tages Offiziere sein. Husarenoffiziere!«

»Schau mal! Was ist da drüben los?«

Ein Soldat, der zur Wegkreuzung am Ende des Dorfes geschickt worden war, preschte zu seiner Einheit zurück. Aufgeregt zeigte er in die Richtung, aus der er gekommen war. Die Offiziere stiegen in die Sättel und machten sich noch einmal gemeinsam auf den Weg. An der Kreuzung hielten sie, um Spuren zu deuten.

Mittlerweile standen alle Gemeinen wieder bei ihren Pferden und beobachteten ihre Vorgesetzten neugierig aus der Ferne.

Gregor bemerkte, dass kein höherrangiger Soldat mehr unter ihnen war. Er blickte vor zur Wegkreuzung, dann wieder in die fragenden Gesichter der Kameraden. Plötzlich konnte er sich nicht mehr zurückhalten und schrie in die Gruppe: »Alles aufsitzen!«

Einige der Pferde erschraken und wieherten. Die Soldaten aber hielten die Zügel und stiegen sofort in die Sättel. Einen Moment sahen sich die Offiziere zu ihrer Mannschaft um, dann trieben sie ihre Pferde an und kamen zurück in das Dorf.

»Wer war das?«, brüllte der Alte. »Sofort absitzen!«

Die Soldaten taten, wie befohlen, doch wussten sie nicht, was mit der Frage gemeint war.

»Wer von euch gab den Befehl, aufzusitzen?«

Die Soldaten wussten es nicht. Gregors Gesicht lief rot an. Mit einer solch zornigen Reaktion hatte er nicht gerechnet.

Er trat einen Schritt nach vorn und antwortete: »Ich war es, Herr Feldwebel. Ich dachte ...«

»Schweig!«, schrie der Offizier. Er sah sich nach Flemming um. »Was ist das für ein größenwahnsinniger Blödmann? Wie kann er es wagen, Befehle auszuteilen? Treibt ihm das aus, Flemming!«

Flemming schwang sich vom Pferd und sprang geschwind zu dem Holunderbusch, der neben dem Misthaufen wuchs. Hastig brach er sich eine dicke Gerte ab und nahm sich Gregor damit vor. Er ließ ihn den Husarenrock ausziehen, dann peitschte er dem Gemeinen vor aller Augen den Rücken. Aber wie!

»Noch nie habe ich eine solche Unverschämtheit gesehen!«, schrie der Alte. »Ein Gemeiner! Ist er sich seiner Stellung nicht bewusst? Schont ihn nicht, Flemming!«

Otto litt mit seinem Freund, doch er konnte nicht helfen. Er konnte den Anblick nicht ertragen. Vielmehr suchte er Gemeinschaft in den Gesichtern der Kameraden. Diese zeigten recht unterschiedliche Gefühle. Er entdeckte durchaus Schadenfreude und Spott. Als die Tortur vorüber war, sollte sich die Reiterei wieder auf den Weg machen.

Der Feldwebel schrie ungeduldig: »Los jetzt, es wird Zeit!«, dann wandte er sich mit verachtendem Blick an Gregor und brüllte erneut: »Willst du es noch einmal versuchen, he? Willst du noch einmal befehligen, Gemeiner?«

Die Husaren setzten ihren Weg fort. Als sie zu der Weggabelung kamen, konnten alle die Entdeckung der Vorhut sehen. Von der einbiegenden Straße her war hier eine größere Reiterei vorbeigekommen. Auf dem grasbewachsenen Boden war es zwar schwierig, die Stärke des Trupps genau zu deuten, doch die Hufspuren waren zahlreich. Die Nebelschwaden lichteten sich ein wenig, als sie das Waldstück erreichten, hinter dem ihr Etappenziel lag. In einer halben Stunde würde Gregor sein Pferd anbinden und sich den grimmigen Augen des Vorgesetzten entziehen.

»Eins kann ich dir sagen, mein Freund. Heute haben« dich zwanzig Kameraden auf der Karriereleiter überholt!«

»Ach was, Otto, bei nächster Gelegenheit mach ichs wett! Der weiß nur nicht, was in mir steckt.«

Gregor musste daran denken, wie er die vergangenen Stunden gefröstelt hatte. Jetzt war ihm heiß geworden. Sein Rücken brannte und er konnte den Riemen der geschulterten Muskete nicht ertragen. Er löste die Schnalle und legte sich das Gewehr über die Oberschenkel und den Hals des Pferdes, das in der Kolonne gemächlich dem Vordermann folgte. Der Nebel wurde wieder dichter. An den beiden Seiten der Straße stiegen Waldhänge empor. Schönes Holz. Gregor dachte an den Mangel in Kolberg. An die vielen zerbombten Dachstühle, die repariert werden mussten. Dicke Eichen säumten den Weg. Daraus wäre gutes Bauholz zu schneiden. Seine Gedanken trugen ihn in die Winterzeit des vergangenen Jahres zurück, wo er im Stadtwald zum Holzschlagen eingesetzt war.

Plötzlich verlangsamten die Pferde ihren Schritt und blieben nacheinander stehen. Gregor hob den müden Kopf, der in Gedanken tief nach unten gesunken war. Ein Kerl in schäbiger Montur stand auf dem Weg und winkte.

Gregor hörte, wie der Kommandant ihn ausschimpfte. Der Fremde erwiderte etwas, lief ein wenig voraus und sprang schließlich zur Seite und verschwand hinter Bäumen. Alle Hälse der Soldaten streckten sich und beobachteten die Szenerie. Vorne rief der Offizier den Befehl, weiterzureiten, doch bevor sich die kleine Kompanie wieder in Bewegung setzte, krachten plötzlich Schüsse von den Seiten. Während alle Augen auf den seltsamen Mann gerichtet waren, hatten sich auf den Hängen die Feinde postiert. Pferde wieherten, scheuten. Otto fiel zu Boden. Kriegsgeschrei lärmte von den Seiten und zugleich donnerte die nächste Kugelsalve. Ein Hinterhalt! Gregor fingerte nach Munition und den Zündhütchen in seiner Pulvertasche. Er hörte ein Surren und spürte gleich darauf einen brennenden Schmerz an seinem linken Ohr. Vor Panik wusste er nicht, was er tun sollte, und sehnte sich nach einem Befehl – nach dem Brüllen des Alten. Gott sei Dank lag seine Muskete griffbereit. Er hatte die Pulverkapsel schon in den Lauf gesteckt, die Ladung gestopft, da glitt ihm das Zündhütchen aus den Fingern. Das Pferd wieherte und stieg auf. Gregor konnte sich im Sattel halten, verlor aber das Gewehr. Musketenfeuer krachte. Es war das des Feindes. Die Pferde stoben durcheinander. Gerade als Gregor den Säbel zog, da knickten die Vorderbeine seines Pferd ein. Es schlug mit dem Kopf um sich, und als es zu Boden kippte, riss es ihn mit und quetschte ihn ein. Die Beine des Tieres waren wohl gebrochen. Es kam nicht mehr hoch, sondern schlug schnaubend auf der Seite liegend aus. Gregor gelang es, den schmerzenden Fuß unter dem Sattel herauszuziehen und sich zur Seite zu rollen. Auf seinen Säbel gestützt konnte er aufstehen. Ein paar Schritte humpelte er rückwärts, da streckten ihn die feindlichen Geschosse nieder. Er fiel in einen kleinen Graben am Wegrand, der mit hohen Brennnesseln bewachsen war. Es herrschte ein heilloses Durcheinander. Die Kameraden gaben keinen einzigen Schuss. Wenige der Husaren konnten heil, ein paar verletzt entkommen, doch ungefähr zwanzig blieben liegen. Gregor lag schwer verwundet da. Seine linke Ohrmuschel war von einer Kugel zerfetzt worden, der ganze Kopf war blutverschmiert. Blut rann ihm über die Schläfe ins Auge. Als er das Lid wieder öffnete, schaute er durch einen roten Film. Die andere Kugel hatte ihn in den Oberschenkel getroffen. Er tastete die zerfetzte Reiterhose. In einiger Entfernung sah er seinen Freund Otto jammernd über den Weg kriechen. Ein Mann stand über ihm, trat mit dem Stiefel auf seine Schulter, um ihn festzuhalten, und dann rammte er ihm das aufgepflanzte Bajonett in den Rücken. Otto krümmte sich und bekam den Stahl ein zweites Mal in den Körper getrieben. Der Anblick war grauenhaft. Der Feind ging von einem zum anderen. Auch die Russen nahmen keine Gefangenen. Verletzte Gefangene schon gar nicht. Der Feind würde auch zu Gregor kommen, der im Brennnesselgraben lag. Er würde sehen, dass Leben in ihm war, da würde er es ihm auslöschen wollen. Das Messer in den Rücken stechen, von hinten in die Lungen, in das Herz. Gregor musste an den Kosaken denken, dem er das Leben genommen hatte. War dies heute die Quittung dafür? Der Feind kam näher. Er bohrte das Messer in einen Leib, der keinen Laut von sich gab, und er ging zum nächsten, der leblos am Weg lag, auf dem Rücken, die Arme von sich gestreckt. Der Feind stach in den Brustkorb und der grimmige Husar mit dem wuchtigen Bart über den Lippen stöhnte ein letztes Mal und schlug mit einer Hand gegen den Lauf der Muskete. Aus der Ferne hörte Gregor den Ruf eines Eichelhähers.

Wie war das alles nur möglich? Womit sollte er sich jetzt noch erwehren? Zwei Männer schleiften einen seiner Kameraden über den Weg und ließen ihn am Rand in das Gestrüpp fallen. Gregor schloss die Lider. Tränen schwemmten das Blut aus seinen Augen. Er wollte nicht sterben! Was hatte er mit diesem Krieg zu tun? Seine Gutgläubigkeit, eine Unachtsamkeit, seine Bereitschaft, sich in das Schicksal zu fügen, hatten ihn in diese Situation gebracht – in den Dreck und den Tod. Das war nicht recht! In wenigen Sekunden brachte sein Gehirn so viele Argumente und so viele Fragen hervor, die er sich nicht beantworten konnte. Doch eines erkannte er: Jetzt war keine Zeit, für Gerechtigkeit zu streiten. In diesen Minuten gab es nur eine letzte Chance. Er wollte sich an seinen Herrgott wenden. Ihn anrufen. Es gab keine andere Macht, die ihn erretten, ihm helfen konnte.

Schmutzige Stiefel schlugen nach den Leibern der Gestürzten. Die Kugeln der Musketen töteten selten, und die verwundeten Kameraden stöhnten, heulten, versuchten sich fortzuschleppen. Vergebens.

Gott allein war Gregor in dieser Todesnot ein Anker – oder ein Strohhalm? Wie auch immer – er besann sich und schrie lautlos zu seinem Herrn. Vater! Vater im Himmel! Ich bitte dich, schone mein Leben. Soll mein Blut ohne Sinn in diese Erde rinnen? Vater, es ist deins! Ich gebe es dir hin, aber bitte schone mein Leben, auf dass ich es dir weihen will. Ich will mein Leben dem Namen Jesus hingeben. Wenn du, Herr, ein lebendiger Gott bist, dann hilf mir jetzt!

Der Mann mit dem aufgepflanzten Bajonett kannte keine Skrupel. Er trieb das Messer in die Körper der Soldaten, die auf dem Boden lagen. Er stach in die Brust, er stach in den Rücken, er stach in das Genick und den Unterleib. Er stach, weil es den Tod brachte – und es ihm Lust bereitete. Andere Soldaten packten die Kameraden an den Oberarmen und zogen sie ein Stück vom Weg. Gregor bewegte sich nicht. Welche Chance hatte er, zu überleben? Er konnte nichts anderes tun, als sich reglos tot zu stellen. Aus schmalen Augenschlitzen sah er, wie der Stiefel eines Mannes eine Husarenmütze zur Seite stieß. Er kam direkt auf ihn zu, schleifte einen Soldaten über den Boden. Gregor konnte ihn nicht erkennen, denn der schwarze Schopf hing vornüber. Ein Stiefel trat auf Gregors Handgelenk und dann spürte er, wie der Körper des Getöteten auf ihn geworfen wurde. Er rührte sich nicht, machte keinen Mucks, obwohl ihn der Tritt auf die Hand sehr peinigte. Ein Bein des Toten versperrte ihm nun die Sicht. Jetzt konnte er nur noch den Stimmen lauschen. Er hörte das Schnaufen der russischen Gemeinen. Dicht neben ihm fiel noch eine Leiche in das raschelnde Gestrüpp und er nahm wahr, wie etwas auf den Boden schlug. Jemand spuckte aus.

Gregors Körper rebellierte. Er war ein Bündel aus Schmerzen. Die Schussverletzungen an Ohr und Bein, Prellungen durch den Sturz und das Brennen der Nesseln an Gesicht und Händen quälten ihn so sehr, dass es ihm schwerfiel, stillzuhalten. Ein Staudenstumpf drückte in seine Brust und dies wurde durch das Gewicht des Kameraden, der auf ihn geworfen worden war, noch verstärkt. Feindliche Stiefel standen dicht neben ihm. Er konnte nichts sehen. Er hörte die fremde Sprache der Männer, die nicht mehr bedrohlich klang. Dann noch einmal ein Jammern, ein Betteln in deutscher Sprache und ein Aufschrei. Gregor rief zu Gott, ohne einen Laut von sich zu geben. Er flehte seinen Gott um Schonung und um Vergebung für seine Schuld an, die er in diesem Krieg auf sich geladen hatte. Er erkannte, dass sein Tod eine Rechtfertigung für die Gräuel sein konnte, die er den Feinden bisher angetan hatte. Er war nicht unschuldig. Er wusste das und wurde demütig. Sein Tod auf diesem Felde wäre nur gerecht, doch alles, was geschehen war, war nicht seiner eigenen Entscheidung entsprungen. Gregor war ein kleines funktionierendes Rad. Ein Gemeiner, dessen Aufgabe es war, zu töten. Er bereute sehr, in diese verteufelte Lage geraten zu sein, betete, hoffte und harrte seines Schicksals.

Der Himmel war ihm gnädig. Gregor lag unter einem toten Kameraden. Sein Glück war, dass er am Wegrand zusammengebrochen war und offensichtlich übersehen wurde. Er tat keinen Mucks, spürte aber plötzlich, wie sein Bein zu zittern begann. Mit Anspannung der Muskeln und einer kaum wahrnehmbaren Bewegung versuchte er, dies zu unterbinden. Für eine kleine Weile lag es ruhig. Stimmen drangen an sein Ohr. Lachen. Die Feinde feierten den gelungenen Überfall mit Schnaps aus einer irdenen Flasche, die herumgereicht wurde.

Gregor konnte es nicht sehen. Schritte entfernten sich. Pferde wurden herbeigeführt. Nach einiger Zeit wurde es still um ihn herum. Dann kamen die Vogelstimmen zurück. Er wagte weiterhin nicht, sich zu bewegen, lag mit dem Gesicht auf hartem, stacheligem Gestrüpp. Das tat weh. Gerade wollte er das Bein der Leiche über seinem Kopf zur Seite schieben, da waren wieder Schritte zu hören. Schnelle Schritte von leichten, kleinen Füßen. Sie sprangen hin und her. Frauenstimmen flüsterten miteinander. Plötzlich das Knirschen von Steinchen unter Schuhsohlen direkt neben seinem Ohr. Ein Name wurde gerufen und eine zweite Person kam herbei. Unter angestrengtem Stöhnen zerrten sie den toten Soldaten von Gregors Körper. Sie kramten in seinen Taschen, zogen ihm die Stiefel aus und alles, was ihnen nützlich erschien, verschwand in einem grauen Sack. Die Russen hatten ihren Opfern zwar die Pferde und Waffen abgenommen, aber nur flüchtig die Taschen nach Wertsachen durchsucht.

Die Weiber fanden allerhand Brauchbares bei den Husaren. Dann stand eine von ihnen wieder vor Gregor. Da er bäuchlings am Boden lag, konnte sie ihm nicht in die Taschen greifen. Die Frau zog am linken Arm und wollte ihn herumdrehen, da schnappte Gregor nach ihrer Hand und erwischte ihr Handgelenk. Ein panischer Aufschrei, doch sie konnte sich losreißen und hüpfte schnell zur Seite.

»Da lebt noch einer!«, schrie sie der anderen zu.

»Na warte, dem geb ich den Gnadenstoß!«

Die Ältere bückte sich nach einem Knüppel. Unter stechenden Schmerzen richtete Gregor sich auf. Zum Glück hatte er seinen Säbel im Brennnesselgestrüpp glänzen sehen. Schnell fasste er die Waffe und machte seinerseits einen Schritt auf die Angreiferin zu. Mit seinem blutverschmierten Gesicht bot er einen fürchterlichen Anblick.

»Komm nur her, du Miststück!«, schrie er ihr entgegen.

Mit offenen Mäulern blieben die Frauen einen Moment wie angewurzelt stehen, dann liefen sie eilends davon. Gregor schnaubte, stand auf seinen Säbel gestützt, bis die Weiber um die Kehre gelaufen und außer Sicht waren. Dann fiel der junge Soldat wie ein Kartoffelsack wieder zu Boden. Wo sollte er nur hin? Er musste weg und sich irgendwo verstecken. Auf allen vieren kroch er ein Stück und fand einen stabilen Ast, mit dessen Hilfe er sich wieder aufrichten konnte. Mühsam bewegte er sich vorwärts. Aus der Schusswunde am Bein sickerte Blut. Er biss die Zähne zusammen. Alle Hoffnungen setzte er darauf, dass die geflohenen Kameraden noch einmal zurückkehren würden, doch das war nicht der Fall. Unter höllischen Schmerzen kämpfte er sich vorwärts, doch es fiel ihm schwer, das Gleichgewicht zu halten. Er stürzte wieder, saß auf dem kalten Grasboden und konnte nicht mehr aufstehen.

Nach einer Weile kam ein Fuhrwerk des Weges. Ein Bauer und ein kleiner Junge saßen auf dem Bock des einachsigen Wagens. Sie verlangsamten ihre Fahrt und beide sahen mitleidig auf Gregor hinab, fuhren aber weiter.

Gregor musste weinen.

Der Mann auf dem Wagen kommandierte den Gaul und hielt an. Sein Junge hatte ihn an der Weste gezogen und der Vater hatte ihn ohne ein Wort verstanden. Wie hätte er mit ruhigem Gewissen davonfahren können, ohne sein Christsein zu verleugnen? Dieser war sein Nächster. Dieser blutende Soldat würde ohne einen barmherzigen Helfer zugrunde gehen. Der Mann sprang vom Bock und lief zurück. Er sprach Gregor an, verschaffte sich ein Bild über seine Verletzungen, dann zog er ihn hoch und führte ihn zum Wagen, wo neben Rüben und einem Sack Mehl genügend Platz war.

\*\*\*

In der finsteren Stube gab es eine lange Bank, auf die wurde eine Decke geworfen und Gregor darauf abgelegt. Die kleinen Fenster spendeten nur wenig Licht und die Wände waren vom Rauch, der manches Mal den Weg in den Kamin nicht fand, rußgeschwärzt. Gregor hatte keine Ahnung, wo er sich befand, denn während der Fahrt war er eine Zeit lang ohne Bewusstsein. Jetzt zitterte er und klapperte mit den Zähnen.

»Ihm ist kalt, Frau, schür ein Feuer! Und wir werden warmes Wasser brauchen.«

Die Bäuerin ging hinaus und kam rasch mit einem Korb Feuerholz zurück. Ihr Mann zündete indessen eine Lampe an. Bereits der helle Schein vermittelte ein Gefühl von Wärme. Drei kleine Kinder standen stumm und wie angewurzelt neben der Tür.

»Du bist in Sicherheit, Junge.«

Wie gut das tröstende Wort tat. Gerade noch lag Gregor in Todesgefahr und im Dreck. Selbst als die Feinde ihn liegen ließen und fortritten, hatte der Tod ihn in seiner Kralle. Er hätte langsam schwächer werden und verbluten können, doch wie ein Wunder wurde er verschont.

»Gleich wird es warm.«

Der Bauer wandte sich wieder an seine Frau, die am offenen Kamin stand, und einen Wassertopf in das Dreibein einhängte. »Geh, Frau, der Kerl dauert mich, hol doch was zum Zudecken. Der zittert ja am ganzen Leib.«

Gregor war dankbar. Er sah die Sorge dieser braven Leute, die sich mitleidig alle Mühe machten. Nach einiger Zeit kam die Frau mit einer Schüssel warmen Wassers an sein Lager. Sie wusch ihm das Gesicht, löste die schwarzen Krusten. Die Wunden am Ohr begannen dabei wieder ein wenig zu bluten. Mit einem Tuch umschloss sie es vorsichtig.

Richtig gefährlich war die Schussverletzung am Bein. Die Frau erfühlte die Kugel, die tief im Fleisch steckte. Besorgt sah sie sich nach ihrem Gatten um.

»Du musst den Bader holen, sonst wird er nicht hochkommen. Das Blei muss heraus.«

»Den Bader?« Missmutig wandte sich der Häusler ab. Sollte er nun auch noch Kosten für einen Wundarzt tragen? Es war ihm nicht recht. Es war zu viel der Mühe und doch dauerte ihn der junge Bursche. Er grübelte, griff nach einer Steinflasche, die auf dem Wandbrett stand, und goss daraus

Branntwein in einen Becher. Zuerst nahm er selbst einen großen Schluck daraus, dann reichte er ihn dem verwundeten Soldaten. Gregor musste husten, genoss dann aber die Hitze in seinem Leib. Ohne ein Wort verstand der Bauer den dankbaren Blick. Er wollte das Leben dieses Burschen retten und Hilfe holen. Als Lohn für die Behandlung würde er dem Bader den Soldatensäbel bieten.

Es dauerte keine Stunde, da stand ein greiser Mann, der kaum noch Haare auf dem Kopf und wenige Zähne im Mund trug, vor dem Krankenlager.

Die Behandlung war kein Spaß. Dieser Wundarzt kramte in seiner abgewetzten Ledertasche nach verschiedenen Instrumenten und entschied sich dann für eine lange, vorne abgewinkelte, spitze Zange. Er wischte sie an einem Tuch ab und wühlte damit im Fleisch. Die Schmerzen waren so arg, dass Gregor ohnmächtig wurde. Als er wieder zu sich kam, lag die Bleikugel in einem kleinen Zinnteller auf dem Tisch. Er stöhnte. Wie erschlagen lag er auf dem schmalen Brett der Bank, das Zittern seines Beins hatte aufgehört. Sein Arm hing baumelnd fast bis zum Boden und schmerzte im Gelenk. Er hob ihn an und fasste an den Verband, den der Heilkundige angelegt hatte.

Gregor konnte sich ein wenig aufsetzen und lehnte sich mit dem Rücken an die Wand.

»Du musst stillhalten, bis die Blutung aufhört!«, mahnte der Bader. »Es ist noch lange nicht überstanden. Und bete zu Gott, dass sich kein Wundbrand einstellt.«

»Was sollen wir nun mit ihm anstellen?« Der Hausvater kratzte sich den Bart und blickte fragend in das Gesicht seiner Frau, die mit den Kindern am Tisch saß.

»Es ist eure Sache,« riet der Bader, »aber ein paar Tage muss er sich schonen. Marschieren kann er damit nicht.«

»Wo kommst du überhaupt her, Soldat?«, fragte der Bauer.

»Ich ... ich gehöre zu einem Husarenbataillon aus Kolberg. Kosaken haben uns hinterhältig überfallen.«

»Ah, aus Kolberg natürlich. Ich kann dich mit dem Wagen hinbringen. Gleich morgen früh!«

»Ja, Bauer. Ich danke Euch!«

»Hier, trink das! Es ist Wein. Der wird dir guttun.«

Die Frau erhob sich und ging hinaus, ihm ein Lager in der Kammer zu bereiten. Die Kinder sollten sie für eine Nacht räumen. Als alles so weit war, stützten die beiden Männer den Verwundeten und brachten ihn ins Bett.

»Habt vielen Dank! Ich kann Euch nicht genug danken, dass Ihr mich aufgehoben habt.«

»Ist schon gut. Der Herr im Himmel wird es lohnen.«

Die Bäuerin brachte einen brennenden Kerzenstumpf und stellte ihn auf einen Stuhl, den sie an sein Bett rückte. Die Flamme erleuchtete das Gesicht der Frau, das aus einer leinenen Kopfhaube hervorschaute. Gregor staunte über ihre milden Züge, die so gar nicht zu dem grobschlächtigen Ehemann passen wollten. Sie blickte sehr ernst, vielleicht traurig. Sie war deutlich jünger als ihr Mann, keine dreißig Jahre. Den Bauern schätzte er über vierzig. Die Frau nickte wohlwollend und schlug dabei die Augenlider zu Boden. Dann verließ sie den Raum.

Die Kerze spendete ausreichend Licht, sodass Gregor

sich in dem kleinen Raum umsehen konnte. Die Einrichtung war spärlich. Ein Bett, ein Kasten, ein winziger Tisch, eine Truhe, kleine Schuhe auf dem Dielenboden. Er lächelte. Was sollte er anders, als sich freuen? Sein Schicksal war auf Messers Schneide gestanden, aber das Leben sollte ihn noch nicht ausspucken. Er dachte an seine Gebete, an sein Flehen, als er das Bajonett des Kosaken vor Augen hatte. Das Versprechen, Gott zu folgen, fühlte sich noch immer gut für ihn an. Wie aber konnte er aus seinem Soldatendienst ausbrechen? Wie, wenn er erst wieder in seiner Kaserne gefangen wäre? Er würde mit dem Bauern darüber reden müssen.

Nach einer Weile kam ihm wieder sein Vater in den Sinn. Der gute Vater. Es waren dieselben Gedanken, die er sich in Kolberg im Kasernenschlafsaal gemacht hatte. Gregor erkannte, dass er sich die Frage nach dem Gutsein nun endgültig selbst beantworten musste. Welche Orientierung sollte sein Leben einschlagen? Soldat zu sein, das stand außer Frage, war nicht sein Weg. Nie wieder wollte er die Waffe gegen einen anderen Menschen erheben. Über diesem Gedanken schlief er ein.

***

Als der Morgen noch grau und jung aus der Nacht hervorging, krähte ein Hahn und weckte Gregor endgültig auf. Brennende Schmerzen hatten ihn viele Male aus dem Schlaf gerissen. Es regnete. Er hörte es leise durch das Fenster. Seine Verletzungen taten noch immer höllisch weh. Im

Haus war es still. Er drehte sich ein wenig zur Seite, damit er zum Fenster hinausschauen konnte. Für klare Gedanken und Pläne war noch nicht die rechte Zeit. Eine Weile starrte er nur in das Grau des Himmels und döste weiter ein wenig vor sich hin. Es verging noch eine gute Stunde, bis er kleine Füße über den Dielenboden der Wohnstube laufen hörte. Draußen war es zwar heller geworden, doch die Regentropfen klopften unverändert auf das Fensterbrett. Er wollte sich bemerkbar machen, also nahm er den Kerzenhalter und klopfte damit auf die Sitzfläche des Hockers.

Der Bauer kam herein und öffnete das Fenster.

»Wie geht es dir?«

»Danke – ich lebe noch.«

»Das will ich hoffen. Es schifft. Ich denke, dass wir bei diesem Wetter den langen Weg nach Kolberg nicht machen können. Wir sollten abwarten und morgen sehen.«

»Darüber wollte ich ohnehin mit Euch reden. Ich möchte nicht nach Kolberg zurück.«

»Was? Aber wieso nicht? Du gehörst dem Militär!«

»Es ist eine lange Geschichte. Ich habe das nie gewollt. Sie haben mich gezwungen, ein preußischer Soldat zu sein. Von Anfang an war es Unrecht!«

»Das kann ich nicht beurteilen. Aber Deserteure werden streng bestraft. Es wird dir nicht gut ergehen damit.«

»Mein Entschluss steht fest. Ich habe es dem Herrgott geschworen, beim Namen Jesu, dass ich mit meinem Soldatenleben brechen werde und ihm nachfolgen will.«

»Hm.«

Der Bauer verließ den Raum und kam mit einer Schale

Milch und etwas Brot zurück. Gregor hatte Appetit und ließ es sich dankbar schmecken.

»Man wird die Leichen holen und feststellen, dass du nicht unter ihnen bist. Am Ende suchen sie dich schon.«

»Ach. Die werden glauben, dass die Kosaken mich fortgeschleppt haben.«

»Warum sollten sie alle anderen erstechen und ausgerechnet dich gefangen nehmen?«

Gregor schwieg und dachte darüber nach. Natürlich hätten sie einen unverletzten Soldaten, der ihnen keine Last war, mitführen können, anzunehmen war es aber nicht.

»Kann ich nicht ein paar Tage in Eurem Haus bleiben, bis mein Bein ein wenig verheilt ist?«

Der Bauer seufzte, denn er wollte nicht in Schwierigkeiten geraten. Ein, zwei Tage spielten keine Rolle. Gregor war schwer verletzt und das Wetter zu schlecht, um ihn transportieren zu können, doch lange wollte er den abtrünnigen Soldaten nicht unter seinem Dach wissen. Er schloss die beiden Flügel des Fensters wieder und verließ die Kammer, ohne zu antworten.

# Verloren, Jahre später

Als Tilda plötzlich aufhorchte, stand die Sonne schon tief. Das Kreischen eines Greifvogels hatte sie aus ihren Gedanken gerissen. Wenn sie mit etwas beschäftigt war, dann schien die junge Frau alles andere um sich herum zu vergessen. Sie bemerkte nun das Rauschen des Windes, der die Baumkronen sanft wiegte. Langsam drehte sie sich um ihre eigene Achse und lauschte dem Gesang der hohen Fichten. Seltsam, dass sie bis zu diesem Zeitpunkt nichts davon wahrgenommen hatte.

Wie viele Stunden wohl verstrichen waren, seit der Vater sie hier angewiesen hatte, Brombeeren zu pflücken. Sie drehte sich nach dem Eimer um, den sie gefüllt hatte, und war mit ihrer Ernte zufrieden.

»Der Vater wird sich freuen!«, redete Tilda mit sich selbst. Ihr Gefäß war mit reifen Beeren schon fast voll. Er wird gleich kommen, ging es ihr durch den Kopf, es ist doch schon spät.

Immer lauter und tiefer drang das Geräusch in sie, bis sie die Augen zusammenkniff und sich die Ohren zuhielt. Augenblicklich nahm sie ein neues, anderes Rauschen in ihren Ohren wahr. Dieses war auch nicht besser auszuhalten.

Auf der Waldlichtung wuchsen einige Disteln und dort flatterte ein schöner Schmetterling. Tilda hüpfte hinzu, um ihn zu fangen, doch da mühte sie sich vergeblich. Der schwarzgetupfte, gelbbraune Falter schien nicht wirklich fliehen zu wollen, doch dem Haschen der jungen Frau entwich er mit Leichtigkeit. Tilda war guter Dinge. Noch nie hatte sie einen so schönen Ausflug gemacht. Alles war neu. Alles war so weit und so groß und so hell. Bislang hatte sie nur das dunkle und modrige Haus gekannt. Vater wollte sie mit in den Wald nehmen, weil sie doch heute Geburtstag hatte. Er hatte gesagt, sie sei nun 24 Jahre alt und es sei für sie an der Zeit, die Welt kennenzulernen. Inzwischen aber knurrte ihr der Magen. Wo er nur blieb? Schließlich hatten sie einen sehr langen Weg nach Hause. Allmählich machte sie sich Sorgen. Alles schien ihr sonderbar, schon vom frühen Morgen an. Bereits im Dunkeln hatte der Vater den Rappen eingespannt und die Tochter geweckt. Er hatte sie auf den Kutschbock gezogen, ihr ein großes Stück Brot in die Hand gedrückt und sie in eine Decke gehüllt. Als der Morgen graute, holperten sie aus der kleinen Ansiedlung. Sie hörten noch den Hahn vom Lehnerhof, der ihnen einen Gruß nachrief. Solange das Gefährt langsam dahinschaukelte, lehnte Tilda warm eingerollt an der Schulter des Kutschers. Bald aber trieb der Alte den Gaul mächtig an – er hatte es eilig, Strecke zu machen. Stunde um Stunde verging ohne Halt.

»Trink, mein Kind!«, sagte ihr Vater und reichte ihr eine dunkle Flasche. Tilda zögerte. Sie wusste, dass Wein in der Flasche war.

»Trink nur, es geschieht dir nichts. Heute sind wir auf Reisen, wir brauchen Kraft.«

Sie hatte Durst, doch wäre ihr Wasser, wie sie es Tag für

Tag vorgesetzt bekommen hatte, lieber gewesen. Sie nahm einen kräftigen Schluck und blickte wieder misstrauisch in das Gesicht ihres Vaters.

»Trink nur, es geschieht dir nichts!«

Sie trank noch einmal, dann klemmte sie die Flasche zwischen ihre Schenkel.

Der Alte blickte auf den Weg, auf den Rappen, trieb das Tier mit einer Peitsche an und rief: »Hiah! Lauf!«

Das sonnengegerbte Gesicht des ausgemergelten Mannes hatte tagelang kein Rasiermesser gesehen. Tilda nahm noch einmal einen Schluck des starken Weins, doch er vermochte den Durst nicht zu stillen. Immerhin wärmte er den Bauch, betäubte den Geist. Er ließ die Ungeduld auf ein Ankommen vergessen und linderte die Strapazen der Fahrt.

Tilda hatte kein Gefühl für Weg und Zeit. Nach einer Ewigkeit hielt der Wagen an einer Stelle, wo ein schmaler Pfad tief in den Wald führte. Sie stiegen ab und erreichten bald eine Lichtung. Es war ein schöner Platz. Es duftete nach Harz und Sommerblumen, und an großen Brombeerhecken hingen unzählige reife Früchte.

Der Vater wies sie an, hier Beeren von den wilden Hecken zu pflücken, während er eine Besorgung zu erledigen habe. Er wolle bald wieder zurück sein. Dann ermahnte er die Tochter, sie solle sich nicht weit von der Lichtung wegbewegen, damit er sie in zwei, drei Stunden wiederfinden könne.

Tilda verbrachte den Nachmittag allein im Wald. Nie hatte sie so etwas erlebt. Nie hatte sie hinausdürfen in die Natur, nicht einmal in den Garten, auf die Obstbaumwiese oder das Feld. Wieder schrie ein Eichelhäher. Sie hörte ein Rascheln aus den Beerensträuchern und riss den Kopf herum. Vom Vater gab es noch immer keine Spur. Die Sonne war bereits hinter den dunklen Bäumen untergegangen und färbte den Himmel orangerot.

»Ich will auch schlafen gehen, doch zuerst muss der Vater kommen und uns mit dem Schwarzen nach Hause bringen«, redete Tilda zu sich selbst. Sie nahm die grobe Decke, die auf einem Baumstumpf abgelegt war, breitete sie an einer trockenen Stelle unter einer Buche aus, setzte sich mit dem Eimerchen darauf und aß von den Beeren.

# Die Klause im Wald

»Na los jetzt!«, schimpfte der bärtige Mann im schwarzen Ordensgewand. Er stand in geduckter Haltung, die Hände ausgebreitet und fixierte die Henne, die den Weg in den Verschlag nicht finden wollte. Es war wieder die mit den dunklen Federn in den Schwingen – die immer als Letzte und manchmal überhaupt nicht ins Haus wollte.

»Du bist die nächste, die in meiner Suppe landet. Jetzt mach zu, dass du hineinkommst. Los, hinein mit dir ins Haus!«

Langsam näherte er sich der Gesprenkelten, Schritt für Schritt, doch sie flatterte gackernd an ihm vorbei und lief ein Stück auf dem Waldweg davon.

Gregor schrie auf und sah dem Federvieh wütend nach.

»Willst du, dass dich der Wolf holt?«

Dann machte er sich eilends an die Verfolgung. Er lief ein kurzes Stück den Weg entlang, hüpfte auf den kleinen Pfad, der in den Wald führte und überholte dort das Huhn, das friedlich nach Käfern und Würmern scharrte. Schnell hatte er ihr den Weg abgeschnitten und trieb die Ausreißerin langsam zurück zum Haus. In guter Absicht und gut zuredend hoffte der Einsiedler, dass das eigensinnige Tier nun in den Stall steigen würde. Weit gefehlt. Schon bog es wieder ab und schritt gackernd nach rechts in Richtung des Backofens.

Meinetwegen, dachte Gregor siegessicher, am Zaun des

Gemüsegartens pack ich dich. Schon wurden seine Schritte schneller, doch auch die Gesprenkelte fing an zu laufen. Er hatte sie fast erreicht, da machte sie plötzlich kehrt, um wieder zu entfliehen. Der Mann streckte das Bein und bremste abrupt, doch glitt er auf den Kieselsteinen aus. Er stürzte und schlug mit dem rechten Knie auf den Boden, bevor er sich mit den Händen abstützen und das Körpergewicht auffangen konnte.

»Mistvieh, verdammtes!«

Er saß auf dem staubigen Boden und zog die Beine an, schlug die schwarze Tunika zurück und betrachtete die Schürfwunde. Kleine Steinchen klebten an der Haut, er wischte sie vorsichtig weg. An seinen Schläfen spürte er das Blut pochen. Indes wackelte die Henne unschuldig gackernd dem Haus zu. Zornig biss er sich auf die Lippen und schüttelte kaum wahrnehmbar den Kopf. So würde es nicht mehr weitergehen. Mit diesem Tier stimmte etwas nicht. Die dunklen Flecken, so fuhr es ihm in den Sinn, waren ein Zeichen des Teufels. Die beiden anderen hatten ein weißes Federkleid, doch diese Hühnerseele war befleckt und sie trug es als äußeres Zeichen sogar an ihren Schwingen. Ein verdorbenes Vieh, das ihm kaum noch ein Ei ins Nest legte, aber ihn mit seiner Widerspenstigkeit zur Weißglut brachte. Der Mann stand stöhnend auf, ging zum Verschlag, schlug genervt das kleine Türchen zu und verschloss es mit einem Holzriegel.

Am Brunnentrog wusch er sich die Hände, schöpfte von dem kühlen Wasser und reinigte damit seine Wunde. Bald würde die Sonne hinter den Bäumen verschwinden, und er würde in die Grotte gehen, um die Vesper zu beten. Für einen Moment wandte er sein Gesicht der tief stehenden Sonne zu und freute sich über den warmen Herbsttag, der ihm geschenkt worden war. Er hatte die Zwiebeln ausgezogen und sie mit dem langen Laub zu Zöpfen geflochten. Jetzt hingen sie zum Trocknen an der wettergeschützten Ostseite seines kleinen Hauses unter dem niedrigen Dach. Die Rüben hatte er in einer Sandmiete in seinem Erdkeller eingegraben. Verschiedene Kräuter waren zu duftenden Buschen gebunden. Lautlos formten seine Lippen Dankesworte, die er mit geschlossenen Augen sprach. Über drei Jahre lebte er bereits in dieser Klause, einem aus Stein gebauten Häuschen, das nur aus einem einzigen, großen Raum bestand. Hier schlief er, kochte sein einfaches Essen und verrichtete an kalten Tagen die notwendigen Handwerksarbeiten. Hier studierte er die Bibel und schrieb sich Textstellen und Gedanken dazu in ein Büchlein. Zahlreiche Vorgänger hatten über Generationen an diesem einsamen Ort ausgeharrt und es ihm gleichgetan. Gregor war in einem Kloster auf diese Aufgabe vorbereitet worden. Als er damals aus dem Soldatenleben floh, hatte er sich in südöstliche Richtung orientiert, um möglichst rasch aus preußischer Hoheit zu entkommen. Sein Ziel war das polnische Grenzgebiet, wo überwiegend deutsch gesprochen wurde. Doch bis dahin war es ein langer Weg. Meistens marschierte er im Schutz der Dunkelheit und vermied den Kontakt zu Menschen. Sich zu ernähren aber war schwierig. Seine Kräfte schwanden und schließlich musste er völlig ausgehungert in einem Dorf eine Rast einlegen. Zwei Tage später schlich er sich heimlich wieder davon, denn den Leuten traute er nicht. Als dann eine Regenzeit einsetzte, erkrankte er schwer. Trotzdem zwang er sich weiterzugehen. Reisende Mönche nahmen ihn mit und so wurde sein Leben zum zweiten Mal gerettet. Als er dem gütigen Abt nach einigen Wochen von seinem Schicksal erzählte, bot ihm dieser an, in der Brüdergemeinschaft zu bleiben.

Das Leben als Einsiedler sollte kein Verstecken auf Zeit sein, sondern für das ganze weitere Leben gelten. Gemäß dem Gelübde des Ordens, »stabilitas loci«, verpflichteten sich die Mönche zur Beständigkeit an den Ort, wohin sie gestellt oder entsandt wurden. Dort sollten sie in Gehorsam ihr Leben in Gebet, Arbeit und Studium verbringen. Wie ein Baum sollte er tiefe Wurzeln schlagen, im Glauben wachsen und Frucht bringen.

Aus dem Heimatkloster kam ein-, zweimal im Monat ein Bruder, der Gregor mit Brot und wenigen anderen Lebensmitteln versorgte. Er stand im dreißigsten Lebensjahr. Die asketische Lebensweise hatte ihn ausgezehrt. Sein dünnes, kurzgeschorenes Haupthaar und der Vollbart bekamen langsam graue Strähnen. Die blaugrauen Augen aber funkelten wach und konzentriert wie in seiner Jugend, auch wenn ihm das eine Lid ein wenig tiefer hing. Da er keinen Spiegel hatte, konnte ihn dieses Merkmal nicht mehr ständig an die Prügel bei seiner Rekrutierung erinnern.

Er trat ins Haus und schaute sich in dem dunklen Raum um. Alle drei Hühner waren durch die schmale Öffnung vom angebauten Verschlag in die Stube geschlüpft. Gregor sah streng auf die Gesprenkelte, die ganz unschuldig und friedfertig um die Tischbeine stolzierte. Hier hoffte sie Krumen zu finden, die beim Mahl auf den Boden gefallen sein konnten. Gregor senkte den Kopf und schloss die Augen, um sich für einen Moment zu besinnen, dann griff er das Buch, verließ das Haus wieder und schlurfte hinüber zur Grotte.

Im Gebetsstuhl kniend sprach er leise die Einführungsformeln. Inzwischen war Kerzenlicht notwendig, damit er den Psalm aus der Bibel lesen konnte.

»… der Gras hervorsprossen lässt für das Vieh und Pflanzen zum Dienst des Menschen, damit er Brot hervorbringe aus der Erde und Wein, der des Menschen Herz erfreut; damit er das Angesicht glänzend mache vom Öl, und Brot des Menschen Herz stärke. Es werden gesättigt die Bäume des Herrn, die Zedern des Libanon, die er gepflanzt hat, wo die Vögel nisten; der Storch - Wacholderbäume sind sein Nest. Die hohen Berge sind für die Steinböcke, die Felsen …«

Das vertraute Wort, das Innehalten in der geweihten Umgebung, das Wissen um die Gegenwart Gottes ließen den Mann vollkommen in seinen allabendlichen Frieden eintauchen. Er hatte es nicht eilig, einen Ritus abzuspulen – nein, im Gebet spürte er sich mit dem Schöpfer verbunden. Sein Glaube war ihm Gewissheit und ein Zustand, der sein Herz zum Schwingen brachte wie eine zarte Musik. Obwohl er auf einem Holzschemel kniete, spürte er den Schmerz seines Sturzes nicht, sondern eine wohlige Wärme durchströmte das Bein. In der Stille formulierte er eine

Fürbittenlitanei, dann bat er um den Segen für die Nacht und schloss die Andacht mit einer weiteren Minute des Schweigens.

Als er die Kerzenflammen ausblies, stiegen weiße Rauchsäulen empor. Er liebte ihren Duft und sog ihn wohlig durch seine breiten Nasenflügel. Es war Zeit zu gehen. Er stand also auf und zog das verrostete eiserne Gitter hinter sich ins Schloss. Die Sonne hatte sich orangerot verfärbt und wollte allmählich ins Nachtblau versinken. Er ging ins Haus, um das Abendbrot zu essen.

Das Nachtlager in der Klause war eine schmale Nische, eine Bretterwand bis zur Raummitte, hinter der sich das Bett versteckte. Nachdem er mit der Komplet seinen täglichen Gebetsritus geschlossen hatte, bettete er sich auf das graue Leinen, womit die Strohmatratze eingeschlagen war, und zog sich die raue Zudecke über den Bauch. Der Tag war lang gewesen und er dachte noch einmal in Dankbarkeit zurück. Sein Geist schwebte hinaus zu den Gemüsebeeten. Er sah die verbliebenen Rüben, die Rote Bete und den Lauch vor seinem inneren Auge und freute sich über alles, was die Natur im Jahreslauf hervorgebracht hatte. Während seiner Zeit im Kloster wollte er nie hinaus in den Gemüsegarten, doch hier hatte er einen Sinn und sogar Liebe darin gefunden.

Es braucht der Mensch nicht viel, um wahrhaft zufrieden zu sein, ging es ihm durch den Kopf. Wirklich frei macht der Verzicht und es ist mir eine Freude, das einfache Brot zu schmecken, umso mehr ist es dann ein Fest, wenn ich ein Stück Rauchfleisch darauflegen und den Becher mit rotem Wein füllen kann.

Die guten Gedanken aber machten ihn in dieser Nacht nicht müde, so wie es oft der Fall war. Er betete und fand schließlich nur ein oberflächliches Dämmern, keinen richtigen Schlaf. Das Schreien eines Rehes ließ ihn aufhorchen. In kurzen Abständen rief es viermal seinen Schrecklaut, dann war es wieder still. Eine unangenehme Erregung, die er nicht deuten konnte, ließ ihn plötzlich schaudern.

# Höllennacht

Im Mondlicht zeichnete sich schemenhaft die Gestalt eines Rehes ab, das langsam auf seinem bekannten Pfad durch den Wald schritt. Die warmen Sommernächte waren endgültig vorbei und der September hatte nun eine herbstliche Frische gebracht. Etliche Tage hatte es nicht mehr geregnet und der Waldboden war abgetrocknet. Überall knisterten und knackten die dürren Ästchen, wenn ein Tier darauf trat. Die Luft war erfüllt von einem Duft nach Moos und Pilzen.

Unweit des Pfades, auf dem das Wild durch den Forst wanderte, kauerte Tilda, eingehüllt in ihre Decke. Sie konnte nicht verstehen, warum ihr Vater nicht mehr gekommen war. Hatte er die Lichtung, wo die Brombeeren wuchsen, nicht wiedergefunden? Ein wenig zweifelte sie an diesem Gedanken. Hatte er sie absichtlich zurückgelassen? Es war alles so seltsam gewesen, und er hatte in letzter Zeit mehrfach davon gesprochen, sie aus dem Haus zu schaffen. In solchen Momenten war Vater böse. Er war oft böse und grob zu ihr gewesen, doch er war der einzige Mensch, den sie kannte. Als die Nacht hereinbrach, rief sie verzweifelt nach ihm. Sie wischte sich die Tränen von den Wangen und verteilte dabei den Schmutz ihrer Hände über das ganze Gesicht. Mit bangem Herzen stolperte sie in die Richtung, in der ein letzter blauer Schimmer der längst untergegangenen Sonne auszumachen war.

Als sie auf einen schmalen Weg stieß, folgte sie ihm. In

stockfinsterer Nacht setzte sie langsam einen Fuß vor den anderen, doch sie fand keinen Ausweg. Sie sank auf den Erdboden, zitterte vor Angst und Kälte und duckte sich vor den unheimlichen Geräuschen der Nacht. Die verschiedenen Laute drangen wie Dämonen auf sie ein. Einmal war es das unheimliche Rufen eines Nachtkauzes, der in nächster Nähe auf einem Baum saß, dann hörte sie ein lautes Rascheln und Knacken und glaubte, ein Wesen käme direkt auf sie zu. Auf Knie und Ellbogen gestützt starrte sie in die Dunkelheit. Weit nach Mitternacht ließ sie plötzlich ein teuflisches Fauchen aufschrecken. So etwas hatte die junge Frau noch nie gehört. Ein Fauchen und heiseres Bellen zugleich. Ihr Herz fühlte sich an, als müsse es zerspringen. Mit aufgerissenen Augen und Mund schrie sie einen tonlosen Schrei des Entsetzens. Nach wenigen Sekunden brüllte es noch einmal. Tränen liefen ihr wieder über das Gesicht. Sie wagte nicht, sich zu rühren, kaum zu blinzeln, musste in die Dunkelheit starren. Es war die Hölle. Nirgends war Schutz, nirgends ein Flecken ohne Getier, ohne Ekel, doch es gab keine Hilfe in dieser Situation. Nach langen Stunden wurde es stiller. Ihre Augen brannten, irgendwann übermannte sie der Schlaf – für eine kurze Zeit. Als der Himmel im Osten ergraute, erwachte sie. Sie drehte sich die Decke eng um den Körper und zog den Hals ein. Sie zitterte vor Kälte.

# Rast in der Klause

Eine Kerze beleuchtete das Altarbild in der Grotte. Der Einsiedler gähnte, denn er war noch sehr müde. Er hatte nur wenig Erholung gefunden. Jetzt ruhte sein Blick auf dem Gemälde. Er studierte die Beine des Herrn Jesus. Das Gewicht des Körpers lag auf dem linken Bein – das rechte, seitlich verdreht, stand dahinter. Über die bleichen Oberschenkel rann Blut. Zu Füßen des Herrn lag auf der rechten Bildseite ein Flagrum, eine römische Geißel mit drei Kordeln, in deren Enden Bleistückchen geknotet waren. Sooft der Einsiedler im Betstuhl kniete, betrachtete er die verwundeten Glieder voller Mitgefühl. Die Beine, die nicht schwach wurden unter der Folter der römischen Soldaten. Der Christus hielt seinen Peinigern die Backen hin und ertrug die Geißelung schweigend. Was für ein Mensch! Das Bildnis mahnte Gregor jeden Tag zur Demut. Was auch immer an Wehwehchen sich bei ihm einstellte, es verblasste in der Gegenwart des gegeißelten Herrn. Auf der linken Seite des Bildes lag ein blaues Kleid auf dem Boden. Er hatte oft darüber gegrübelt, ob der Künstler in diese Einzelheit eine besondere Bedeutung gelegt haben mochte, doch sie erschloss sich ihm nicht. Die Soldaten hatten Jesus die Kleider vom Leib gerissen. Der nackte Körper war damit noch verletzlicher. Ungeschützt gegen die scharfen Bleistücke an den Enden der Geißel, die in das Fleisch schlugen und Hautfetzen herausrissen. Dazu war der

Mensch entblößt und der Schamlosigkeit preisgegeben. Die Nacktheit erst, so vermutete der Einsiedler, weckt im Peiniger die Lust zu quälen. Die Nacktheit fordert Erniedrigung dort, wo Hass regiert – Zärtlichkeit dort, wo die Liebe wohnt.

Trotz des schmerzlichen Eindrucks erhob sich der Einsiedler jeden Morgen mit einem frohen Herzen, denn er kannte ja das Ende der Geschichte. Er wusste um den göttlichen Plan, die Erlösung und die Auferstehung nach dem Tod. Der auferstandene Christus war sein unsichtbarer, aber realer Freund und Begleiter.

Im Häuschen strahlte der kleine Küchenherd inzwischen wohlige Wärme aus und Gregor stellte seinen abgeschlagenen blauen Emailletopf auf die Kochstelle. Sobald das Schmalz zerlaufen war, strich er eine gehackte Zwiebel hinein. Es zischte und dampfte und füllte den Raum mit appetitlichem Duft. Mit dem Löffel rührte und kratzte er das Gemüse vom Topfboden. Als die Würfelchen Farbe angenommen hatten, löschte er alles mit Wasser ab und warf eine Handvoll Gerstenschrot in die Suppe. Er würzte mit einer Prise seiner Salzmischung, die er in einem braunen Tontopf aufbewahrte. Darin war grobes Salz mit allen möglichen Zutaten, gerade so, wie er sie über das Jahr hinweg gesammelt hatte. Die kleinen schwarzen Samen der Knoblauchraute mischte er ebenso hinein wie getrocknete Brennnesselsamen und zerriebene Kräuter wie Liebstöckel, Majoran und Rosmarin. Bis die Gerste weichgekocht war, verging eine geraume Zeit. Zum Schluss rührte er ein rohes Ei hinein. Einen Teller brauchte er nicht, sondern er setzte sich mit dem Topf an den kleinen Tisch und löffelte laut schmatzend die gewohnte Mahlzeit. Ein deftiges Frühstück. Manchmal kochte er ein Stückchen geräucherten Speck darin oder variierte mit Zugaben von Karotten und Sellerie.

Er leerte den Topf mit großem Appetit und wischte ihn mit den Fingern vollständig aus. Dann ging er vor die Tür, spülte das Gefäß am Brunnen und wusch sich mit einer Handvoll Wasser die Suppenreste aus dem Bart. Er war sehr zufrieden. Jetzt, wo das Jahr mit seinen leuchtenden Herbstfarben in die Natur hinauslockte, wo die Feld- und Waldfrüchte gesammelt werden konnten, fühlte der Einsiedler eine tiefe Dankbarkeit. Es ist etwas Gutes daran, den Sack voll Gerstengrütze und eine Steige mit Rüben in der Speisekammer zu wissen. Und trotzdem wollte ihn der Garten Gottes noch reichlicher beschenken.

Er legte die Ledertasche um und verließ pfeifend sein Heim, um Pilze und Nüsse zu sammeln. Gar nicht weit von der Klause kannte er einige gute Plätze. Pilzplätze zu kennen, war wichtig, vor allem in den trockenen Jahren, in denen nur wenige der schmackhaften Schätze wuchsen. Er schritt zielstrebig durch den Wald, überflog den Boden und war oft mit den Füßen schneller als mit den Augen. Da war doch was. Er blickte zurück und entdeckte den samtigen Hut auf dem Moosteppich. Noch bevor er sich daneben niederkniete, sah er einen zweiten und dritten Pilz. Er drehte sie aus dem Boden und kratzte mit dem Messer Erde und Fichtennadeln von den roten Stielenden der Schusterpilze. Diese Art schätzte er besonders, denn sie hatten nie

Maden und stets ein sehr festes Fleisch, das geheimnisvoll blau anlief, wenn man es in Spalten schnitt.

Die Sonne stieg auf und vertrieb die Frische des Morgens. Es versprach ein klarer Tag zu werden. Gregor sah hinauf zu den losen weißen Wolken, beobachtete, wie kleinere Fetzen in tieferliegenden Luftschichten unter den höheren vorbeizogen – ein stilles Schauspiel, das er gerne betrachtete. Für einen Moment stand er geblendet, dann setzte er seine Suche fort. An einer Lichtung schnitt er sich eine lange, dünne Rute von einem Strauch, schälte die Rinde ab und stach damit durch die Pilze. Bei seiner weiteren Suche fädelte er gut zwei Dutzend Braunkappen und junge Schirmlinge wie auf eine Halskette.

Er hatte sich niedergehockt und wieder einen Pilz aus dem Moos geholt, als er plötzlich ein leises, seltsames Geräusch hörte. Ein Wimmern, das Weinen eines Kindes? Er sah sich um und entdeckte in einiger Entfernung eine Gestalt. Eine Frau, die sich sehr langsam bewegte, stehen blieb und sich umsah, dann wieder weiterging. Sie trug ein Bündel unter dem Arm. Gregor rührte sich nicht. Er verharrte in der Hocke sitzend und sah ihr hinterher. Erst als sie zwischen den Bäumen verschwunden war, schlich er ihr ein Stück nach. Das ging so eine lange Weile. Es war seltsam. Sie schien die Orientierung verloren zu haben, denn nach einer geraumen Zeit war sie in einem weiten Kreis wieder an fast die gleiche Stelle zurückgekehrt, wo Gregor sie das erste Mal wahrgenommen hatte. Sie tat ihm leid, doch er war selbst sehr scheu und wagte nicht, sich zu erkennen zu geben. Als sie auf einen Baumbestand mit dichtem

Dornenbewuchs zusteuerte, nahm er sich ein Herz und rief ihr von Weitem nach.

»Heh da, Frau!«

Tilda erschrak. Sie erstarrte kurz und lief dann weinend auf das Dickicht zu.

»Hab doch keine Angst!«

Gregor hatte sich erhoben. Er sah ihr nach, verlor sie aber rasch aus den Augen. Die Begegnung war ihm unangenehm. Er wollte mit der Frau nichts zu tun haben. Noch streckte er den Hals, doch sie blieb verschwunden, wie vom Erdboden verschluckt. Gregor hörte in der frischen Waldluft nichts anderes mehr als die Stimmen der Vögel. Mit einem mulmigen Gefühl drehte er sich um und entfernte sich heimwärts.

Nach einer Weile aber zögerte er. Sollte er der Frau noch einmal nachgehen? Sie hatte sich bestimmt verlaufen, und er wusste, dass sie weit abseits des Weges umherirrte, der aus dem Wald herausführte. Er musste noch einmal nach ihr sehen! So schnell er konnte, lief er zurück. Als der dichte Bewuchs kleiner Bäume und Brombeerhecken das Weiterkommen fast unmöglich machte, rief er in das Dickicht.

»Heh da, Frau! Du musst dich nicht fürchten – ich tu dir nichts!«

Er lauschte.

»Ich weiß den Weg! Komm doch heraus!«

Das Schluchzen begann erneut. Die junge Frau tauchte wieder auf. Nach einigem Zureden fasste sie ein wenig Vertrauen und folgte dem Fremden, der den Weg kannte, mit ein paar Schritten Abstand. Es war offensichtlich, dass sie nicht erst seit dem Morgen unterwegs war. Ihr Gesicht war dreckverschmiert, ihre Kleider vom nächtlichen Herumwälzen auf dem Boden schmutzig und feucht. Der Einsiedler führte sie zu seiner Hütte.

Am Brunnentrog meinte er: »Hier, wasch dir zuerst Gesicht und Hände. Ich mach uns ein Essen. Wenn du etwas brauchst, dann ruf mich. Mein Name ist Gregor.«

Tilda blickte auf ihre schmutzigen Hände. Ohne zu zögern, fasste sie in das klare Wasser und rieb sie, wusch sich die Unterarme und das Gesicht. Sie nahm ihre Schürze ab und musterte sie. Am liebsten hätte sie die schmutzigen Stellen auch gleich herausgerieben, doch sie hatte keine Seife. Sie hängte den Kittel nur an einen Ast, damit der feuchte Stoff trocknen konnte. Neben der Haustür stand eine verwitterte Holzbank. Sie setzte sich darauf und wartete schweigend. Ihr war seltsam zumute. Der bärtige Mann in der Mönchskutte hatte gute Worte zu ihr geredet und ihr ein freundliches Lächeln geschenkt. Aber er war ihr fremd. Sie betrachtete ihre zerkratzten Hände und Arme. Aus dem Inneren der Hütte hörte sie leise Geräusche. Die Stimme des Mannes war sanft gewesen – darüber war sie ein wenig verunsichert. Bald öffnete sich die Tür mit einem leisen Quietschen.

»Jetzt komm herein!«

Es gab Brot, Butter und gekochte Eier, einen Streifen Speck und einen Becher dünnen Wein. Gregor hatte die Speisen auf einem Holzbrett angerichtet. Er sprach ein kurzes Gebet, dann deutete er seinem Gast, zuzugreifen. Selbst aß er nicht. Es war nicht die Zeit dafür. Er sah zu, wie die junge Frau die Speisen verschlang. Offensichtlich war sie sehr hungrig. Dass er ihr etwas Gutes tun konnte, freute Gregor. Wenn sie die Augen zu ihm hob, dann lächelte er und nickte wohlwollend.

»Wo kommst du her? Was suchst du hier im Wald?«

Gregor stellte ihr eine Menge Fragen, doch sie wusste kaum weitere Antwort zu geben, außer ihren Namen zu nennen.

»Ich kann dir nicht helfen, wenn du nicht einmal weißt, aus welchem Dorf oder aus welcher Stadt du kommst ...«

Tildas Augen füllten sich wieder mit Tränen. Was unterschied eine Stadt von einem Dorf? Sie hatte nie anderes gekannt als das Haus, aus dem sie auf die Scheune schauen und die Krähen beobachten konnte. Es gab Nachbarn, von denen der Vater erzählte, aber selten eine Seele, die sie zu Gesicht bekommen hatte. Der Vater wollte keine Fremden auf dem Hof haben. Wohin also sollte sie finden wollen? Sie kannte den Weg nicht und keinen Namen.

»Ich weiß es wirklich nicht! Ich kann die Stadt nicht benennen, nur den Namen unseres Nachbarn. Der Lehner, ja der Lehner ist unser Nachbar – das hat der Vater mir verraten.«

Zaghaft erzählte sie vom Ausflug in den Wald, vom Vater, der sie am Abend nicht wiedergefunden hatte. Was für eine seltsame Geschichte. Gregor wusste nicht, was er davon halten sollte. Er schnitt ein weiteres Stück Brot vom Laib und reichte es der Frau. Unter seinem Dach konnte sie jedenfalls nicht bleiben. Bis zum nächsten Dorf war ein langer Weg. Zu Fuß würde sie einen halben Tag laufen müssen.

»Komm! Ich werde dich ein Stück begleiten, damit du aus dem Wald hinausfindest. Es ist weit.«

Tilda begann zu weinen. Gregor hielt ihr die Tür auf. Sie tranken am Brunnen ein wenig Wasser und dann ging es auf dem Waldpfad ostwärts, ohne Gewissheit, ob er in Tildas Heimat führen würde. Nach einer halben Stunde erreichten sie eine Gabelung. Gregor wies die Richtung auf die nun breitere Straße, über die sie in ein Dorf kommen würde. Dort müsse sie weitersehen.

»Ich hoffe sehr, dass man dir dort helfen kann. Vielleicht kennt man dich! Und wenn du nicht weiterweißt, dann frag nach dem Pfarrhaus. Frag nach dem Pfarrer und bitte dort um Hilfe.«

Tilda nickte stumm und traurig, voller Sorge.

»Jetzt geh! Du wirst einige Stunden unterwegs sein, also beeil dich, damit du nicht noch eine Nacht im Freien verbringen musst. Ich fürchte, es wird Regen geben und kälter werden. Gottes Segen begleite dich!«

Sie stand wie angewurzelt. Mit beiden Händen hielt sie die Decke vor dem Bauch. Ihr Blick schrie Verzweiflung. Der Einsiedler bemerkte, dass die schmutzige Schürze fehlte. Sie hing wohl noch an dem Ast vor seiner Hütte. Er sagte nichts dazu, sondern nickte auffordernd mit gerunzelter Stirn.

»Behüt dich Gott!«

Der Mönch drehte sich um und machte sich mit

schnellen Schritten auf den Rückweg. Er sah sich nicht mehr um.

\*\*\*

Regentropfen klopften beständig auf das Dach des Holzhauses. Im Inneren aber war es noch angenehm warm und eine Laterne erhellte den Raum. Auf dem Tisch wuchs ein kleiner Haufen von dünn geschnittenen Pilzscheibchen. Gregor legte das Messer zur Seite und reihte sie dann säuberlich eines neben das andere auf ein Gitter, das in einen Holzrahmen gespannt war. Sie würden in der Stube in kurzer Zeit trocknen und als Wintervorrat dienen. Seine Gedanken waren bei der jungen Frau, die er vor Stunden fortgeschickt hatte. Hoffentlich war sie unbeschadet in das Dorf gekommen! Ob sie wohl ein mitleidiges Herz angetroffen hatte? Was hätte er anderes tun können, als ihr den Weg weisen? Zumindest hatte er sie gespeist! Es war nicht seine Sache, so beruhigte er sein Gewissen, doch Frieden fand er über der Angelegenheit nicht. Eine junge Frau, die alleine durch den Wald irrte, konnte leicht Opfer werden. Es gab so viele üble Kerle. Der Krieg hatte sie abstumpfen lassen. Männer und auch Frauen, die in Armut ums Überleben kämpften. Viele hatten vergessen, was es bedeutet, Mensch zu sein. Dafür konnte Gregor nichts. Er war selbst Opfer geworden.

Das beladene Dörrgitter knotete er an Schnüre, die von den Deckenbalken hingen. Die Pilze hatten seine Fingerkuppen ganz braun gefärbt. Er wandte sich zur Tür, um sich draußen die Hände zu waschen, als es plötzlich klopfte. Gregor erschrak ein wenig und wich einen Schritt zurück. Hier draußen gab es keine Besucher, nur den Ordensmann, der ihn regelmäßig versorgte. Der konnte es nicht sein, dafür war es zu spät. Gregor blickte auf den Riegel, der von innen die Tür sicherte.

»Wer ist da draußen?«, rief er mit besonders tiefer und lauter Stimme.

Keine Antwort. Gregor trat näher und legte das Ohr an das Türblatt, doch es war nichts zu hören. Hatte er sich getäuscht? Nach einer kurzen Weile aber sprach eine leise Stimme.

»Tilda.«

Das Mädchen. Es war wieder das seltsame Mädchen. Er schlug schnell den Riegel zurück und öffnete die Tür. In ihre Decke gehüllt stand da mit gesenktem Kopf die junge Frau. Zitternd, und ohne ein Wort zu sagen.

»Komm herein!«, sprach der Einsiedler ernst. Er schüttelte den Kopf. »Du bist nicht zum Dorf gegangen! Warum bist du denn zurückgekommen, verdammt?« Er stampfte zornig mit dem Fuß auf. »Ich habe keinen Platz für dich!«

Die nassen Haare klebten an Tildas Kopf. Von den Haarspitzen tropfte Regenwasser auf den Holzboden und färbte dunkle Punkte darauf.

»Hm. Weine nicht schon wieder! Ich will dir nicht böse sein, aber versteh doch, dass ich dich in meiner Hütte nicht gebrauchen kann. Jetzt setz dich erst mal an den Tisch, und ich mach dir hier auf dem Boden ein Lager zurecht. Heute Nacht darfst du bleiben.«

Neben dem Ofen war ein wenig Platz. Er füllte Stroh in einen Leinensack, der als Matratze dienen sollte, und reichte ihr eine graue Wolldecke, die er für die kalten Wintermonate gebrauchte, um sich warm zu halten. Tilda schlüpfte aus ihren nassen Schuhen und sogleich dankbar unter die Decke. Von dieser Liegestatt blickte sie auf die Holzbeine der einfach gezimmerten Tischgruppe und bemerkte dort die drei Hühner in ihren Nestern unter der Bank. Die Gesprenkelte schenkte ihr ein leises, mitleidiges »Baaak«.

Gregor kochte Kräutertee. Dazu schenkte er seinem schniefenden Gast ein gesalzenes Stück Schmalzbrot. Tilda machte keinen Mucks. Hungrig und dankbar verschlang sie das Abendbrot, dann verkroch sie sich wieder und schlief bald ein.

Der Einsiedler saß noch eine Zeit lang am Tisch, um seine Bibel zu studieren, doch es fiel ihm schwer, sich zu konzentrieren. Seine Gedanken wollten nicht über dem Buchtext verweilen, sondern jagten den Ereignissen des Tages hinterher. Die Augen sprangen unweigerlich zu der dunklen Gestalt, die im Schatten der Tischplatte lag. Er schob die Laterne an die Kante, sodass sie das Gesicht der schlafenden Frau erhellte. Ihre Haut war ausgesprochen blass und übersät von Sommersprossen. Eine dunkle, rotbraune Strähne hing über ihren Augen. Die vollen Lippen formten kein Lächeln, aber einen zufriedenen Ausdruck. Gregor lauschte den gleichmäßigen, tiefen Atemgeräuschen.

Nach einer Weile legte er das Lesezeichen auf die

aufgeschlagene Seite und klappte das Buch zu. Er stand auf und schaute nach dem Wetter zur Tür hinaus. Ein feiner Nieselregen hatte eingesetzt und von dem breiten Brett, das über dem Eingang als Vordach diente, tropfte es unregelmäßig auf den Boden. Alles Leben hatte sich verkrochen. Er grübelte unweigerlich, woher sein ungebetener Gast nur gekommen sein konnte. Er würde die Frau gleich nach dem Frühstück wegschicken, damit sie ausreichend Zeit hätte, das Dorf zu erreichen. Oder sollte er sie begleiten? Ein dicker Regentropfen zerstob auf seiner Nase. Er könnte sie in das Pfarrhaus bringen. Hoffentlich würde es aufhören zu regnen. Einen wasserfesten Mantel besaß er nicht. Mit dem Ärmel seiner Rechten wischte er sich über das Gesicht.

»In Gottes Namen. Es wird schon gutgehen«, beruhigte er sich selbst. Er schloss die Tür, schob aber den Riegel nicht vor, damit Tilda jederzeit hinauskonnte. Er tauchte den Finger in den Weihwasserkessel, der neben dem Türrahmen hing und schlug ein Kreuz über Stirn und Brust. Zu Tilda gewandt, zeichnete er auch ein Kreuzzeichen in die Luft und erbat den Segen für sie. Dann löschte er das Licht und schlüpfte, ohne die Kleider abzulegen, in sein Bett.

Am sehr frühen Morgen fuhr Gregor plötzlich hoch. Ein menschliches Husten nahe seiner Liegestatt hatte ihn erschreckt. Einen Moment lang wusste er die fremden Geräusche nicht zu deuten, bis er wieder gewahr wurde, dass er nicht alleine in seiner Klause war. Tilda hatte sich mächtig erkältet. Sie musste niesen.

»Helf Gott!«

»Vergelts Gott. Hast du einen Fetzen für mich?«

»Was?«

»Einen Sackfetzen! Zum Schnäuzen!«

»Was ist mit dir?«

»Ach, das böse Regenwetter ist in mich hineingekrochen. Ich bin krank.«

Gregor schlug genervt die Decke zurück und schwang sich aus dem Bett. Er zündete eine Kerze an und kramte dann in seiner Truhe, aus der er ein Stück graues Leinen herauszog, das er Tilda reichte. Er sagte kein Wort. Vom Dach war ein leises Trommeln zu hören und Windstöße peitschten gelegentlich Regentropfen gegen die Fensterscheibe auf der Wetterseite. Gregor schnaubte, während er den Ofen schürte.

Mit dem Gebetbuch und der Laterne in der Hand ging er zur Tür, nahm Weihwasser und verließ die Hütte. Sofort umhüllte ihn eine Wolke aus Wind, Regen und Kälte. Er zog sich die Kapuze tief ins Gesicht und hastete, ohne auf den Weg zu achten, hinüber zur Grotte, um die morgendliche Laudes zu beten. Sein Fuß klatschte in eine Wasserlache und er rutschte seitlich weg. Er ruderte mit den Armen und konnte sich zum Glück auf den Beinen halten.

»Verdammtes Sauwetter!«

Als er sich auf den Betstuhl niederkniete, wischte er sich das nasse Gesicht.

»Herr, öffne meine Lippen, damit mein Mund dein Lob verkünde!«, murmelte er mit leiser Stimme.

Einen Moment umschlossen seine Hände das warme Blechgehäuse der Laterne, die er direkt vor sich gestellt hatte. Das matte Licht erhellte die abgegriffenen Seiten, von denen er die Morgenpsalmen ablas.

»Kommt, lasst uns dem HERRN zujubeln, lasst uns zujauchzen dem Fels unseres Heils. Lasst uns vor sein Angesicht treten mit Dank. Lasst uns mit Psalmen ihm zujauchzen. Denn ein großer Gott ist der HERR, ein großer König über alle Götter. In seiner Hand sind die Tiefen der Erde, und die Höhen der Berge sind sein. Sein ist das Meer; er hat es ja gemacht, und das Trockene, seine Hände haben es gebildet. Kommt, lasst uns …«

Schon nach wenigen Sätzen lenkten ihn die Gedanken an seinen ungebetenen Gast, das Wetter und seine nassen Füße auf die weltlichen Unannehmlichkeiten. Er wollte noch einmal hinaus zu den Waldlichtungen, um Hagebutten zu pflücken. Trotz abschweifender Überlegungen kamen noch immer Worte aus seinem Mund. Worte, die er schon tausendmal aufgesagt hatte – fast immer in großer Ehrfurcht.

»Warum bist du so zornig?«, fragte ihn eine bekannte Stimme, die nur seine Seele wahrnehmen konnte.

Gregor blätterte im Gebetbuch, fand die Stelle und setzte den neuen Text an. »Halleluja! Lobt Gott in seinem Heiligtum! Lobt ihn in der Feste seiner Macht. Lobt ihn wegen seiner Machttaten. Lobt ihn in seiner gewaltigen Größe. Lobt ihn mit Hörnerschall …« Mit einem ansteigenden Pfeifen rüttelte der Wind an der Tür.

»Warum bist du so zornig, mein Lieber?«

Gregor verstummte. Er hob die Augen und sie hefteten sich an die wunden, bleichen Beine des Christusbildes.

Seufzend fiel seine Stirn auf das aufgeschlagene Buch. Er fühlte sich elend.

\*\*\*

Als der Einsiedler in das Haus zurückkam, verharrte er ein wenig. Das Ofenfeuer hatte den Raum inzwischen behaglich erwärmt, doch Tilda steckte weiter fest eingewickelt in ihrer Decke. Einzig ein dunkler Haarschopf spitzte heraus. Sie hustete übel. In der Stube roch es angenehm nach dem harzigen Nadelholz, das Gregor so gern zum schnellen Anheizen verwendete.

Das Regenwetter erinnerte ihn daran, dass vor dem Wintereinbruch das Dach noch repariert werden musste. Ohne ein Wort, ohne einen Blick auf die hustende Frau zu richten, sah er sich nach dunklen Stellen an der grobgezimmerten Balkendecke um, wo Wasser eindrang und das Holz aufweichte. Er würde auf das Dach steigen und Schindeln austauschen müssen. Nicht heute, aber sobald es wieder trocken sein würde.

»Ich koch uns einen Tee.«

Tilda schluchzte.

Der Einsiedler setzte seinen Wassertopf auf die Herdplatte. Er öffnete das Ofentürchen und legte nun harte Buchenscheite auf die Glut. Unschlüssig, ob er ein Gespräch beginnen sollte, schaute er hinüber zu Tilda. Wo kam sie nur her? Er wollte erfahren, wieso sie hier plötzlich aufgetaucht war. Warum wollte sie es nicht verraten? Ob sie etwas angestellt hatte?

Er schnitt zwei dicke Scheiben Brot vom Laib, bestrich sie mit Schmalz und streute etwas Schnittlauch darauf.

»Das Frühstück ist fertig. Lass uns zusammen essen.«

Tilda reagierte nicht. Sie war wieder weggedöst. Als er vorsichtig an ihre Schulter stupste, schlug sie die glasigen Augen auf und sah ihn verschlafen an. Dann aber musste sie sofort loshusten. Sie griff nach dem Stück Stoff, das Gregor ihr gegeben hatte, und spuckte Schleim hinein.

»Es brennt im Hals«, jammerte sie.

Gregor legte seine raue Hand auf ihre blasse Stirn und grummelte: »Du hast ein wenig Fieber.«

»Fieber?«

»Ein wenig. Es ist nicht schlimm.« Er richtete sich auf. »Da, iss etwas!« Er zeigte auf das Schmalzbrot. Er nahm den Honigtopf aus dem Schrank und rührte einen Löffel voll davon in den Tee. Der Honig sollte den Halsschmerz lindern.

Sie aßen beide wortlos. Als Tilda vom Tee nippte, schaute sie erstaunt zu Gregor auf. Sie blies über das heiße Getränk und wollte den Becher nicht mehr aus der Hand stellen.

»Das schmeckt so gut!«

Gregor lächelte. »Ja, der süße Honig.«

Er stand auf, stach mit dem Löffel eine kleine Menge von dem etwas verzuckerten Honig ab und reichte ihn Tilda. Sie ließ die Süßigkeit in ihrem Mund zergehen und lächelte dankbar. Honig hatte sie zu Hause nicht bekommen. Sie leckte lange an dem Löffel, auch als es längst nichts mehr zu schmecken gab.

»Vergelts Gott!«

Gregor begann eine Lehrstunde und erzählte über die erstaunliche Arbeit der Bienen. Wie sie in großen Völkern um eine Königin zusammenleben, kunstvolle Wachswaben anfertigen und Nektar aus den Blumenkelchen zu zuckersüßem Honig umwandeln. Die junge Frau war völlig aus dem Häuschen und sehr wissbegierig. Sie fragte nach anderen Insekten. Sie schloss aus den Erzählungen, dass wohl auch Ameisen in ihrem großen Volk eine schöne Königin haben würden. Und sie fragte nach dem Honig von Schmetterlingen, die genau wie die Bienen auf den bunten Blumen saßen. Tilda schien sehr schlau zu sein, doch etwas war nicht in Ordnung. Selbstverständliche Dinge waren ihr fremd. Ihre Ausdrucksweise war manchmal sonderbar, doch gab sie gerne Antwort. Als es jedoch wieder um ihre Herkunft und ihre Familie ging, wurde sie still.

»Habe nur den Vater gehabt«, gab sie zur Antwort und das Lächeln in ihrem Gesicht war wie weggewischt. Sie erstarrte mit einem leeren Blick, doch nach einer Weile kam ihr plötzlich etwas in den Sinn.

»Oh, wo sind die Brombeeren? Meine Brombeeren! Ich hab ein ganzes Küberl voll gezupft!«

»Ich weiß nicht. Du hattest keine Beeren bei dir, als ich dich im Wald antraf.«

Sie runzelte die Stirn und knabberte mit den Zähnen an ihrer Unterlippe. »Die ganze Arbeit! Ich habs verloren in der Nacht und nimmer daran gedacht. Der Vater wird böse sein.«

»Nein, nein. Dein Vater wird froh sein, wenn er dich

wiedersieht. Mach dir keine Sorgen.«

Sie wischte sich mit dem Ärmel die laufende Nase.

»Leg dich nur wieder hin, damit du bald gesund wirst.«

Der bärtige Einsiedler vertiefte sich in die heiligen Schriften und ins stille Gebet. Die Gedanken trugen ihn zurück in seine Jugendzeit. Er erinnerte sich an den eigenen guten Vater, an dessen Sanftmütigkeit und sein Bestreben, ein Leben nach rechtem Glauben zu führen. Jeden Abend saßen sie um den Tisch, und nach dem Abendbrot las der Vater eine biblische Geschichte vor. Es wurde viel erzählt, gesungen und gelacht. Gregors Jugend war eine Segenszeit und der Vater ein Fels für alle Wogen, die gegen die Familie anrollten. Viel zu früh aber hatte Gregor durch das fürchterliche Brandunglück seine ganze Familie verloren. Früh musste er erwachsen werden und war forthin ganz auf sich gestellt. Früh musste er die Trauer überwinden und mit dem Verlust seiner Lieben fertig werden. Er blickte über die Tischkante zum Schlafplatz neben dem Ofen. Welche unsichtbaren Wunden Tilda wohl trug? Sie lag mit geschlossenen Augen, atmete leise durch den leicht geöffneten Mund, da die Schnupfennase verstopft war. Ihre blasse Haut wirkte fast durchsichtig und auf den Lidern schimmerten feine blaue Äderchen. Sie putzte sich wieder mit dem Tuch die Nase und begann nach einer Weile erneut leise zu weinen. Gregor war darüber traurig – es schmerzte ihn, und so ging er hinaus und hinüber in den kleinen Schuppen, wo er immer das Ofenholz machte. Vor dem Hauklotz türmte sich ein beachtlicher Haufen dünner Scheite, die zum Anfeuern gespalten worden waren. Er stapelte sie ordentlich auf und fegte den gestampften Lehmboden. Dann sortierte und hantierte er an allem möglichen Werkzeug, das hier über einer Werkbank an der Bretterwand hing.

# Unbekanntes Zuhause

Einige Tage vergingen, bis Tilda wieder gesund war. Dann war es an der Zeit, einen neuen Anlauf zu starten, um ihr Zuhause zu finden. Gregor wollte sie diesmal begleiten. Noch vor Sonnenaufgang machten sie sich auf den Weg. Das Wetter hatte sich beruhigt und am Tag zuvor hatte ein recht warmer Wind die Wege abtrocknen lassen. Nach Gallbeck, dem nächstgelegenen Dorf, gingen sie ostwärts wie bei ihrem ersten Versuch. Nach einem stundenlangen Marsch erreichten sie die aus grauen Steinen aufgemauerten Bauernhäuser, doch Tilda erkannte den Ort nicht als die Ansiedlung, in der das kleine Anwesen ihres Vaters stand. Enttäuscht schlugen sie den Weg zum Pfarrhaus ein und sprachen dort vor. Der Pfarrer war ein ungeduldiger Mann, der schnell bestätigte, die Frau nicht zu kennen. Während Tilda und die Haushälterin in die Küche verschwanden, besprachen sich die beiden Männer in einem Studierzimmer. Gregor erzählte von den seltsamen Umständen und fragte nach einem alten Mann, der allein ein kleines Anwesen führte. Vielleicht lebte ein solcher Eigenbrötler außerhalb des Dorfes. Er nannte den Namen des Nachbarn Lehner, doch der Pfarrer konnte nicht weiterhelfen. Er versprach in der nächsten Ortschaft zu forschen, wo er sich demnächst zu einem Besuch aufhalten werde, da klopfte es an der Tür.

»Ja, was ist denn?«, schimpfte der Geistliche.

»Verzeiht Hochwürden. Ich habe einen Hinweis

erfahren können. Vielleicht seid Ihr aber inzwischen auch schon weitergekommen?«

»Was für ein Hinweis denn?«

»Ich habe der jungen Frau von den Resten unseres Bohneneintopfs zu essen gegeben. Sie hat schließlich seit dem Morgen nichts mehr ...«

»Was hat denn der Eintopf damit zu tun? Stiehl mir doch nicht die Zeit, Frau! Was also für ein Hinweis?«

»Verzeiht. Also ich habe die junge Frau erzählen lassen, wie sie mit ihrem Vater unterwegs war. Sie sind auf einem Pferdewagen gefahren. Es war sehr früh am Morgen ...«

»Himmel, Herrgott, ... Frau! Es ist immer das Gleiche. Hast du nun einen Hinweis oder nicht?« Der Pfarrer war außer sich. Er kannte seine Haushälterin nur zu gut. Sie war ein altes Waschweib und nutzte jede Gelegenheit für sinnloses Geschwätz. Seine Augen funkelten böse.

»Aber ja, Herr Pfarrer. Lasst mich doch ausreden. Also sie sind schon sehr früh losgefahren, das ist wichtig. Ich habe sie nach dem Sonnenaufgang gefragt ...«

»Der Sonnenaufgang, hä? Und was hat das ... Ach so, du meinst, na erzähl weiter!«

»In welcher Richtung die Sonne aufgegangen ist, habe ich gefragt. Sie meinte, sie wären direkt der Sonne zugefahren. Da denke ich doch, dass sie aus dieser Richtung gekommen sind.« Sie zeigte mit dem ausgestreckten Arm nach Westen.

Die beiden Männer schauten sich etwas betreten an. Da hatte die alte Köchin wohl recht. Wenn sie morgens ostwärts der Sonne entgegengezogen waren, dann waren sie zumindest zu dieser Zeit aus dem Westen gekommen. Natürlich konnten sie später die Richtung gewechselt haben, doch ein wichtiger Anhaltspunkt war es allemal. Der Pfarrer ließ Tilda holen und hinterfragte weitere Details zu ihrem Heim und der Reise. So hatte Gregor sich die Sache nicht vorgestellt. Er wurde ein wenig mürrisch. Demnach müssten sie den Weg zurückgehen und es auf der anderen Seite des Waldes in Kraunitz versuchen. Und wenn sie auch dort nicht fündig würden? Und das Wetter! Die Herbsttage waren oft nass und kalt und Gregor wollte ungern lange Wanderungen unternehmen. Er kraulte nachdenklich seinen Bart.

»Wie sollen wir nur nach Kraunitz kommen. Wisst Ihr von jemandem, der mit einem Wagen dorthin fährt?«

»Wer will schon nach Kraunitz? Und was gehts mich an?«

Der dickliche Mann im schwarzen Talar ordnete ein paar Briefbögen auf seinem Schreibtisch und griff sich ein dünnes, in Leder gebundenes Buch aus dem Regal. Er wollte wohl andeuten, dass er sich nicht länger mit den Fremden beschäftigen mochte. Er setzte sich den Zwicker auf die Nase und überflog ein Dokument, setzte ihn wieder ab und blickte Gregor stumm an.

»Ja, wenn uns ein Wagen mitnehmen könnte, das wäre fein. Aber wenn es denn nicht möglich ist ... zu Fuß ist es ein strenger Tagesmarsch – für die Frau gar nicht zu schaffen.«

»Wohl wahr, Klausner. Ihr werdet den Weg in Etappen gehen müssen.«

Gregor bat um Beherbergung bis zum nächsten Morgen.

»Das hab ich mir gleich gedacht«, zischte der Pfarrer mit rotem Gesicht, »in Gottes Namen! Du kannst in meinem Gästebett schlafen, wie es die Christenpflicht verlangt. Die Frau übernachtet auf der Ofenbank in der Küche. Ich werde mich erkundigen – vielleicht habt ihr Glück und es gibt einen Wagen, der euch mitnimmt.«

Die beiden hatten Glück. Ein Salzhändler hatte sich im Dorf einquartiert und würde am frühen Morgen seine Fahrt fortsetzen. Im Morgengrauen klopfte der Händler wie vereinbart an die Tür des Pfarrhauses. Gregor drückte ihm eine kleine Münze in die Hand, dann stieg das seltsame Paar zu dem geschwätzigen Mann auf den Bock. Der Morgen war kalt.

»Na, Bruder, bist mit deinem Schmusekätzchen durchgebrannt?« Der Salzhändler erwartete keine Antwort. Er knöpfte sich seinen preußischen Soldatenrock bis zum Hals hinauf zu, stellte den Kragen auf und zog den Kopf ein. Unter dem abgegriffenen Dreispitz fielen graue Locken hervor. Er kicherte vor sich hin und pfiff durch die Zähne, als er sich die junge Tilda genauer betrachtete.

»Nicht schlecht, Bruder! Da würde ich auch auf den Zölibat scheißen!«

»Es ist nicht so, wie du denkst, Mann! Wir gehören nicht zusammen. Fahr jetzt los!«

Das konnte heiter werden. Der Kerl lachte und schnitt blöde Grimassen. Gregor zweifelte, ob die Reise in dieser Gesellschaft ein gutes Ende nehmen würde. Vielleicht war der Mann ein ehemaliger Soldat, der unter seinem Rock Waffen mit sich trug. Misstrauisch schaute er nach den Gegenständen auf dem Kutschbock und nach Ausbeulungen seines Mantels. Da war nichts Beunruhigendes zu erkennen. Eine Weile schwiegen sie.

»Was ist deine Geschichte, Bruder? Der Pfaffe sagte, du wärst ein Klausner! Ist das etwas für einen jungen Mann wie dich?«

»Ich bin dort zur Ruhe gekommen. Ich lebe frei und zufrieden.«

»Aber es ist nicht das Leben! Leben ist dort, wo Menschen sind, nicht in der Einsamkeit, oder? Gott schuf Mann und Frau und er gebot: Seid fruchtbar.«

Er lachte und beugte sich vor, um einen Blick auf Tilda zu werfen. Er schüttelte den Kopf, dass ihm die Locken seitlich um das Gesicht wippten. »Ich habe viel erlebt. Ich war Soldat, und wie ich die Schlechten weggeräumt hab, so will ich jetzt Gute wieder in die Welt setzen. Fünf Kinder sinds schon. Ich erzähle ihnen Geschichten über den Krieg. Wo ich ins Feld gezogen bin. Wie wir die Russen verkloppt haben. Und jetzt ziehe ich über Land, koste den Wein der Gauen und schau mir ihre Weiber an. Ich mache guten Gewinn mit Salz.«

Dann legte er seine rechte Hand auf Gregors Knie und schaute ihm freundlich, aber bestimmt in die Augen. »Was, mein Freund? Wovon kannst du erzählen?«

»Soll man sich des Mordens wirklich rühmen? Ist der Krieg nicht das Gegenteil vom Leben? Ich habe darin nichts Gutes erfahren. Wo Menschen aufeinandertreffen, flieht das Gute. Wo immer sie zusammenleben, entstehen Eifersucht, Missgunst und Neid. Ich lebe in der Natur, sehe die Farben und tausenderlei Geschöpfe Gottes. Allein bin ich so frei, wie ein Mensch nur sein kann. Was will ich mehr? Was brauche ich Gewinn?«

Der Salzhändler zuckte mit den Achseln und ging nicht weiter darauf ein. Er schnalzte mit der Zunge und trieb die beiden Pferde an, die recht gemächlich dahinschritten. Bald kam die Sonne heraus und wärmte ihnen ein wenig den Rücken. Erst nach ungefähr drei Stunden machten sie das erste Mal eine kleine Rast. Sie teilten Brot und tranken Apfelmost aus einer Steinflasche, die ihnen die Pfarrersköchin zugesteckt hatte.

\*\*\*

Tilda drückte die Hände zu festen Fäusten. Sie war sehr aufgeregt und rutschte auf der Kutschbank hin und her.

»Hier ist es!«, rief sie.

»Bist du sicher?« Gregor war überrascht. Irgendwie hatte er nicht mit einem schnellen Erfolg gerechnet. Er freute sich.

»Siehst du? Da drüben, die zwei großen Eichen. Vater sagt, sie sind über hundert Jahre alt. Und da unten fließt das Bächlein. Das erste Haus an der Straße, das ist der Lehner. Und das kleine daneben, das ist mein Zuhause.«

Sie stiegen vom Fuhrwerk und bedankten sich herzlich. Trotz allem ging Tilda sehr bedächtig auf der etwa zweihundert Meter langen Straße, die in einem leichten Bogen zum Anwesen führte. Zwei Krähen flogen auf und verschwanden hinter der Scheune, dann war alles still. Auf das Klopfen an der Haustür regte sich nichts.

»Vater wird auf dem Feld sein.«

Tilda lief über den Hof und auf den Weg, der neben der Scheune hinausführte zu den eigenen Gründen des Alten. Er war nicht zu sehen. Auch im Pferdestall war er nicht anzutreffen. Tilda hämmerte nochmal an die Haustür und rüttelte am Türgriff, sie lugte rundherum in die Fenster, doch es blieb alles totenstill. Sie setzte sich auf die breite Steinstufe zum Eingang, umschlang ihre Knie und legte ihren Kopf darauf.

»Bleib ruhig ein wenig hier sitzen und ruh dich aus. Ich gehe mal hinüber zu euren Nachbarn und frag, ob sie etwas wissen.«

»Aber, wir haben mit ihnen nie gesprochen. Ich kenne sie nicht.«

»Oh! Du kennst deine Nachbarn nicht?« Gregor war irritiert. Wie konnte das sein?

»Ich frage trotzdem mal nach. Es kann nicht schaden. Also bleib sitzen. Ich bin bald wieder zurück.«

Er wandte sich um und marschierte eilends auf die Dorfstraße. An der Gabelung ließ er den Blick über die weit verstreuten düsteren Häuser gleiten. Auf einer unbedeutenden Erhöhung, nördlich der Straße sah er die im gotischen Stil gebaute Kirche. Der verhältnismäßig wuchtige Turm trug ein ziegelgedecktes, schlichtes Pultdach. Vielerorts waren Kinderstimmen zu hören und der helle Klang eines Schmiedehammers, der seinen Takt abwechselnd auf

Werkstück und Amboss schlug. Später Nachmittag war es inzwischen geworden und aus vielen Schornsteinen stiegen weiße Rauchsäulen empor. Die Frauen waren längst damit beschäftigt, Gerste oder Hirse zu kochen. Bald würde es dunkel werden.

Tilda konnte nicht ruhig sitzen bleiben. Sie war so aufgewühlt. All die Jahre hatte sie kaum einmal das Haus verlassen. Sie durfte nie in den Hof oder in den Garten. Nur durch Glasscheiben hatte sie den Lauf der Jahreszeiten erlebt. Sie schaute die Hauswand hoch und entdeckte ein Vogelnest in den Weinranken, deren große gelbbraune Blätter schon zur Hälfte auf dem Boden verstreut lagen. Bei der Bank, auf der der Vater an warmen Abenden rauchend vor dem Haus saß und dann seine Pfeife ausklopfte, lagen Tabakreste und Asche auf dem Steinboden. Noch einmal ging sie von Fenster zu Fenster und schaute durch die Scheiben in die Zimmer hinein. Alles fand sich genau so, wie sie es kannte. Aber der Vater war nicht zu sehen. Der Riegel an der Scheune klemmte. Tilda musste sich anstrengen, um ihn zurückzuschieben. Nie hatte sie die Scheune betreten. Ein Haufen Reisig lag in der Mitte des Raums vor einem Eisengestell, das sie nicht kannte. Und ein Dreibein stand dort. Sie blickte durch eins der verstaubten Fenster hinaus auf die Felder. Da war das Krähenpaar. Sie hatte die Vögel oft beobachtet – irgendwie gehörten die beiden zum Hof. Unter der Hobelbank lagen breite Holzspäne. Sie griff sich eine Handvoll und rieb damit die Fensterscheibe sauber. Trotzdem blieb es dunkel, denn die Sonne wollte schon bald untergehen.

»Tilda?«, hörte sie plötzlich ihren Namen rufen.

Schnell lief sie hinaus in den Hof. Vor der Stalltür standen Gregor und ein glatzköpfiger älterer Mann in verdreckten Hosen und einem ordentlichen dunklen Überrock, den er sich wohl für den Ausgang über die Schultern geworfen hatte. Mit großen Froschaugen musterte er das Mädchen von oben bis unten und schaute ganz verwundert drein.

»Wer soll das sein? Die habe ich noch nie gesehen. Ich sagte doch, dass der alte Tanner allein lebte.«

»Aber sie ist die Tochter. Sie hat mich hierhergeführt.«

»Die da? Ich kenn sie nicht!«

Der Alte schüttelte den Kopf. Was sollte er anderes sagen. Die junge Frau hatte er nie gesehen. Der Tanner lebte allein. Er war eigenbrötlerisch und keine Frau hatte sich mit ihm einlassen wollen. Dass er alleine aus dem Anwesen nichts herausholen konnte, war für alle im Dorf sonnenklar.

Gregor war still geworden. Er konnte das alles nicht verstehen und rieb sich immer wieder nachdenklich den Bart.

»Lass uns gehen, wie du gesagt hast«, forderte er den Bauern auf. Zusammen zogen die drei wortlos dem Dorfplatz entgegen. Lehner watschelte vorneweg, dann folgte der Klausner und Tilda hinterdrein. Sie erreichten den Kirchplatz und der Froschäugige ging direkt auf St. Kilian zu. Auf der Innenseite der Friedhofsmauer schritt er nach rechts, vorbei an Eisenkreuzen mit geschwungenen Verzierungen. Bald erreichte er ein frisches Grab, auf dem Lärchenzweige und ein paar Wildblumen lagen.

»Das ist es!«

Tilda blickte den Bauern erschrocken und fragend an.

»Da liegt der Tanner, der arme Teufel. Oh Herr, gib ihm die ewige Ruhe.«

»Et lux perpetua luceat eis. Requiescant in pace. Amen«, antwortete Gregor. Und das ewige Licht leuchte ihm.

Tildas Augen sprangen von Gregor zu dem alten Lehner und wieder zurück. Was war geschehen? Der Vater tot? Mit offenem Mund stand sie vor dem Erdhaufen und war von einer Sekunde auf die andere um ihr Leben und ihre Zuflucht beraubt. Der Vater tot? Mit tränenden Augen sank sie auf die Knie. Ihre Finger bohrten sich in die feuchte Erde und sie heulte anrührend.

»Hol uns den Pfarrer!«, so schickte Gregor um Beistand.

Zwei schwarz gekleidete Frauen standen plötzlich stumm bei ihnen. Nacheinander tauchten sie das bereitliegende Zweiglein in die Weihwasserschale und besprengten das Grab.

»Bschhht. Lass die arme Seele ihren Frieden finden«, flüsterte die Ältere und legte dabei ihre Hand auf Tildas Kopf.

»Es ist alles gemacht worden, was noch möglich war. Schau, die Zweige des Lichtbaums decken ihn zu.«

Dabei bückte sie sich nach einem Lärchenzweig, der abseits gefallen war, und legte ihn mitten auf das Grab. »Wie die Nadeln gelb werden, welken und abfallen, so soll seine Todsünd nicht länger an ihm hängen und ihn freigeben. Wenn du ihm heimhelfen willst, dann zünd ein Lärchenfeuer, ein Heilfeuer an, und bet ohne Unterlass, bis die Flamme wieder verlischt.«

Tilda wischte sich Tränen und Rotz aus dem Gesicht und wehrte die Berührung der Frau ab. »Hör auf! Er hat doch nichts getan. Was ist denn geschehen?«

Gregor wusste um den abergläubischen Brauch der Lärchenzweige. Er drängte die beiden Frauen zum Weggehen und fasste Tilda vorsichtig an den Schultern. Auch in seinen Augen standen Tränen. Er biss sich auf die Lippe und schüttelte langsam den Kopf.

»Tilda.« Er vergrub das Gesicht in seinen Händen, faltete sie dann wie zum Gebet und wusste nicht, wie er es aussprechen sollte. Plötzlich hörten sie ein Geschnatter über sich. Eine Formation von ungefähr dreißig Wildgänsen flog südwärts über sie hinweg.

»Schau, Tilda, schau, die Gänse. Sie ziehen in die Ferne. Dein Vater ...«, und er stockte bei diesen Worten, »dein Vater hat dieses Land auch verlassen. Es war seine Entscheidung. Er hat den Zeitpunkt selbst gewählt und wir wissen nicht, welch böser Geist ihn dazu gedrängt hat.«

»Ich verstehe dich nicht, Gregor. Was meinst du damit?«

Da sagte er es geradeheraus, so wie er es von dem alten Nachbarn gehört hatte: »Tanner hat sich selbst umgebracht. Er hat sich draußen an der Eiche aufgehängt.«

Tilda stand stumm und wie versteinert.

*\*\**

»Der Herr Pfarrer lässt ausrichten, ihr sollt in sein Haus kommen. Es ist ja gleich da drüben.«

Es folgte eine lange, quälende Befragung. Auch nach

dem Bürgermeister wurde geschickt, der ebenso ratlos war und misstrauisch an der Geschichte zweifelte. Je mehr die Männer mit ihren Fragen in sie drangen, umso stiller und unsicherer wurde Tilda. Schließlich kamen sie überein, dass die Fremde ihre Kenntnis über das Tanner-Haus unter Beweis stellen sollte. Inzwischen war es dunkel geworden, aber gleich am nächsten Morgen würden sie hinausgehen und die Räume nach Tildas Beschreibung inspizieren wollen.

»Die Haustür. Sie klemmt ein wenig. Ihr müsst daran ziehen. Ich hab es oft gesehen, wenn Vater in den Hof hinausging«, hatte Tilda erklärt. Der Bürgermeister, der den Schlüssel in Verwahrung genommen hatte, drehte den Bart im Schloss herum. Er merkte sofort, dass sich das verwitterte Türblatt ein wenig sperrte. Die untere Kante stand am Boden auf und verursachte ein kurzes schleifendes Geräusch beim Losbrechen von der Steinschwelle. Die drei Männer nickten sich einvernehmlich zu. Linkerhand ging es in die Stube und Küche hinein. Es herrschte Unordnung, wie sie es vom Hausstand eines Alleinstehenden erwarteten. Der Boden war übersät von dünnen Reisigstückchen – Enden, die von Weidenruten abgeschnitten worden waren. Ein Armvoll Ruten war auf einer kurzen Bank abgelegt, davon hatte sich der Tanner eine um die andere herausgezogen, wenn er an einem Korb flocht. Auf der Eckbank lagen einige zerlumpte Kleidungsstücke herum. Äpfel mit braunen Faulstellen, ein ungewaschener Topf mit einem eingetrockneten Rest eines Breies und der benutzte Löffel fanden sich auf dem quadratischen Holztisch. Neben dem

Kamin führte eine Tür in eine Waschküche und von dort ging es wieder hinaus in die Diele. Auf der rechten Seite war eine Speisekammer, und eine Verbindungstür führte in den angrenzenden Stall. Über eine Holztreppe gelangten die Männer nach oben zu den Schlafkammern. Die Bauernschlafkammer war mit einem bemalten Doppelbett ausgestattet, allerdings lag nur ein Kissen und ein Oberbett auf den Matratzen. Ein unangenehmer Geruch von Schweiß und muffiger Kleidung stand in dem dunklen Raum. Ein Bild an der Wand zeigte die Heilige Familie. Der breite Schrank war mit einem Schlüssel abgeschlossen. Unter dem Fenster stand eine schmucklose Truhe. In der zweiten Kammer fanden sie ein einzelnes Bett, in dem nur ein Strohsack lag. Leinenwäsche, Winterdecken, Wachskerzen, ein paar Gebetbücher und Weidenkörbchen in verschiedenen Größen füllten den schmalen Schrank. Stuhl und Tischchen waren mit gedrechselten Beinen versehen. Der Bürgermeister schob den Vorhang des Fensters zur Seite, sodass ein wenig Licht einfallen konnte. Er überblickte den Hof und sah auf das Dach der Scheune. Die Männer inspizierten den Raum und fanden fast alles so vor, wie Tilda es ihnen beschrieben hatte.

»Hier hat wohl niemand gewohnt. Es ist ein Jammer«, bemerkte der Pfarrer.

»Aber ich dachte, das hätte die Kammer der Frau sein sollen«, bemerkte Gregor.

»Nein, es wird die andere sein.«

Sie polterten hinaus auf die Geschossdiele und betraten den dritten Raum. Sie fanden eine Art Rumpelkammer vor.

Körbe, Brotschieber und Teigtrog, Rossdecken, einen Schrank mit Schafwolle und Leinen, ein Spinnrad, mehrere Besen und vieles mehr war unordentlich abgestellt.

»Ja, davon hat sie gesprochen.«

»Aber hier hat sie nicht geschlafen. Lasst uns nochmal hinübergehen in die zweite Kammer.«

Sie entdeckten nichts Weiteres als bei ihrer ersten Begehung. Hier nicht und auch nicht in der Bauernkammer. Der Bürgermeister suchte eine Zeit lang in allen Ecken nach dem Schlüssel zum Schrank, dann aber gab er auf und schickte Gregor nach einem geeigneten Werkzeug in den Schuppen.

»Hier, ich habe ein Stemmeisen gefunden.«

Der rabiate Bürgermeister stach das Eisen zwischen die Türen des großen Kastens und versuchte sie aufzuhebeln. Direkt über dem Schloss stach er ein zweites Mal hinein. Mit einem Knall splitterte das Holz und das Schloss brach auf der Innenseite vom rechten Türblatt. Es fanden sich keine Schätze darin, nur Kleidung, gute Schuhe und etwas Geld, aber keine Spur, die auf ein Kind oder eine Frau im Haus schließen ließ. Auch Gregor wühlte ein wenig in den Sachen. Er hob die Schuhe und den Wäschestapel heraus und fingerte in die hinteren dunklen Ecken. Seine Hand griff etwas Weiches und er vermutete ein Paar zusammengesteckte Socken, doch als er es hervorholte, da war es ein kleines Püppchen aus Stoff.

»Seht nur! Eine Puppe! Das ist ein Beweis.«

»Wo kommt die denn her? Ich habe sie doch vorhin nicht gesehen.«

»Sie war hinten in der Ecke versteckt. Sie gehört Tilda. Der Alte muss das Haus ausgeräumt haben und alles, was seiner Tochter gehörte, verschwinden haben lassen. Vielleicht hat er die Sachen verbrannt. Aber das Püppchen …«

»Schluss jetzt!«, keifte der Bürgermeister. »Das ist noch lange kein Beweis. Ein Püppchen, sonst nichts. Keine einzige Weiberschürze, kein Kopftuch, noch nicht einmal eine Haarnadel.«

Er ließ das Stemmeisen einfach zu Boden fallen und verließ den Raum, ohne sich nach den beiden anderen umzuschauen. Die kurzen Trittstufen knarrten unter der Last, als er vorsichtig hinunterstieg. Er wartete draußen vor der Haustür.

»Na los, kommt schon! Ich will zusperren«, schrie er ungeduldig und drehte dann den Schlüssel wieder im Schloss. Breitbeinig stand er auf dem Pflaster und stemmte die Hände in die Hüften. »Nun, meine Herren, wir haben es selbst gesehen – der Tanner hauste alleine. Die Frau lügt!«

»Aber Herr«, widersprach Gregor sofort, »sie hat uns doch das Haus genau beschreiben können. Ich glaube nicht, dass sie lügt. Vielmehr …«

»Was fällt Euch ein?«, schnitt ihm das Dorfoberhaupt das Wort ab. »Wer seid Ihr überhaupt? Wir kennen Euch nicht. Es ist möglich, dass diese Frau in seinem Haus war und es ausspioniert hat. Womöglich ist sie eine Landstreicherin und Ihr am Ende ein Komplize. Nur eins ist sicher: Sie ist nicht die Tochter vom Tanner. Sie will dessen Nachlass erschleichen! Aber nicht mit mir, mein Freund!«

»Nur nicht so hitzig, lieber Bürgermeister«, mischte sich

der Pfarrer ein. »Den Gregor kenne ich wohl. Ich habe ihn einmal besucht, als er die Klause bezogen hat. Ich weiß auch, dass er zum Benediktinerorden gehört und manch armer Sünder unserer Gemeinde schon bei ihm in der Klause Rat gesucht hat.«

»Ich habe sie verwirrt im Wald aufgegriffen und will sie einfach nur dorthin zurückbringen, wo sie hingehört. Leider wird die Sache nur immer komplizierter. Ihr könnt mit ihr verfahren, wie Ihr wollt. Es ist nicht meine Sache. Ich gehe heute zurück in meine Einsiedelei.«

»Nichts da, Klausner! Ihr habt die Lügnerin hierhergebracht und Ihr nehmt sie wieder mit Euch! Hier kann sie nicht bleiben«, schimpfte der Bürgermeister.

»Was? Das ist nicht Euer Ernst? Ich kann sie doch nicht einfach wieder im Wald aussetzen.«

»Warum nicht? Glaubt mir, diese Frau weiß genau, wo sie hingehört, und sie wird dorthin auch wieder zurückkehren. Ihr seid ihr auf den Leim gegangen, mein Lieber!«

Gregor bat den Dorfpfarrer um Hilfe. Es musste doch eine Möglichkeit geben, nach der unbekannten Familie zu forschen. Doch der verwies auf die Kirchenbücher. Der Tanner hatte weder Ehefrau noch Kinder und, laut Nachbarn, keinerlei Angehörige im Haus. Der Pfarrer wusste nicht, wie er helfen sollte. Wer sollte eine Betrügerin aufnehmen wollen? Ihm war wohl klar, dass die Frau in der Einsiedelei keine Bleibe finden konnte, aber dem Urteil des dominanten Bürgermeisters trat der alte Geistliche nicht weiter entgegen. Gregor war ratlos.

»Ich kann Euch nur eines raten: Macht Euch auf den

Weg und jagt das Weibsstück zum Teufel!«

\*\*\*

Bald waren sie wieder zurück im Pfarrhaus. Mit wenigen Sätzen teilte der Bürgermeister Tilda seine Einschätzung mit. Knapp und hart. Sie hätte hier nichts zu suchen und werde keine Stunde mehr geduldet. Alles Lamentieren, Flehen und Weinen half nichts. Sie mussten das Haus und das Dorf verlassen. Einzig ein Segenswunsch des Geistlichen und viele neugierige Blicke begleiteten sie, als sie die Straße ortsauswärts gingen. Der Aufenthalt der sonderbaren Fremden hatte sich schnell herumgesprochen. Tilda wollte noch ein Vaterunser am Grab sprechen, dann zogen sie hinaus. Hinter Fensterscheiben glotzten Weiber, und manch alter Gevatter, der des Tags Haus und Hof hütete, stand mit offenem Mund am Weg und rief ihnen ein unflätiges Wort hinterher. Bald folgte ihnen eine Gruppe Kinder, lachend und tobend und frech Steine werfend, bis sie das Dorfende erreicht hatten.

Noch war keine Rede davon, dass Tilda auf dem Weg fortgejagt werden sollte. Sie weinte. In dieser Stunde ging sie mit nichts als den Kleidern am Leib hinaus ins Nirgendwo und war verlorener und ärmer als die Elendsten in diesem geschundenen Land. Ohne Obdach, ohne Geld, ohne Heimat und ohne einen Menschen, der ihr nahestand. Noch dazu wurde ihre Existenz geleugnet. Kein Papier wies ihren Namen aus.

Gregor wusste nicht mehr, was er glauben sollte. Den

Verdacht, sie würde ein böses Spiel spielen und hätte es auf den Besitz des alleinstehenden Tanners abgesehen, war nicht ganz von der Hand zu weisen. Sein Verstand wollte zu dieser Meinung neigen, denn das Haus hatte keine Spur vom Leben einer Frau hervorgebracht. Sein Herz aber rang dagegen. Bis zu dem Zeitpunkt, als sie in der kleinen Kammer standen und weder Wäsche, noch Rock, noch Kopftücher oder Miederzeug zu finden waren, konnte Gregor an ihr kein Falsch erkennen. Verstohlen schielte er nach ihrem Gesicht, das ein Ausdruck von Schmerz und Verzweiflung war. Sie war so selbstverständlich hinausgelaufen und hatte hinter der Scheune auf den Hofäckern nach dem Alten gespäht. Sie wusste von dem Klemmen der Haustür. Auch wenn sie als Gast einmal eingetreten wäre, so hätte sie doch selbst die Tür nicht geöffnet. Bald hatte Nebel das Dorf hinter ihnen verschluckt. Die Stimmen der spottenden Kinder verstummten und die Schritte der beiden verlangsamten sich ein wenig. Zu den Seiten des Weges kamen sie an Strauchwerk vorbei, dessen Herbstschönheit sie nicht erfreuen konnte.

Unter einer großen Birke blieben sie stehen. Gregor schaute hinauf zu dem Blattwerk, das im leichten Windspiel flatterte. Er horchte in das Rauschen des tanzenden Laubes und verfolgte einzelne Blätter, die in Pirouetten zu Boden schwebten.

»Ich sollte den Baum fragen.«

Tilda schaute ihn unverständig an.

»Vielleicht kennt er dich! Vielleicht bist du vor Kurzem diesen Weg gegangen – auf das Dorf zu. Der Bürgermeister meint, du warst in Tanners Haus, einzig um es auszuspionieren. Gut möglich, dass du es deshalb betreten hast. Sag mir doch die Wahrheit!«

Er fixierte Tilda durch schmale Schlitze seiner Lider und seine Lippen bebten.

»Frag doch den Baum!«, stieß sie verletzt hervor. »Ja, es stimmt, dass er mich kennt. Jeden Tag hat er mich gesehen! Jeden Tag, wenn ich am Fenster stand und hinausschaute. Über dem Scheunendach sah ich seine Krone in der Ferne. Er hat meine Tränen gesehen und meine Angst und das Leuchten in meinen Augen, wenn ich von meiner Mama träumte. Ich habe sie nie vergessen. Was weißt du schon von mir!«

Ein Blatt der Birke tänzelte bodenwärts und landete auf Gregors Kopf. Er fasste es und strich mit seinem Finger über den gezackten Umriss. Feine rotbraune Adern durchzogen das gelbgrüne Kunstwerk, von den Hauptlinien bis in dünne, sich verlierende Strahlen. So viele Blätter hatte Gregor schon bestaunt, doch noch immer verlor er sich in der Schönheit jedes einzelnen. Sie sind wie die Menschen. Jedes einzelne wurde auf unterschiedliche Art und Weise bis zu seinem Absterben geprägt. Dieses Birkenblatt war bei genauer Betrachtung nicht einfach welkgelb, sondern ein gefleckter Teppich aus kleinen grünen, gelben, orangefarbenen und roten Flecken. Die Umrisskanten waren vertrocknet braun und hier und dort eingerissen. Verletzungen und Fraßstellen zeugten von gewaltsamen Erfahrungen. Ist der Mensch nicht ein ebensolches verletzliches Gebilde, dessen Narben an Leib und Seele ein Spiegel seiner Einzigartigkeit darstellen? Welche Verletzungen, welche Ereignisse mögen Tildas Leben gezeichnet haben? Gregor wehrte sich gegen diese Gedanken. Es sollte nicht seine Sorge sein. Im Leben des Klausners war kein Platz für ein Weib. Er konnte nichts für die Verlorenheit dieser Seele. Der Pfarrer, der Bürgermeister – wäre es nicht an ihnen gewesen, für die junge Frau zu sorgen? Es war nicht seine Sache als Klausner, denn er hatte die Einsamkeit gewählt und geschworen. Während er mit geschlossenen Augen grübelte, zerriss er in seinen Händen das Birkenblatt in viele Stücke und ließ sie zu Boden fallen.

Der Schrei eines Eichelhähers riss Gregor aus seinen Gedanken. Er blickte in Tildas Gesicht und sah eine Träne an ihrer Lippe hängen.

Gregor war ratlos und zornig. Er wusste nur, dass er aus dieser Situation entfliehen musste, und begann zu schreien.

»Was willst du von mir? Dein Plan, dich einzuschleichen, ist nicht aufgegangen. Eine Lügnerin bist du, das hat sich bewiesen! Jetzt scher dich zum Teufel und geh dahin zurück, wo du hergekommen bist! Los verschwinde endlich!«

Gregor spürte etwas in seiner Leibtasche. Er griff danach und zog das Püppchen heraus, das er aus Tanners Schrank mitgenommen hatte. Er warf es Tilda vor die Füße, wandte sich dem Feldweg zu und lief mit schnellen Schritten davon.

Der Herbstnebel verschlang den davoneilenden Mann. Die Sicht wurde immer schlechter, aber das kümmerte ihn nicht. Er würde über zwei Stunden dieser Straße folgen und dann an einer sehr markanten Gabelung rechts auf den tiefen Wald zumarschieren müssen. So schnell er konnte, eilte er ostwärts, strich sich über den nebelnassen Bart und spürte, wie sich sein Körper allmählich erhitzte. Bald durchfeuchtete ihm der Schweiß auf dem Rücken das Habit. Mit pochendem Herzen drehte er sich um, glotzte gegen die graue Nebelwand und setzte dann seinen Gang allmählich in normalem Tempo fort.

Gregor verspürte Durst. Er hatte kein Brot und keine Flasche Wasser im Beutel. Seine Begleiter waren ein schlechtes Gewissen und eine beklemmende Sorge, dass sein Leben wieder in gewohnte Bahnen zurückfinden würde. Er strich sich über den Bart und wischte die kleinen Wasserperlen fort. Innerlich war er ausgetrocknet und er schnalzte mit der Zunge, als sich die Gedanken an den Brunnentrog seiner Einsiedlerhütte verloren.

Den Nachhauseweg empfand er plötzlich immer stärker als eine Zumutung und gab Tilda, der Betrügerin, die Schuld daran. Ein verlorener Tag, an dem er nichts leisten würde, nicht einmal die Andacht für ein ehrliches Gebet konnte er aufbringen. Er stapfte vor sich hin, spürte einen kleinen drückenden Schmerz an der linken Ferse und sehnte sich nach Hause in seine Hütte. Bald würden die ersten Nachtfröste den nahenden Winter ankündigen. Mit dem schmutzigen Ärmel seines Gewandes wischte er sich die Nase. Er würde gleich morgen noch Holz umschichten. Die duftenden Fichtenscheite, die er vor zwei Jahren zum Austrocknen an der Ostseite der Scheune aufgeschichtet hatte, würde er zur Hütte holen.

***

Müde kniete Gregor im Betstuhl in der kalten Grotte und las den Tagespsalm. Er bemühte sich um Konzentration, und er versuchte die Gedanken an Tilda zu verdrängen. Ob er wohl richtig gehandelt hatte? Er hatte die Stimme des Geistes nicht gehört. Er hatte aber auch nicht um Rat gefragt und das ärgerte ihn jetzt. Viele kleine Entscheidungen seines Alltags wägte er lange ab und suchte seinen Frieden darüber im Gebet, doch dieses Mal, wo viel auf dem Spiel stand, hatte er es vergessen. Sein Gewissen klagte ihn an. Die Kerzenflamme auf dem Mauervorsprung zischte, dann begann sie wie zuvor zu flackern. Ihr Licht fiel auf die verwundeten Beine des Herrn Jesus. Der Einsiedler beendete das Stundengebet und schloss die Augen.

»Bitte!« Das leise Wort erschreckte Gregor und riss ihn aus seiner Anbetung.

»Bitte, Gregor, ich weiß nicht, wohin ich gehen kann.«

Mit hängendem Kopf stand Tilda hinter ihm in der Dunkelheit. Wie ein Gespenst. Die strähnigen Haare verdeckten ihr Gesicht vollständig. Im schwachen Licht der Kerze konnte Gregor die kleine, alte Puppe erkennen, die sie mit zitternden Händen festhielt.

# Haus der Sünde

Der volle Mond schien in dieser Nacht auf das Badhaus, das am Ortsrand von Wolfsrode stand. Ein grüner Kranz aus Fichtenzweigen an der Haustür zeigte den Badebetrieb an. Der Bader hatte zeitig den großen Kessel geheizt und seine Zuber mit heißem Wasser gefüllt. Es dampfte und roch nach Seife und Kräutersud. Viele Gäste saßen auf den Bänken um den großen Ofen und der Bader kam kaum nach, Bier und kleine Mahlzeiten aufzutragen.

Das Badhaus war längst kein Ort der Leibespflege und Kurbehandlung mehr, sondern ein Sündenpfuhl. Es war ein Ort der Ausschweifung geworden. Nach dem reinigenden Schwitzen, dem Waschen und Übergießen mit frischem Wasser rückten die nackten Leiber zum geselligen Teil zusammen. Ein ungarischer Musikant spielte auf der Fidel und seine schwarzäugige vulgäre Begleiterin sang dazu. Ihre wilden Locken, die sie den einfältigen Männern ins Gesicht warf, dufteten nach orientalischem Öl. Sie provozierte die längst betrunkenen Zuhörer mit einem aufreizenden Tanz und hauchte ihnen anzügliche Worte ins Ohr. Dann setzte sie sich auf ihren Schoß und kassierte reihum ab. Manch einer steckte ihr seine letzten Silberkreuzer ins Dekolleté.

Ein junger Bursche, der zum ersten Mal diese Gesellschaft besuchte, war an die Reihe gekommen und wurde unter lautem Gejohle besungen. Er zierte sich, doch ließen die Männer ihn nicht davonkommen. Mit hochrotem Kopf ließ er die Frau gewähren. Sie lachte und sang ein paar Strophen zur Musik, dann aber schlang sie ihren Arm um den Hals des Jünglings, rieb ihren Hintern auf seinem Schoß und begann laut zu stöhnen. Die Männer rundherum waren außer sich und feuerten sie an. Dann zog sie den Jungen in einen kleinen heißen Raum neben der Schwitzkammer.

Derweil feierten die nackten Gäste die Nacht und die Lust und das Leben, dessen Drangsal sie so gerne vergaßen.

»Gib nur acht, mein Süßer, dass du deiner zukünftigen Braut nicht verrätst, wo du das Stechen gelernt hast!«, warnte sie den jungen Mann, als er von der Pritsche stieg und verlegen hinausschlich.

Weit nach Mitternacht erst wankten die letzten Gäste heimwärts – besoffen, der Verderbtheit überführt und mit leerem Beutel. Indes ließ sich ein finster dreinschauender Mann in bestem Alter die Einnahmen des Musikanten in zwei Häufchen auf die Tischplatte zählen. Halbe-halbe, so war es ausgemacht.

»Ist das wirklich alles?«, fauchte Gog.

»Beim Leben meiner alten Mutter, das ist alles, was wir den Tölpeln abknöpfen konnten. Keiner von denen trägt heute Nacht noch einen Kreuzer in der Tasche heim. Wir waren sehr gründlich!«

Gog sprang vom Stuhl auf, packte die Ungarin an ihren schwarzen Haaren und schlug ihren Kopf auf die Tischplatte. In seiner Rechten blitzte eine breite Messerklinge.

»Beim Leben deiner Mutter, hä? Liegt dir auch etwas am Leben deiner Schlampe? Wage es nicht, mich zu betrügen!

Ich habe gesehen, dass du ihr Münzen zugesteckt hast. Du hältst dich wohl für besonders klug!«

Die Frau jammerte unter der brutalen Hand ihres Peinigers. Gog riss ihren Kopf hoch und forderte das unterschlagene Geld. Mit zitternden Händen löste sie einen Beutel unter ihrem Rock und legte ihn auf den Tisch.

»Dieses Mal nehme ich alles und lass euch dafür das Leben. Ist das klar?«

Der Ungar schluckte. Er kannte den Jähzorn des Mannes und wagte keine Widerrede.

»Versucht das nie wieder! Dieses Dorf ist mein Land, hier mache ich die Gesetze. Keiner wird mich ungestraft bescheißen! Verstanden?«

Gog holte aus und schlug dem Musikanten mit der Faust, in der er noch immer das blanke Messer hielt, ins Gesicht. Dann wischte er das ganze Geld in ein Säckchen. Auch der Bader musste den vereinbarten Teil seines Gewinns dazulegen und reichte einen Becher des besten Weins, um den Rasenden wieder milde zu stimmen. Gog nahm einen großen Zug und grinste gefällig.

»So macht man Geschäfte, mein Lieber«, bemerkte er.

Den beiden Musikanten, die mit versteinerten Gesichtern dem Ausgang zusteuerten, rief er hinterher: »Wir sehen uns Samstagnacht, meine Goldvögelchen!«

# Ein Heim auf Zeit

Gregor drehte die seltsamen Schuhe und betrachtete sie von allen Seiten. Die Nähte der Sohlen lösten sich an mehreren Stellen.

»Der Vater hat sie selbst gemacht. Ich trage sie aber ganz selten.«

Tilda hielt sich den wunden Fuß. An der Ferse und am Zehenballen nässten hässliche Blasen. Die Schuhe taugten nicht für lange Fußmärsche.

»Das kann ich flicken. Ich habe ein sehr starkes Garn. Für das nasse Herbstwetter sind sie halt nicht viel wert. Ich dachte mir schon, dass die nicht von einem Schuster stammen. Hm, vielleicht mach ich dir gute Holzschuhe.« Er lächelte wohlwollend, doch Tilda sah ihn nicht an. Er hatte sie nicht bedrängt, sie nicht weiter mit Fragen und Vorwürfen gequält. Ein ernstes Gespräch wollte er am nächsten Tag mit ihr führen. Am Herd kochte ein wenig Wurzelgemüse für eine schnelle Suppe. Gregor rührte eine gute Prise von seinem Kräutersalz hinein, dann teilte er das Gericht in zwei Schüsseln, legte Brotbrocken ein und kam damit zu Tisch. Er sprach ein kurzes Gebet und sie aßen schweigend. Es war nicht die Zeit zum Reden. Gregor hielt es für angebracht, barmherzig Obdach zu geben, zu speisen und still zu sein. Tilda war dafür sehr dankbar. Sie verschlang die Suppe mit großem Appetit und schleckte die Schüssel ungeniert mit der Zunge aus, um die letzten Reste zu erwischen. Sie lächelte froh. Plötzlich aber überkam sie eine so große Müdigkeit, dass sie die Augen kaum noch offenhalten konnte. Gregor nickte gutmütig. Er stand auf und ging zur Tür, tauchte den Zeigefinger in den kleinen Weihwasserkessel und gab Tilda den Nachtsegen. Das kurze Gebet, das er mit ruhiger Stimme sprach, klang so liebevoll, dass sich ihre Augen mit Tränen füllten.

»Der gütige Vater im Himmel sei deine Leuchte im Dunkel der Nacht und schenke dir Frieden. Das erbitte ich durch Christus, unseren Herrn, Amen.«

Tilda schlüpfte unter die Decke des Nachtlagers, das unverändert auf dem Boden der Hütte zurückgeblieben war, als sie sich vor zwei Tagen auf den Weg gemacht hatten, um ihr Zuhause zu finden. Im schwachen Licht erkannte sie die Hühner, die mit geschlossenen Augen in ihren Nestern unter der Holzbank saßen. Da schlief auch sie sofort ein.

Gregor hockte noch ein wenig auf der Bank und grübelte. So vieles ging ihm durch den Kopf. Warum nur hing ihm diese junge Frau an? Ausgerechnet ihm, einem Klausner. Das gab doch gar keinen Sinn. Warum fanden sich auf dem Anwesen Tanners keine Spuren von Tilda. Wie immer er es drehte und wendete, die ganze Sache stank zum Himmel. Schließlich kam ihm ein neuer Gedanke und er wollte seine Überlegungen damit beenden, dass die junge Frau vielleicht nicht recht bei Verstand wäre. Nicht ganz richtig im Kopf. Vielleicht war sie aus ihrer Obhut weggelaufen oder auf einer Reise verloren gegangen. Nur wusste er nicht, wohin mit ihr. Auch wenn er in ihr keine betrügerischen Absichten erkennen konnte, in seiner Hütte war kein Platz für sie.

Der Geist wollte Gregor überführen – ihn zurechtweisen. So kamen ihm verschiedene Verse aus der Schrift in den Sinn. Er wand sich auf der harten Sitzbank, schüttelte den Kopf und wollte diesen seltsamen Gedanken nicht nachgehen. Er schlug das Buch auf und suchte nach den Kapiteln des Propheten Jesaja. Er blätterte und fand ohne Mühe die Stelle, auf die Gott seinen Finger legen wollte. Tonlos flüsterte er im Licht der matten Lampe die Zeilen: »... und dass ihr jedes Joch zerbrecht? Besteht es nicht darin, dein Brot dem Hungrigen zu brechen und dass du heimatlose Elende ins Haus führst?« Und etwas lauter las er weitere Verse des Propheten: »Wenn du aus deiner Mitte fortschaffst das Joch, das Fingerausstrecken und böses Reden und wenn du dem Hungrigen dein Brot darreichst und die gebeugte Seele sättigst, dann wird dein Licht aufgehen in der Finsternis, und dein Dunkel wird sein wie der Mittag. Und beständig wird der HERR dich leiten, und er wird deine Seele sättigen an Orten der Dürre und deine Gebeine stärken.«

Gregor kaute an seinen Nägeln, biss an trockenen Hautfitzeln und das Nagelbett seines Daumens begann darauf zu bluten. Er saugte an der kleinen Wunde. Er verstand im übertragenen Sinne, dass es seine Christenpflicht war, Tilda in der Not aufzunehmen, doch damit war die Sache nicht erledigt. Sie war eine Frau und er ein Benediktinermönch. Unter einem Dach und sogar in einem Raum zusammen zu hausen, das musste so schnell wie möglich aufhören. Schon jetzt fühlte er sich schuldig.

Gregor erinnerte sich an den Abend zurück, als er im Haus des Hufschmieds verraten worden war. Wie ihn die Reize der Tochter in den Bann zogen und er ohne Misstrauen zum maßlosen Trinken verführt wurde. Niemals hätte er gedacht, dass die liebliche Hedwig als Komplizin in ein böses Spiel verwickelt sein könnte. Er verlor sich in ihren Augen, ihrem tiefen Dekolleté und trank den süßen Wein aus ihrer Hand ohne Argwohn, bis er zusammenbrach und verschleppt wurde. Gregor wusste um seine Schwachheit. Sie mag im Unterbewusstsein ein Grund dafür gewesen sein, warum er einst die Entscheidung getroffen hatte, in die Abgeschiedenheit zu gehen.

Tilda schlief und atmete tief. Im fahlen Licht sah Gregor wieder die gewölbte Decke und eine bleiche, schmutzige Fußsohle, die darunter hervorschaute. Er schob die Lampe an den Tischrand und beobachtete sie ein wenig. Plötzlich bemerkte er, dass sich sein eigener Atemrhythmus dem leisen Geräusch der Frau angepasst hatte. Der kleine Fuß war seinen Augen wie ein Magnet und er spürte ein seltsames Gefühl in sich aufsteigen, das seinen Herzschlag beschleunigte. Der Klausner wandte sich irritiert ab. Seine Hand zitterte ein wenig, als er den Finger ausstreckte und noch einmal die Stelle im Bibeltext suchte, die er gerade gelesen hatte.

Er schüttelte den Kopf und strich über die Zeilen. »Es sind keine Worte, die für mich bestimmt sind«, stellte er fest. »Es ist alles Einbildung. Hier ist kein Ort der Dürre – ganz im Gegenteil! Ich bin frei und kann meinen ganzen

Tag zu einem Gebet für den Herrn machen.«

Der furchtbare Moment kam ihm in den Sinn, als er verwundet im Pommerwald gelegen und zum Herrn gefleht hatte. Gott zu dienen, war sein Schwur. Dieser Zusage war er jahrelang nachgekommen und daran würde er nicht rütteln. Er las die Zeilen noch einmal, dann das ganze Kapitel, dennoch konnte er nicht verstehen, welche Art von Gottesdienst ihm der Geist aufzeigen wollte. Er ging hinüber zu seiner Bettstatt, löschte die Lampe und legte sich ein wenig mürrisch schlafen. Der Bart juckte und er kratzte sich. Er fasste ein Büschel am Ansatz und ließ es langsam durch seine Finger gleiten, dabei fühlte er die Länge der Haare. Vielleicht sollte er ihn ganz abschneiden. Was war er nur für ein sonderbarer Mensch geworden! Vielleicht sollte er endlich dorthin zurückkehren, wo er seine Wurzeln hatte, wo seine Familie ihre Wurzeln geschlagen und eine Existenz gegründet hatte. Was wohl aus dem neuen Forsthaus geworden war, das damals sein Zuhause hätte werden sollen? Der Nachthimmel spendete kein Sternenlicht und in Gregors Hütte war es pechschwarz. So sehr er auch seine Augen anstrengte – er konnte nichts erkennen. Er drehte sich zur Seite und roch den schweißgetränkten, feuchtmuffigen Strohsack unter seinem Gesicht. Die Strapazen des Tages hatten auch ihm zugesetzt und so schlief er ein, bevor er sein tägliches Vaterunser zu Ende bringen konnte.

\*\*\*

Am nächsten Morgen standen die beiden am Rand der

kleinen Waldlichtung. Gregor strich mit den Fingern über das rostige Blatt der Schrotsäge.

»Wir fangen hier an!« Er deutete mit dem Kinn in Richtung der mittelgroßen Buche, die am Rande seines Grundstückes stand. »Sie macht mir Schatten.«

Er schlug mit dem Beil ein paar waagrechte Scharten in den Stamm. Sie sollten der Orientierung dienen, wo der Schnitt zu führen war. Dann wies er Tilda ihren Platz zu und zeigte ihr, wie sie die Säge halten sollte. Sie stand barfuß auf dem kalten kahlen Boden.

»Siehst du? Und zieh ordentlich! Verstanden?«

Es dauerte ein wenig, bis sie einen langsamen Rhythmus fanden.

»Halt gerade, und schieb nicht!«

Es ruckte und hakte, doch langsam kamen sie voran und die Sägezähne förderten mit jedem Zug große Späne hervor. Nach einer Weile war Tilda schon erschöpft und bat um eine kurze Pause. Derweil schlug Gregor mit dem Beil einen Keil aus dem Holz. Der gab die Richtung vor, in die der Baum fallen würde. Dann setzten sie die Säge erneut an – diesmal von der gegenüberliegenden Seite, zweifingerbreit oberhalb des ersten Schnittes. Dieses anstrengende Handwerk hatte er bei seinem Vater jahrelang gelernt. Zum Schluss schlug er einen Holzkeil in den Fällschnitt, bis der Baum sich neigte und krachend zu Boden stürzte. Dann wurden die Äste abgeschlagen, sodass am Ende der Stamm freigelegt war. Damit aber war die Arbeit noch lange nicht getan. Um das Holz in Ofenscheite spalten zu können, musste nun der ganze Stamm in Stücke von einer dreiviertel

Elle abgesägt werden. Es war kalt, doch den beiden rann der Schweiß von der Stirn.

»Erzähl mir jetzt endlich deine Geschichte!«, keuchte Gregor unverhofft und biss ernst die Zähne aufeinander, dass kleine Muskelbeulen seinen Kiefer noch breiter formten. »Wo kommst du her?«

Tilda wich ein wenig zurück. Sie atmete schwer und ihr Brustkorb hob und senkte sich dabei. Sie überlegte.

»Überleg nicht lange, sondern sag es mir endlich!«, forderte Gregor ungeduldig.

Tildas Augen füllten sich mit Tränen. Plötzlich wandte sie sich ab und wollte weglaufen. Sie stürzte über einen abgehauenen Ast, rappelte sich aber gleich wieder auf und lief hinüber zur Grotte.

»Du bist nicht die Tochter von diesem Tanner, du bist eine Lügnerin!«, rief er ihr hinterher.

Gregor wischte sich mit dem Handrücken den Schweiß von der Stirn. Ärgerlich warf er die Säge auf den Boden und schlug mit der Faust auf die tiefgefurchte Rinde des Baumstamms. Immer wich sie seinen Fragen aus. Und wie empfindlich sie war! Er würde ihr nicht nachlaufen. Er griff nach der Schrotsäge und führte das Blatt mit kürzeren Schüben durch den vorhandenen Einschnitt. Als das Stück zu Boden gefallen war, schüttelte er sich die Späne vom Rock und ging doch hinüber. Zuerst sah er sie nicht, dann aber entdeckte er sie weinend in einer Ecke kauern.

»Steh vom kalten Boden auf, du wirst dich wieder erkälten!«, forderte er sie in milderem Ton auf. »Versteh mich doch! Du kannst nicht einfach hier aufkreuzen und mir deine fantastischen Geschichten auftischen. Dies ist ein geweihter Ort, an dem ich dir Obdach gegeben habe. Ich kann dich hier nicht länger dulden, erst recht nicht, wenn du mich belügst. Ich bin mit dir losgezogen, und dein Vorwand ist aufgeflogen. Die Obmänner haben dich der Lüge überführt. Gib es endlich zu.«

Tilda nickte zitternd.

»Tanner war nicht mein Vater«, brachte sie kaum hörbar hervor.

»Was?«

Sie deutete mit ausgestreckter Hand auf das Bild über dem Altar der Grotte. »Ich schwöre es dir bei den Schmerzen des Herrn Jesus. Du wirst es wieder nicht glauben wollen, aber ich sage dir die Wahrheit«, stotterte sie. »Er, er hat mich gestohlen, als ich ein kleines Kind war. Er hat mich all die Jahre eingesperrt. An das Gesicht meiner Eltern kann ich mich nicht mehr erinnern. Ich hab auch ihre Stimmen vergessen. Tanner ist mir Vater geworden, obwohl ich ihn so sehr gehasst habe. Das ist die Wahrheit.«

Die verweinten Augen blinzelten flehend zu Gregor hoch. Dem Klausner war alle Farbe aus dem Gesicht gewichen. Mit offenem Mund stand er da und wusste nicht, was das zu bedeuten hatte. Seine Zungenspitze fuhr über die trockenen Lippen und er musste schlucken. Was war denn das wieder für eine Geschichte?

»Frau, versündige dich nicht!«

»Bei den Schmerzen des Herrn Jesus – es ist die Wahrheit.« Dabei sprang sie auf, streckte ihre Hände und legte sie auf das Bildnis des Christus.

Gregor erschrak. Er sprang zu ihr und fasste sie an der Schulter, um sie zurückzuhalten. Er spürte, wie der ganze Körper zitterte. Tilda wand sich und verwehrte die Berührungen. Sie ließ die Hände sinken und stand schluchzend und gebeugt da.

»Verzeih bitte! Das ist ja alles furchtbar. Komm, lass uns hinübergehen in die warme Stube.«

Es brauchte noch eine Weile Geduld und beruhigende Worte, dann aber nickte Tilda schließlich und wollte folgen.

Als endlich das Ofenfeuer brannte, setzten sich die beiden an den grobgezimmerten Tisch und Tilda erzählte, so gut sie konnte, von den Eindrücken ihres früheren Lebens. Das war nicht viel, denn sie war noch so klein gewesen - höchstens vier Jahre alt. Doch sie wusste von dem schockierenden Ereignis, als sie aus ihrer Familie herausgerissen wurde. An diese Szene hatte sie sich oft erinnert und sie hatte sich tief in ihr Gedächtnis eingebrannt.

Die Mutter war mit dem Handkarren in den Wald gegangen, um Reisig zu sammeln. Tilda und ihr Bruder gingen hinterdrein. Die Kleinen brachten manch Zweiglein, doch sie fanden schnell Interessanteres zum Spielen, sie suchten nach Federn und jagten einem Frosch nach. Als sie am Waldweg Blumen zupften, näherte sich ein Einspänner. Die Kinder hörten die Mutter ihre Namen rufen, als der Wagen langsamer wurde und unmittelbar bei ihnen anhielt. Tanner saß darauf. Er lachte und grüßte freundlich. Tilda sah sich nach der rufenden Mutter um, da sprang der Fremde unverhofft vom Wagen. Die Kinder erschraken und wieselten davon, doch der Mann war schnell. Er holte sie ein, packte das Mädchen am Haarschopf, klemmte es einfach unter den Arm und eilte zurück. Tilda hatte das Gefühl, als würde sie der kräftige Arm zerdrücken. Oben auf dem Kutschbock drückte er sie hart gegen die Holzbank. Sie jammerte und schrie vor Schmerzen. Sie hörte, wie der Mann brüllte und den Gaul antrieb. Und sie hörte die Mutter kreischen, die herbeistürmte, um das Kind zu retten. Sie war ganz nah. Tanner hatte sich die Peitsche gegriffen und schlug zu. Er schlug auf die Mutter und nach dem Pferd und schrie immer fort: »Hiah! Hiah!«

***

Er hatte das kleine Mädchen einfach geraubt – es der liebenden Mutter weggerissen und eine Familie zerstört. Tanner machte sich darüber keinen Kopf. Er hatte keinen Plan geschmiedet, nach keinem Opfer Ausschau gehalten, sondern in dem Moment gehandelt, als er die Gelegenheit erkannte, die Ketten seiner Einsamkeit zu sprengen. Dieses junge Weib hatte noch den Bengel, und ob sie es wollte oder nicht, sie würde weitere Blagen hervorbringen. Zum Teufel! Und er würde für das kleine Ding schon sorgen. Er spürte, wie sich das verzweifelte Kind gegen seine Umklammerung wehrte. Er trieb das Pferd an und drückte das weinende Kind fest an sich. Ein seltsames Gefühl. Ganz wohl war ihm nicht in seiner Haut. Er würde das Kind fesseln und hinten bei seiner Ladung verstecken müssen. Sein Zuhause würde er erst spät in der Nacht erreichen.

»Es ist, wie es ist!«, beruhigte er sich selbst.

Seine Kehle war wie ausgetrocknet, und der Adamsapfel hüpfte hinter dem stoppelbärtigen Hals. Er presste das kleine Mädchen an sich. Die schrundige Hand krallte sich in den weichen, warmen und hilflosen Körper.

\*\*\*

»Jahrelang war ich in die Kammer gesperrt. Erst als mein kleines zerbrochenes Herz ein wenig heilte und ich aufhörte zu rebellieren, durfte ich mich zumindest im Haus frei bewegen. Ich lernte den Haushalt führen, kochen und die Wolle spinnen. Ich habe zwar tatsächlich nicht viel besessen, doch dass in unserem Haus überhaupt nichts von mir zu finden war, das kann ich nicht verstehen.«

Es war natürlich das Haus, in dem sie lebte. In dieser Küche hatte sie den Nudelteig gezogen, in der Stube neben dem alten Mann Weidenkörbchen geflochten, die Schlafkammern aufgeräumt und die Böden gekehrt. Sie hatte das Haus genau beschrieben, so dass die Obmänner alles an seinem Platz vorfanden. Doch sie fanden weder Kleider noch Bettzeug einer Frau.

»Ich weiß nicht, wo ich hingehen kann«, schluchzte sie wieder. »Ich habe nichts. Nicht einmal einen ganzen Namen.«

Gregor war wie vor den Kopf gestoßen. Diese Geschichte war noch abenteuerlicher als das, was er bisher über Tildas Leben angenommen hatte. Er musste nachdenken.

»Ich will darüber beten«, antwortete er ihr und ging

verstört hinaus vor die Tür.

Er stützte sich mit den Händen gegen den Rand des Steintrogs und schaute eine Weile in das glasklare Brunnenwasser. Er streckte seine Rechte hinein und schöpfte ein wenig davon, um zu trinken. Plötzlich hatte er eine seltsame Erkenntnis. Das Wasser war so klar, so sauber. Es konnte nichts verbergen und zeigte alles offen, was sich unter der Oberfläche befand. Er sah einige Kiesel auf dem Grund liegen, doch er wollte nicht danach greifen. Es war für ihn wie ein Bild zu Tildas Geschichte. Sie hatte ihm ihr Innerstes offengelegt. Das Wasser war sehr kalt, und er fröstelte ohnehin ein wenig. Gregor fühlte sich nicht wohl. Sein Drängen und Anklagen hatte Tilda zugesetzt, sie gezwungen, ihr schmerzliches Geheimnis zu zeigen. Was er erfahren hatte, war ein Stück der Wahrheit. Daran wollte er jetzt glauben. Ein Stück, gerade so groß, wie Tilda es ihm zeigen wollte. Und mehr davon wollte er gar nicht mehr erfahren. Das Wissen über ihre Verletzungen würde auch ihn schmerzen – das ängstigte ihn sogar. Von nun an würde er nicht weiterbohren. In den grauen Himmel schauend durchdrang ihn ein innerer Frieden. Er vertraute darauf, dass Tilda ihm die Wahrheit gesagt hatte.

Damals im Kloster, als er sich auf das Einsiedlerleben vorbereitete, hatte er das Reden mit Gott gelernt. Reden, das mehr war als das Aufsagen eines bekannten Gebetes. Manchmal war es nur eine innere Hinwendung, die überhaupt keine Worte brauchte. Ganz im Gegenteil konnte das Wort im Dialog mit dem Schöpfer hinderlich sein. Ein gesprochenes Wort konnte seine Bedeutung in dem Moment verlieren, in dem seine letzte Silbe verhallt war und es darauf von Schweigen zugedeckt wurde. Ein Wort, das dagegen lautlos in die Stille hineingerufen wurde, war schon ein Teil des Schweigens und schwamm darauf wie ein Rindenschiffchen spielender Kinder im Bach. Und in der Stille und der Hinwendung war es leichter, Gottes Antwort zu erfassen. In Geschäftigkeit und Lärm können die Menschen den Geist nicht sprechen hören, davon war Gregor überzeugt. Sein linker Mundwinkel formte ein Lächeln. Er stieß mit den Händen in das kalte Brunnenwasser und wusch sich das verschwitzte Gesicht. Unser Herrgott ist treu, er wird dieses schwere Schicksal zum Guten wenden, so ging es ihm durch den Kopf. Er wischte sich mit dem Ärmel über das Gesicht und kehrte ins Haus zurück.

Tilda saß noch immer am Tisch – was hätte sie auch tun sollen. Sie schaute ihn mit großen Augen erwartungsvoll an.

»Es ist alles gut!«, sagte er wohlwollend und lächelte. »Leg Holz nach und mach uns einen Brei!«

Er zeigte ihr das wenige Geschirrzeug seines Haushalts, die Vorräte und führte sie hinaus zum Gemüsebeet, das noch immer allerlei Frisches für den Suppentopf bot.

\*\*\*

Zwiebel- und Speckwürfel brieten bereits mit einem Batzen Schmalz in dem kleinen Topf, als Tilda das Wurzelgemüse klein schnitt.

»Ein gutes Messer«, stellte sie fest und führte die ungewohnt lange Klinge vorsichtig. »Fast wie ein Schwert. Man muss aufpassen.«

Dann warf sie zwei Hände voll Gerste hinein, rührte in kurzen Abständen und passte auf, dass nichts anbrannte. Sie war so erleichtert und dankbar, dass der Klausner sie nicht wieder fortjagen wollte. Einfach am warmen Ofen stehen zu dürfen, empfand sie in diesem Moment als wohliges Glück.

Es roch wunderbar und sie summte eine alte Melodie, ein Kinderlied, das sie zu Hause oft gesungen hatte. Nur nicht an morgen denken! Der heutige Tag hatte genug Sorge und Dunkelheit und zeigte in diesem Moment einen Lichtblick. Sie gab die Rüben dazu, streute Salz darüber und füllte den Topf mit heißem Wasser auf. Wo waren nur ihre zerlumpten Schuhe geblieben? Sie sah hinunter auf die nackten Füße und spreizte den großen Zeh. Endlich fühlten sie sich wieder warm an. Gregor hatte davon gesprochen, dass er ein stabiles Garn zum Nähen der Schuhe besaß. Sie würde ihn darum bitten und die Reparatur selbst versuchen. Ja, sie wollte sich nützlich machen und schaute sich in dem düsteren Raum um. Sie fand einen Reisigbesen und wischte zuerst die Spinnweben von der Decke, dann fegte sie den Boden und schließlich putzte sie die verstaubten Fensterscheiben. Eine Gerstensuppe muss lange kochen. Es verging über eine Stunde, bis sie die Petersilie hineinstreute und mit ein klein wenig Brotmehl eine schöne Sämigkeit daran rührte.

Sie wird ihm schmecken, dachte sie sich froh. Tilda deckte den Tisch, stellte zwei Schüsseln darauf und legte Löffel dazu. Plötzlich aber hielt sie inne. Sie war verunsichert, denn ihre Gedanken drehten sich um das Auskommen des Klausners. Er lebte von dem wenigen, das er selbst erwirtschaftete, und von den Vorräten, die er für den Winter vorhielt. Ein zweites Maul zu stopfen, war nicht vorgesehen, und das gemeinsame Mahl eines Benediktiners mit einer dahergelaufenen Frau sicher nicht schicklich. Sie biss die Zähne zusammen und nahm eine Schüssel wieder weg. Es stand ihr nicht zu, einen Platz am Tisch zu beanspruchen.

Er wird nicht zusammen mit mir essen wollen, überlegte sie, aber er wird mir sicher etwas übriglassen. Ja, diesmal wird er gnädig sein und mir von der Suppe geben. Es ist genug für uns beide. Tilda guckte in den Topf. Sie hatte reichlich gekocht. Diesmal mag es für den Klausner und mich reichen, aber wie lange kann das gutgehen, so ging es ihr durch den Kopf und gleich legte sich von Neuem Ratlosigkeit und Trauer auf ihr Herz. Es gibt nur einen Raum, ein Bett und Mehl für einen Mann in diesem kleinen Haus, und wenig Rüben. Jedes Stück Brot, das er mir abgibt, fehlt in seinem Wintervorrat. Doch wo kann ich denn hingehen?

Die Brombeeren kamen ihr in den Sinn, die sie gesammelt hatte. In dieser unheimlichen Nacht hatte sie das Eimerchen irgendwo zurückgelassen. Sicher gab es draußen noch immer etwas zu sammeln. Sie wollte hinausgehen, um Beeren und Pilze zu suchen, doch traurig musste sie feststellen, dass sie dazu wieder Anleitung brauchte, denn sie hatte kein Wissen über die essbaren Früchte des Waldes. Sie war all die Jahre nicht hinausgekommen und kannte nur, was Tanner ins Haus brachte. Sie fühlte sich hilflos und nutzlos. Sie rief nach Gregor und setzte sich selbst nicht zu Tisch, sondern auf ihr Bettlager.

\*\*\*

Gregor saß auf der alten Zugbank im Schuppen. Über den Druck auf das Fußpedal wurde sein Werkstück aus hellem Holz durch den Klemmbock sicher gehalten. Nur eine Elle war es lang und gut zwei Finger dick. Eine schöne Sohle für neue Holzschuhe, die er vor einiger Zeit schon gefertigt hatte. Im vergangenen Jahr hatte er eine Erle gefällt und einige Platten aus ihrem Stamm geschnitten. Das weiche Holz eignete sich besonders gut zum Schnitzen. Er hatte die Form seiner alten Schuhsohlen auf die Brettchen übertragen. Das vordere Drittel war nach oben gezogen, sodass der Fuß beim Gehen abrollen konnte. Und er hatte ein angenehmes Fußbett geformt, weil er in seinen alten Schuhen seitlich immer ein wenig rutschte. Für Tilda waren sie zu groß. Er überlegte, ob er ihr Neue anfertigen sollte. Holzplatten waren noch übrig, doch er wollte sie ihr so schnell wie möglich schenken. Er hatte es gleich bemerkt, dass Tilda nicht gewohnt war, barfuß auf dem rauen und kalten Waldboden zu laufen. Er würde die vorbereiteten Sohlen verwenden und rundherum ein wenig abschneiden. Mit einem Grafitstift hatte er den neuen Umriss aufgezeichnet und begann nun mit einem Ziehmesser das Holz abzutragen. Die Arbeit lenkte ihn ab. Für eine Stunde grübelte er nicht darüber nach, wie er Tilda am besten loswerden konnte. Obwohl er an ihren Schuhen arbeitete, quälten ihn keine Zweifel und Sorgen. Breite Späne fielen auf den Boden. Als er das Holzstück entlang der schwarzen Umrisslinie ausgeschnitten hatte, legte er die Sohle auf den Boden und stieg mit seinem Fuß darauf. Seine Zehen standen vorne über die Holzkante hinaus – das müsste passen. Schwieriger schien es ihm nun, das Deckleder, das er aufnageln wollte, in die richtige Form zu schneiden. Er grübelte eine Weile. Vielleicht sollte er es zuerst mit einem Stück Stoff versuchen, einem alten Lumpen, dessen Form er dann auf das Leder übertragen konnte. Er betrachtete den zerschlissenen Schuh der jungen Frau, den er aus der Hütte mit herübergenommen hatte. Er zupfte an den morschen Nähten und stellte fest, dass sie nicht mehr taugten und am besten vollständig erneuert werden sollten. Er nahm sich ein Messer und löste sie auf. Das Oberleder des Schuhs verwendete er mit ein wenig Aufmaß als Schablone.

Drei kurze Schuhnägel schlug er ein und fixierte das Leder damit provisorisch. Wieder drehte er den Schuh in den Händen, besah ihn von allen Seiten und war mit dem Ergebnis sehr zufrieden. Gerade zum rechten Zeitpunkt hörte er Tilda rufen. Er freute sich auf die Suppe.

Gregor bemerkte die Ordnung in der Stube. Er setzte sich an den Tisch, auf dem der dampfende Topf stand. Er blickte zu Tilda, die ihre Arme um die angewinkelten Beine geschlagen hatte. Ihr Kopf lag auf ihren Knien und die Haare verdeckten das Gesicht. Eine Weile saß er stumm und überlegte, was er sagen sollte. Sein gewohntes Klausnerleben sah keine Tischgemeinschaft mit einer jungen Frau vor. Sie selbst aber hatte ihm wohl seine Fragen schon beantwortet. Sie hatte nur eine Schüssel aufgestellt und sich abgewandt. Vielleicht war ihr die Nähe zu ihm unangenehm. Aber sollte er sie nicht ansprechen?

Er schloss die Augen und brach das bedrückende Schweigen, indem er zu beten begann. Ein Tischgebet, wie er es vor jeder Mahlzeit gewohnt war.

Mit dem großen Schöpflöffel füllte er seine Schüssel mit duftender Suppe und schob sie auf den freien Platz, dann stand er auf und holte einen weiteren Löffel.

»Du wirst hungrig sein. Komm und iss mit mir!«, sagte er freundlich.

Tilda sprang auf und setzte sich zu Tisch. Der Klausner hatte sich bereits den Topf herangezogen und löffelte daraus.

»Oh, das schmeckt aber wirklich gut«, lobte er. Die Sämigkeit gefiel ihm und auch die Würzung. Er war ein bisschen verwundert, dass seine eigene Suppe mit den gleichen Zutaten ganz anders schmeckte.

Sie aßen zusammen und Gregor wischte dann die letzten Reste mit den Fingern aus dem Topf. Zufrieden leckte er sich die Lippen.

»Du musst keine Angst haben, Tilda«, begann er ihr zuzureden, »wir werden schon einen Platz für dich finden. Ich rede mit dem Prior meines Klosters – der wird dir helfen. Irgendwo hat Gott auch einen Platz für dich vorgesehen!«

Tilda lächelte mit glasigen Augen. »Danke«, brachte sie schluckend hervor. »Ich will mich, so gut ich kann, unsichtbar machen und dir kein Ärgernis sein.«

»Das kommt überhaupt nicht in Frage«, wehrte er

grinsend ab, »du wirst mit mir das Holz sägen!« Gregor zog den Holzschuh hervor, den er neben sich auf der Bank liegen hatte. »Aber dazu brauchst du gute Schuhe. Schau, was ich vorhin im Schuppen gemacht habe! Du musst ihn anprobieren, bevor ich das Leder festnagele.«

Tilda juchzte, dann aber hielt sie sich schnell verschämt die Hand vor den Mund.

»Oh, ist der für mich?«

»Zieh ihn an, und geh ein paar Schritte damit!«

Tilda hielt den Schuh in den Händen und roch an dem braunen Rindsleder, das provisorisch fixiert war. Sie sprang auf und schlüpfte mit dem rechten Fuß hinein. Es fühlte sich gut an. Sie klapperte durch die Stube und freute sich sehr. Ihr Fuß stand sehr gut auf der verkleinerten Holzsohle, vom Leder aber würde Gregor noch ein klein wenig wegnehmen, damit sie einen sicheren Halt hätte.

Sie setzte sich schließlich wieder still neben den Klausner. Diesmal glänzten ihre Augen vor Begeisterung. »Vielen Dank! Ich steh in deiner Schuld, aber der Herrgott wirds dir lohnen!«

Sie musste noch einen Tag warten, bis die Schuhe fertig waren, doch dann war die Freude riesig. Die Herbstkälte und die Walddornen konnten sie nicht mehr stechen. In den nächsten Tagen fällten sie drei Bäume und schnitten die Stämme klein. Es war eine schwere Arbeit, doch Tilda beklagte sich nicht. Sie gab ihr Bestes und der Klausner gab ihr die Verschnaufpausen, die sie brauchte. Dazu führte sie den Haushalt, kochte und hielt die Stube sauber. Abends saßen sie zusammen am Tisch, Gregor las aus der Heiligen

Schrift vor und erklärte ihr seine Deutungen dazu, bis Tilda die Augenlider schwer wurden und das Licht gelöscht wurde.

\*\*\*

Ein anhaltender Regen hatte den Waldboden noch einmal kräftig getränkt und warme Tagestemperaturen versprachen einen neuen Wachstumsschub der Pilze. Tilda konnte die essbaren Arten wirklich nicht von den giftigen unterscheiden, doch Gregor war es eine Freude, mit der aufgeweckten jungen Frau sein Wissen zu teilen. Sie sammelten viele Braunkappen und entdeckten an einem bemoosten Kieferstumpf den großen Fruchtkörper einer Krausen Glucke. Gregor hatte den auffallenden Schwamm schon von Weitem erkannt. Bald kamen sie an eine große Lichtung, wo ein glucksender Wassergraben floss und ein paar Haselnusssträucher wuchsen. Gregor hatte schon im Sommer nach den kleinen Fruchtansätzen geschaut. Die Nüsse waren jetzt erntereif, sie hatten sich bereits rehbraun gefärbt, steckten aber noch fest in ihren fransigen Hüllen.

»Wir kommen zur rechten Zeit – vor den Eichhörnchen und Mäusen. Sie sind wunderschön geworden. Schau nur!«

Gregor streckte sich und zog die großen Äste zu Boden, damit Tilda sie erreichen konnte. Zu zweit war vieles leichter. Die beiden zupften einfach die ganzen Nusspakete, oft waren es Drillinge und manchmal Vierlinge, vom Strauch und warfen sie in ein Leinensäckchen. Die Nüsse sollten zu Hause ausgelöst und getrocknet werden. Die Natur wollte auch dieses Jahr wieder ihren Reichtum ausschütten. Der Klausner schätzte die wertvollen Früchte sehr. Solange der Vorrat reichte, knackte er im Winter täglich eine Handvoll davon und freute sich über ihren guten Geschmack. Gerne aß er sie mit einer Scheibe Brot.

Die beiden gingen von Strauch zu Strauch und entdeckten immer weitere Nüsse. Sie ließen nichts zurück.

»Ich bin noch nicht dahintergekommen, warum die Ernte so unterschiedlich ausfällt. Am Wetter glaube ich, liegt es nicht. Diese Ruten hier trugen zwei Jahre so gut wie keine Nuss. Ich beobachte das alles sehr genau.«

# Besuch der Brüder

Indes erreichte ein Reiter, der einen Maulesel hinter sich herführte, den schmalen Pfad zur Klause. Der Muli trug einen Lastensattel, woran links und rechts Säcke und Pakete gebunden waren. Der Weg war ihm bekannt, denn er versorgte den Klausner regelmäßig mit den wichtigsten Lebensmitteln, die der Waldgarten nicht hervorbrachte. Mehl, um Brot zu backen, Fleisch, Speck und allerhand Haushaltswaren. Für den Ordensbruder aus Gregors Heimatkloster war es ein beschwerlicher Weg. Meistens blieb er deshalb eine Nacht in der Klause und machte sich erst am nächsten Morgen wieder auf den Rückweg. Bruder Silvanus war ein stämmiger, sehr ernster Mann in mittlerem Alter, zu dem man schwer Zugang finden konnte. Trotzdem freute sich Gregor jedes Mal sehr über die Abwechslung und die Möglichkeit, sich nach den Brüdern und nach Neuigkeiten zu erkundigen. Manchmal suchten zwar Gläubige die Einsiedelei auf, um ein vertrauliches Gespräch zu führen, doch oft war der Gesandte über viele Wochen der einzige Mensch, mit dem er sich unterhalten konnte.

Silvanus erreichte die Klause gegen Mittag. Obligatorisch galt sein erster kurzer Gruß dem Herrgott, den er in der Grotte ansprach. Dann aber schritt er rasch zum Haus und pochte an die Tür. Da niemand antwortete, schob er den Riegel zurück und öffnete die Tür. Er trat ein und rief Gregors Namen, doch er hatte schnell überblickt, dass der

Klausner nicht zu Hause war. Das war nicht ungewöhnlich, trotzdem war er nicht sehr erfreut. Er wandte sich wieder zur Tür, um sich draußen umzusehen, da fiel sein Blick auf das Bettlager neben dem Ofen. Das war seltsam. Hatte Gregor mit seiner Ankunft gerechnet? Er sah nach der Schlafnische hinter der kurzen Bretterwand und fand wie erwartet das Bett des Klausners vor. Er entdeckte Tildas noch immer zerrissene Schuhe und musterte argwöhnisch die Größe. Irritiert eilte er hinaus, schaute in den Schuppen und rief noch einmal nach dem Klausner, doch er bekam keine Antwort. Er konnte nur abwarten. So sah er sich weiter auf dem ganzen Gelände um, schaute nach den Herbstfrüchten im Gemüsegarten, inspizierte den Zustand der Grotte und des Hausdachs, wo an der Wetterseite manche Bretter sehr morsch geworden waren. Schließlich setzte er sich in die Stube und schlief nach den Reisestrapazen mit dem Kopf auf der Tischplatte ein. Nur für eine kurze Dauer, dann fuhr er plötzlich hoch, weil vom Fenster her Stimmen hereindrangen. Noch ganz benommen glaubte er das Lachen eines Kindes zu hören. Einen Moment lang musste er sich orientieren. Er rieb sich den schmerzenden Nacken, da ging auch schon die Tür auf.

Silvanus war wie vom Blitz getroffen, als er hinter dem Klausner eine junge Frau erkannte.

»Bruder Gregor«, stotterte er irritiert und suchte nach Worten. »Was geht hier vor? Was macht die Frau bei dir?«

Die beiden Männer gingen hinaus vor die Tür. Die Geschichte, die Silvanus zu hören bekam, war so unglaubwürdig, dass er aus seinem Zweifel keinen Hehl machte. Er war ein schweigsamer Mensch. Doch was er sagte, das waren seine ehrlichen Gedanken – direkt und diesmal verletzend. Er mahnte den Mitbruder zur Wahrheit. Ungläubig presste er die Lippen aufeinander und kniff die Augen zu schmalen Schlitzen. Gregor schüttelte ratlos den Kopf. Ihm war es schließlich nicht anders ergangen. Er hatte ebenso einen Betrug vermutet, doch die jetzige Situation war noch verzwickter. Neben Tildas unglaubwürdiger Lebensgeschichte musste es den Eindruck erwecken, dass der Klausner mit ihr ein unsittliches Zusammenleben führte. Er beteuerte seine redlichen Absichten aus reiner Nächstenliebe. Er habe seit der Rückkehr von Tanners Anwesen auf den Kontakt zum Kloster gewartet, von wo er sich Hilfe erhoffe.

»Zum Teufel damit!«, schrie Silvanus und dabei blähten sich seine Nasenflügel auf wie die Nüstern eines wilden Hengstes. »Du hast deine Gelübde verraten! Wie kannst du nur mit dieser Frau unter einem Dach hausen? Es ist nicht an mir, dich zu verurteilen, damit musst du ganz alleine fertigwerden, aber du glaubst doch nicht ernsthaft, dass du in der Ordensfamilie bleiben kannst? Ich sag es dir geradeheraus, mein Lieber: Ich war von Anfang an dagegen, einen Soldaten wie dich in den Konvent aufzunehmen. Du bist ein verdorbener Mensch!«

Die harten Worte trafen Gregor ins Herz. Mit diesem Unverständnis und Misstrauen hatte er trotz allem nicht gerechnet.

»Aber Silvanus, diese Frau war ausgesetzt und ohne Obdach. Wie hätte ich sie im Wald allein lassen können?«

»Das ist ein Märchen, ich will nichts davon hören! Sofort werde ich mich auf den Rückweg machen und den Prior unterrichten. Sein Wort gilt. Nicht deines und nicht meines.«

Es gab nichts mehr zu reden. Silvanus eilte zu seinen Tieren, die neben dem Haus standen und Rinde von herumliegenden Weidenästen knabberten. Zornig riss er die Seile los, mit denen sie angebunden waren. Er führte sie auf den Waldpfad, blickte böse auf den Klausner zurück und verschwand.

Gregor stützte sich auf den geflochtenen Zaun und schaute auf die verwilderten Beete des Gartens. Nun war nicht mehr viel zu holen. Das meiste Gemüse war ausgezogen und bald müsste gejätet und umgegraben werden. Das schlechte Gewissen zeigte ihm darin ein Bild für seine Situation. Er würde wie ein Unkraut herausgerissen werden aus dem guten Garten, aus seinem Leben, das er ein paar Jahre in Frieden geführt hatte. Er machte sich Vorwürfe. Vielleicht hatte Silvanus recht. Er hätte Tilda nicht in sein Haus aufnehmen dürfen, sondern sie sofort zum Prior bringen müssen. Böse Gedanken wollten aufblitzen.

»Nein!«, schrie er. Gregor wusste, dass er nichts Verwerfliches getan hatte. Er ging in die Grotte, kniete auf dem Betstuhl nieder und weinte.

\*\*\*

Das dumpfe Aufschlagen der Pferdehufe war verstummt, kaum war der zornige Mönch aus dem Blickfeld verschwunden. Ein unehrlicher Frieden legte sich wieder auf den Forst. Nur hier und dort tönte das Stimmchen eines Vogels durch das leise Rauschen des Laubs. Dem Wald war der Zorn der Menschen fremd. Selbst im herbstlichen Reifen, im Rückfließen der Säfte und dem Absterben der Natur lag ein unendlicher Frieden. Er scherte sich nicht um den aufgewühlten Geist des Mannes in der Grotte. Der Klausner, geschüttelt von seinen Gefühlen, wollte die Hände nicht zum Gebet falten, sondern drückte sie fest zur Faust, dass die Knöchel weiß hervortraten. Dann wieder erinnerte er sich seines Herrn, der den Mund nicht auftat, als die Widersacher ihn seiner Bestimmung zuführten. Gregor entkrampfte sich. Er kniete stumm und versank im Gebet.

Auch in der Stube war es totenstill. Tilda kauerte auf ihrem Lager. Die Stimmen der Männer, die eben noch lautstark gestritten hatten, waren verhallt. Sie erwartete, dass Gregor die grobgezimmerte Tür öffnen und schwer atmend im Türrahmen stehen würde, ohne einzutreten. Geblendet vom Licht in seinem Rücken, würde sie seine Gesichtszüge nicht lesen können. Dann würde er sagen: Verschwinde aus meinem Leben, du bringst mir Unglück. Du kannst keine Minute länger hierbleiben. Vielleicht würde er sagen: Es tut mir leid. Sie hielt die Decke vor ihre Brust und spürte das Pulsieren ihrer Schläfen. Sogleich kamen Erinnerungen an die furchtbaren Geräusche der Nacht im Wald zurück, als sie verlassen und verraten umhergeirrt war. Sie würde wieder im Dreck liegen wie ein Tier. Klare Gedanken waren unmöglich. Angst stieg in ihr hoch und überwältigte ihre Sinne. Sie roch den modrigen Boden, spürte die Kälte und die Feuchtigkeit durch ihren Rock kriechen und wusste keinen Ausweg. Sie fixierte mit ihren Augen den Riegel der Tür, doch er bewegte sich nicht. Nach einer Weile hielt sie das Warten nicht mehr aus, sie schlich zur Tür und blickte hinaus. Es war niemand zu sehen.

Leise rief sie Gregors Namen, doch er antwortete nicht. Irgendetwas musste sie tun. Sie ging in den Schuppen, holte einen großen Packen trockenes Feuerholz und heizte den Ofen ein, obwohl es noch zu früh dazu war. Was sollte sie sonst machen? Solange sie geduldet war, wollte sie dem Klausner nützlich sein. Dann nahm sie sich die Pilze vor, reinigte sie von Erde und Nadeln und schnitt sie in dünne Scheibchen. Als sie fertig war und von Gregor noch immer nichts zu sehen, setzte sie sich mit zwei Körben an den Tisch. Sie pulte die Haselnüsse, warf die Nüsse in das eine flache Gefäß und die leeren Laubpäckchen in das andere. Über eine Stunde saß Tilda und löste die schönen braunen Nüsse aus. Ob sie selbst davon essen würde, das stand in den Sternen. Sie bangte um ihre Zukunft. Gerade als sie wieder ein paar Holzscheite in die Glut nachlegte, knarrte der Riegel und Gregor kam in die Stube.

»Ich habe jetzt Hunger«, sagte er nur knapp. »Mach uns etwas zu essen. Ich bin derweil drüben im Schuppen.«

»Soll ich Pilze anbraten?«

»Ja. Und schlag ein Ei dazu.«

Als die Tür wieder ins Schloss fiel, schossen Tilda die Tränen in die Augen. Seine Stimme klang so gefasst. Und entschlossen. Aber er hatte gesagt: »Mach uns etwas zu essen«. Er hatte »uns« gesagt. In diesem Moment wollte sie daran glauben, dass es noch Hoffnung gab. Vielleicht würde Gregor noch einmal nach Kraunitz gehen und weiterforschen. Es musste etwas zu finden sein.

Sie hantierte eifrig, weinend, schnitt die Zwiebel klein und briet sie zusammen mit den frischen Pilzen, würzte und schlug das Ei dazu. Sie stellte den Topf und ein Brett mit geröstetem Brot auf den Platz des Klausners und rief ihn herein. Er kam und betete und teilte die Mahlzeit aus. Dabei war er still und nachdenklich.

»Es schmeckt sehr gut«, bemerkte er und lächelte.

Gregor stand auf und verschwand hinter der Schlafnische, wo er in seiner Truhe kramte. Er kam mit einer Flasche zurück, nahm zwei Becher und stellte sie auf den Tisch. Ein aufgehanfter Holzstopfen dichtete den Inhalt gegen Verderben ab und saß fest im Hals der Tonflasche. Er nahm das Tuch seines Hemdes zu Hilfe, um den Verschluss herauszudrehen. Mit geschlossenen Augen roch er daran und schenkte ein.

»Es ist der Johanniswein, der am Tag des Heiligen Johannes nach Weihnachten geweiht wurde. Ich habe ihn aufgehoben. Heute will ich ihn mit dir trinken.« Er nahm den Becher und flüsterte ein paar Worte. »Kennst du die Sitte um den Johanniswein?« Tilda schüttelte stumm den Kopf. »Johannes war der Jünger, den Jesus liebte. Er lag beim letzten Abendmahl an der Brust des Herrn. Er wurde ein sehr weiser Mann und sehr alt. Nimm jetzt den Becher Wein im Glauben und mit dieser Botschaft: Trinke die

Liebe des Heiligen Johannes.«

Tildas Augen füllten sich wieder mit Tränen. Sie war von Gregors Freundlichkeit so ergriffen, dass ihr Kiefer zu beben begann.

»Trink in der Liebe, der Liebe des Heiligen Johannes«, wiederholte Gregor und lächelte, »oder schnäutz dir erst die Nase, damit du den guten Wein auch richtig schmecken kannst.«

Tilda wischte sich eine nasse Spur auf den Ärmel, nahm einen Schluck und rieb sich die verheulten Augen. Gregor leerte den Becher in einem Zug, dann legte er seine Hand auf Tildas und verwob ihrer beider Seelen mit einem unsichtbaren Band. Eine wohltuende Wärme durchströmte ihre Körper und ihre Herzen, und für eine kleine Weile saßen sie schweigend da und vergaßen alle Widrigkeiten gegen sie.

»Die Überlieferung sagt, dass dem heiligen Apostel ein vergifteter Kelch gereicht wurde. Als er davon trinken sollte, da verwandelte sich das Gift darin in eine Schlange und kroch aus dem Getränk. Johannes trank den Wein und lebte fort. So wirkt der geweihte Johanniswein gegen Vergiftung und Entzündung. Ich will ihn mit dir trinken, damit uns das Gift der Menschen, die uns Übles wollen, nichts anhaben kann. Die Liebe kann vieles überwinden.«

# Gog, der Obmann

Zwei Gestalten kamen die schmutzige Dorfstraße von Wolfsrode herauf. Sie waren hier keine Unbekannten, doch lange hatte man sie nicht mehr gesehen. Das Mädchen zog einen kleinen rumpelnden Handkarren, auf den ihre wenigen Habseligkeiten gepackt waren. Ihre beiden Eltern hatte die Schwindsucht hinweggerafft und seither lebte sie mit dem Großvater zusammen. Einige Jahre ging das gut, bis das Augenlicht des Alten sich eintrübte, er sich nicht mehr als Knecht verdingen konnte und mit dem Kind auf der Straße landete. Seitdem zogen sie im Land umher – als Bettler. Der Alte verstand sich darauf, die Flöte zu spielen, und hatte es auch der Enkelin beigebracht. Kleingeld war mit ihrer Kunst zu verdienen, und wo die Beutel der Zuhörer leer waren, da reichte man ihnen zuweilen ein Ei, ein Stück Brot oder einen Apfel. Sie schliefen in den Heustadeln auf dem Land, und im kalten Winter wurden sie irgendwo in einem Kuhstall gelitten. Greta war ein hübsches Mädchen – groß gewachsen für ihr Alter. Ihre blonden Haare, die sie unter der Leinenhaube trug, waren fast weiß. Trotz ihrer Magerkeit zeichneten sich allmählich weibliche Formen ab.

Sie erreichten den Dorfbrunnen in Wolfsrode, wo eine Frau Wasser schöpfte.

»Seid ihr Lumpenpack schon wieder da«, schimpfte sie. »Ihr könnt gleich weiterziehen. Ich hab nichts übrig für euch Schmarotzer. Schämt euch!«

Die bösen Worte überraschten die beiden Bettler nicht, aber sie machten sie traurig. Viele Menschen waren ihnen nicht gut gesonnen. Sie mussten oft Spott und Schimpf ertragen, doch nirgends war es so schlimm wie in Wolfsrode. Seit Jahren ging das so. Genau genommen, seit der neue Obmann das Sagen hatte. Es war, als ob ein Fluch über dem Dorf liegen würde. Man hatte das Gefühl, dass die Herzen dieser Menschen vergiftet wären. Die armseligen Bettelleut waren einmal heimlich in einen Stadel eingestiegen. Als sie am nächsten Morgen entdeckt wurden, trieb sie der Bauer mit einer Pferdepeitsche hinaus. Er brüllte wie der Teufel und schlug auf sie ein, bis sie zum Dorf hinaus waren.

Es war wieder dasselbe. Am liebsten wären sie gleich weitergezogen, doch das nächste Dorf konnten sie vor Beginn der Nacht nicht mehr erreichen. Wenn sie nicht auf freiem Feld schlafen wollten, dann mussten sie hier auf ein Quartier hoffen. Unter der Dorflinde hob Greta einen Schemel vom Leiterwagen und setzte den blinden Alten darauf. Sie blieben zuerst einmal ruhig sitzen, erst nach einer Weile begannen sie zusammen eine wehmütige Melodie zu spielen.

»Spielt doch was Lustiges!«, forderte ein dunkel gekleideter Mann, der zusammen mit einem Freund gerade aus dem Wirtshaus gekommen war. Die beiden hatten offensichtlich über den Durst gebechert und stützten sich schwerfällig auf den Brunnenrand. Der Jüngere schöpfte mit der Hand Wasser, um zu trinken. Sogleich begann der blinde Alte ein beschwingtes Lied zu spielen, und Greta stimmte mit ein. Die Zuhörer grölten ein heiseres »La, la, lalala« zur bekannten Melodie. Als die Flöten verstummten, wandten sich die Männer zum Gehen. »Schön geträllert«, lallte einer der Trunkenbolde, »hab leider keinen Kupferling mehr übrig für euch. Hab alles versoffen.« Da lachten die beiden und wankten die Straße hinab.

»Aber ...«, rief Greta hinterher, »gute Herren. Habt Ihr vielleicht einen Platz zum Schlafen für uns? Bitte!«

»Haltet euch bloß fern. Ich lass mir doch von euch nicht die Räude einschleppen.«

Frauen kamen an den Brunnen und hielten mit frechen Sprüchen nicht zurück. Männer beachteten sie nicht oder machten sich lustig über sie. Kinder lauschten der Musik und wurden weggepfiffen. So vergingen die Stunden, bis einer kam, der ihr Musizieren sofort verstummen ließ. Greta sah ihn und trat sogleich ängstlich hinter den Alten mit den trüben Augen.

»Wen haben wir denn da? Erinnere ich mich recht? Habe ich euch nicht im Frühjahr geheißen, ihr sollt euch nicht mehr blicken lassen? Lumpenpack!«

Der Blinde versuchte zu beschwichtigen. Sie würden nichts erwarten, nur um ein trockenes Nachtlager bitten und am nächsten Morgen sofort weiterziehen.

»Halts Maul, Krüppel«, schnitt der Mann ihm das Wort ab und trat mit dem Fuß gegen den Schemel, sodass er zur Seite kippte und der Alte auf den Boden fiel. Der Grobian packte das Mädchen am Arm, das sich wieder hinter den Großvater geduckt hatte, und zerrte es hervor.

»Schau, schau, du schickst dich an, ein Weib zu werden.

Ich meine, du bist ein gutes Stück gewachsen, seit ich dich zuletzt gesehen habe.«

Er riss sie herum und stieß sie dann ebenfalls zu Boden. Da hockte sie neben dem Alten und blickte ängstlich und trotzig zugleich drein. Der Sturz hatte ein weißes Knie entblößt. Eine Weile genoss der gemeine Mann die Angst der Bettler und grinste.

»Ihr habt Glück. Ihr könnt heute Nacht in meiner Tenne bleiben. Packt euer Zeug und hört auf mit dem Gedudel. Ich vertrag das nicht. Wenn morgen früh die Sonne aufgeht, dann seid ihr weg. Verstanden?«

Ohne auf eine Antwort zu warten, drehte er sich um und ging davon. Greta sprang sogleich wieder auf ihre nackten Füße und half dem Großvater aufzustehen. Sie hob die Flöten aus dem Dreck und wischte sie an ihrer zerschlissenen Schürze ab. Hinter dem Brunnentrog hatten sich wieder ein paar kleine Kinder versteckt und kicherten. Sogar als diese begannen, Steine zu werfen, nahm Greta keine Notiz von ihnen. Sie packte schnell den Karren zusammen und führte den blinden Großvater an der Hand zum Anwesen des Obmanns.

Ein Knecht fing die beiden gleich ab und brachte sie in den Stadel – ein riesiges neu gebautes Gebäude. Er öffnete eine Seitentür neben dem Haupttor. Von der Tenne aus konnte man über eine Leiter auf den Stroh- und Heuboden steigen. Vorn am Tor stand eine prächtige Kutsche, dahinter ein Heuwagen und ein robuster Wagen mit wuchtigen, eisenbeschlagenen Rädern für die Waldarbeit. Hinter einer Trennmauer, die für die Stabilität bis zum Dach hinaufreichte, erkannte Greta allerhand Bauerngerät, einen weiteren Leiterwagen und einen Pferdeschlitten. Der Boden war mit gebranntem Ziegel gepflastert. Auf der rechten Seite schloss der Pferdestall an.

»Hier«, der Knecht zeigte auf eine leere Bucht. Greta überblickte schnell, dass vier Rösser und ein Fohlen in den abgetrennten Ställen standen. Außerdem hörte sie eine Ziege meckern. »Ihr dürft euch da vorne einen Bauschen Stroh holen. Und Wasser. Das muss euch genügen.«

Sie richteten sich dankbar ein. Mehr als einen warmen Platz für die Nacht erwarteten sie nicht. Das Mädchen legte eine Ecke großzügig mit Stroh aus und warf eine Decke darüber. Dann holte sie in einer Kanne Trinkwasser und es fand sich auch noch ein Kanten Brot in ihrem Beutel. Während der Knecht seiner Arbeit nachging, den Pferden Grasbüschel in die Raufen steckte, ein wenig Hafer fütterte und Mist wegschob, machten sie keinen Mucks. Die Abendsonne färbte den Himmel in eine breite gelbe Kulisse und verschwand allmählich hinter dem Hügelland im Westen. Es wurde schon dunkel, als der Stallknecht sein Tagwerk beendete. Er sah sich nicht mehr nach den beiden Bettlern um, sondern schlüpfte wortlos hinaus und schloss die Tür hinter sich. Erst jetzt wagten die armen Spielleute, sich leise zu unterhalten. An der Stallwand leuchteten noch orangefarbene Flecken. Und es war warm.

Mitten in der Nacht, sie hatte längst geschlafen, kam Greta wieder zu sich. Sie hörte, wie die Pferde unruhig schnaubten. Der Himmel hatte aufgeklart und sie sah durch das Fenster die Sterne leuchten. Sie fröstelte ein wenig und steckte die Arme unter die Decke. Der Großvater schnarchte, doch sie verharrte konzentriert, als da noch ein anderes Geräusch war. Eine Tür wurde zugeworfen. Sie hörte Schritte auf dem Steinboden der Tenne. In der Ziegenbucht raschelte das Stroh, der Gaul neben ihr blies unruhig den Atem durch die Nüstern. Er hob den Kopf und starrte mit großen glänzenden Augen in das Dunkel. Plötzlich wurde der Türriegel zurückgezogen und der Lichtschein einer Laterne drang durch den größer werdenden Spalt. Greta setzte sich auf und rutschte auf dem Hintern rückwärts, bis sie mit dem Rücken an der Mauer lehnte. Der Schein der Laterne blendete sie und sie konnte nicht erkennen, wer da plötzlich vor ihr stand. Er streckte die Hand nach ihr aus und flüsterte: »Komm.«

Das junge Herz pochte wild. »Was willst du?«

»Komm mit, es geschieht dir nichts. Ich habe etwas Gutes für dich.«

»Nein, nein, verschwinde.«

Der Alte schlief noch immer fest.

»Na komm schon. Wir sind auch gleich wieder zurück.«

Es war Gog. Sie hatte ihn an seiner Stimme erkannt. Sie schüttelte den Kopf und verbarg sich bis zur Nasenspitze unter der Decke.

Plötzlich schrie er los: »Ich habe gesagt, du sollst herkommen, du blöde Göre. Ich werde dirs schon zeigen.«

Jetzt fuhr auch der Alte hoch. Die Laterne erleuchtete sein erschrockenes Gesicht. Er sah aus wie ein Gespenst. Die weißen Haare standen wild von seinem Kopf ab, die milchig trüben Augen und das zahnlose Maul erschreckten sogar Gog. Doch dann holte er aus und versetzte dem Alten einen so kräftigen Faustschlag ins Gesicht, dass der bewusstlos zur Seite rollte. Greta kreischte, als die Hand des Angreifers ihren Fuß packte und sie nach vorn zog. Als er sie niederdrückte, stieß sie mit dem Kopf auf den harten Boden. Mit einem Ruck riss er sie weiter zu sich. Greta schrie, da schlug er auch sie. Seine Pranke fing das hin- und herwirbelnde Kinn und drückte den Unterkiefer. Sie spürte sein keuchendes Maul an ihrer Ohrmuschel und eine Hand, die ihre kindliche Brust rieb.

»Wenn du stillhältst, dann lass ich dich am Leben. Aber wenn du noch einmal schreist, dann bring ich dich um.«

Er riss an ihren Kleidern, ihrer Haube, ihrem Rock, und das arme Mädchen wagte keinen Laut mehr von sich zu geben. Sie wusste nicht, was ihr bevorstand. Nie hatte sie eine solche Körperlichkeit erlebt, denn dafür war sie viel zu jung. Sie roch seinen Atem, der nach Bier stank, und konnte das alles nicht verstehen. Doch sie hielt still. Er würde sie sonst töten. Er fasste sie an. Erst als er in sie stieß und gleichzeitig in ihr Ohr biss, tat sie einen lauten Schrei, der durch Mark und Bein ging. Er hielt ihr den Mund zu. Doch plötzlich war da der Blinde über ihm. Der Alte hatte einen Eimer zu fassen bekommen und schlug blindlings nach dem Scheusal. Er verfehlte ihn, streifte ihn wirkungslos an der Schulter und stolperte über ein Bein. Gog stieß mit dem Fuß nach ihm, dann rappelte er sich auf und blickte auf die beiden Leiber am Boden. Er griff nach der Reitpeitsche, die er bei sich trug, und schlug wie von Sinnen auf die wehrlosen Menschen ein. Sie versuchten zu entkommen, doch er stieß mit dem Stiefel nach ihnen und schlug und trieb sie in die Ecke, wo sich der Alte schützend über das Kind warf. Gog hieb die Peitsche weiter surrend auf den Mann, bis er außer Atem war und dem Großvater einen letzten Tritt in die Seite verpasste.

Er stürzte hinaus in die Tenne und den Hof, wo sein Stallknecht stand, der den Lärm gehört hatte und gekommen war, um nachzusehen.

Gog keuchte: »Im Rossstall – die Ratten. Jag sie fort, die zwei Ratten, oder schlag sie tot!«

Dann stapfte er hinüber in sein Haus.

# Entscheidung

Nach wenigen Tagen pochte Bruder Silvanus erneut an die Tür der einsamen Klause. Gregor hatte den Besuch des zu jeder Zeit gütigen Priors erwartet. Von ihm erhoffte er sich geduldige Ohren und ein verständiges Herz. Als er hinter Silvanus Rücken dessen Begleiter erkannte, war er enttäuscht. Dem alternden Prior war der Weg zu beschwerlich und er hatte stattdessen seinen Vertreter geschickt. Dekan Ralf und Bruder Silvanus sollten von Neuem die Geschichte erfragen und ein gerechtes Urteil fällen.

Zu dritt beteten sie in der Grotte um Weisheit und Erkenntnis, dann setzten sie sich zu einem einfachen Mahl zu Tisch. Danach legte Gregor die Situation dar und es folgte eine lange Zeit des Nachdenkens und der Stille. Tilda, die sich in den Schuppen zurückgezogen hatte, war in großer Sorge. Sie verbarg sich hinter der Tür und lauschte. Als endlich die Diskussion begann, horchte sie konzentriert, konnte aber nicht verstehen, was gesprochen wurde. Auch wenn die Stimmen laut wurden und sich hitzig ereiferten, waren da nur Wortfetzen, deren Aussagen sich ihr nicht erschlossen. Oft verstummte das Reden ganz und es herrschte Schweigen, wenn die Brüder über Gesagtes nachdachten.

Nach Stunden kam Gregor in den Schuppen. Unter dem Arm trug er die Bettdecke und einen leeren Leinensack, der mit Stroh gestopft als Matratze dienen sollte.

Auch etwas Brot hatte er dabei. Tilda saß auf einem Schemel und schnitzte gedankenversunken eine kleine Figur aus einem dünnen Holzscheit. Gregors Gesichtsausdruck versprach nichts Gutes. Er schaute sich um. Kein schöner Ort zum Schlafen. Eine gute Idee war das nicht, aber er hatte keine Wahl. Man könnte zumindest Bretter auf den Lehmboden legen.

»Hier. Du musst dich im Schuppen einrichten. Verzeih bitte. Aber die beiden Brüder bleiben heute Nacht in der Klause.«

Tilda hatte keine Antwort darauf. Sie saß stumm und blickte bang zu ihm auf.

»Hab keine Angst«, mit ruhiger Stimme versuchte er sie zu ermutigen. »Was machst du da eigentlich?«

»Ein Trösterlein.«

Gregor wusste zwar mit diesem Begriff nichts anzufangen, doch er sah die kleine Figur in ihrer Hand. Das Jesuskind, fest in ein Tuch gewickelt, so wie es für Neugeborene üblich war – nur der Kopf schaute hervor.

»Du solltest Lindenholz verwenden, das ist weicher.«

»Ich weiß. Ich habe zu Hause daraus geschnitzt.«

Gregor kramte in einer Ecke, wo verschiedene Holzpflöcke, Stecken und Bretter lehnten. Er zog einen Rundling hervor.

»Hier, das ist leichtes Holz. Ich bring dir die Laterne. Es tut mir leid, Tilda.«

»Ich ...«, stotterte sie, »ich möchte am liebsten bei dir bleiben, Gregor.«

Er nickte nur. Er merkte, wie sein Herz lauter pochte,

denn plötzlich fiel ihm etwas ein. Solch ein »Trösterlein« hatte er im Tanner-Haus gesehen. Er hatte es sogar in der Hand gehalten, als sie die Sachen im Kammerschrank durchsuchten.

»Sag, hast du zu Hause dieselben Kindlein geschnitzt?«

»Viele sogar, aber auch Vögel. Sie standen im ganzen Haus.«

Viele? Nein, viele Schnitzereien waren dort nicht gewesen. Nur dies eine Figürchen, und sie hatten ihm keine Beachtung geschenkt. Aber jetzt erinnerte er sich auch an einen Vogel.

»Sag, hockte auf dem Fensterbrett in der Stube ein geschnitzter Vogel?«

»Kann schon sein. Ja, freilich, da stand bestimmt einer. Ich hatte mindestens zwanzig. Warum fragst du?«

Gregor nahm die Figur in seine Hand und betrachtete sie still. Er lächelte und war von Tildas Geschichte umso mehr überzeugt. Trotzdem würde alle Beteuerung nicht ausreichen, um ihr Recht einzuklagen.

\*\*\*

Gregor erwachte am Morgen nach kurzem Schlaf. Die Brüder hatten ihn vor die Wahl gestellt und erwarteten am neuen Tag eine Entscheidung. Es gab keine Frist zum Überlegen, nur zwei Wege zeigten sie Gregor auf. Er könne in das Stammhaus zurückkehren und dort eine andere Aufgabe übernehmen – für die Klause müsse ein neuer Kandidat bestimmt werden. Oder aber, sofern er die Frau nicht wegschicken wolle, müsse er die Einsiedelei sofort verlassen und gleichzeitig von der Bruderschaft scheiden.

Er hatte kein Zeitgefühl, denn es war stockdunkel. Die beiden Mönche schnarchten auf ihren Lagern und die Hennen hockten davon unbeeindruckt unter der Sitzbank. Wenn er doch einen Hahn hätte. Einen Hahn, der jetzt den Morgen ausrufen würde. Er erinnerte sich an die Geschichte des Petrus. Der starke Petrus kam ihm in den Sinn, dem beim Hahnenschrei die Gewissheit über seine Schwachheit – sein Leugnen – wie ein Dolch ins Herz stieß. Gregor wusste, dass er den leichten Weg nicht gehen wollte. Dass er sich nicht beugen wollte. Tilda hatte niemanden außer ihn, und für ihn gab es keinen Grund mehr, ihr nicht zu glauben. Es war Zeit für ihn, diese Entscheidung zu treffen. Er würde die Klause verlassen, und er wusste auch, wohin er gehen wollte. Es war Zeit, sich zu erinnern und dorthin zurückzukehren, wo seine Wurzeln lagen.

Als die Benediktinerbrüder erwachten, saß Gregor längst in stillem Gebet am Tisch und wartete. Er hatte keine Zeit zu verlieren, denn der Herbst war fortgeschritten. Es galt, ein Lasttier zu erstehen, und dazu wollte er sich nach Gallbeck, der nächstgelegenen Siedlung, aufmachen.

***

Gregor brachte ein Tier.

»Oh«, stieß Tilda hervor, als sie den Maulesel sah, den er heranführte.

»Er sieht nicht gut aus, stimmts?«

Tilda zuckte schüchtern die Achseln. Der miserable Zustand war nicht zu übersehen. »Was ist mit seinem Ohr?«

»Er stammt aus der russischen Artillerie. Eine Granate hat es ihm weggeschossen. Aber er hat nicht viel gekostet.«

»Das glaub ich. Er lahmt.«

»Ja, aber siehst du seine Hufe? Die wurden lange nicht geschnitten. Das wird schon. Er war das einzige Tier, das ich bekommen konnte. Und man darf ihn hier nicht anfassen, siehst du, da ist er empfindlich.«

Gregor deutete auf die linke Kopfseite, wo das Ohr ganz fehlte. Vermutlich steckten Geschosssplitter in seinen Knochen, denn er warf den Kopf und schrie auf, wenn man ihn dort anfasste. Tilda strich mitleidig über das struppige graue Fell. Gerade wuchs ihm das lange, Luft einschließende Winterfell. Der Esel blickte sie mit großen ängstlichen Augen an.

»Ich werde ihn nicht lange aufpäppeln können«, meinte Gregor, »in zwei Tagen ziehen wir los.«

\*\*\*

Der Maulesel trug das Gepäck tagtäglich viele Meilen und trottete gutmütig hinter dem Paar her, ohne angetrieben werden zu müssen. Genügsam rupfte er vom saftigen Herbstgras, verschmähte aber auch Abgestorbenes und Vertrocknetes nicht.

Über eine Woche waren sie bereits unterwegs, immer in Sorge um das nächste Nachtquartier. Die Wanderung zehrte an ihren Kräften und das Wetter meinte es nicht gut mit ihnen. Es regnete fast jeden Tag ein wenig. Nässe und Kälte krochen ihnen in die Knochen, und sie hatten ihre Not, die Kleider immer wieder trocken zu bekommen.

Dieses Mal hatten sie kein Glück. Die Sonne stand schon tief, und von einer Ansiedlung keine Spur. Als sie an einem verlassenen Anwesen vorbeikamen, beschlossen sie, darin zu übernachten. Feuchte Nebelschwaden lagen über den Wiesen und Äckern, als Gregor den Maulesel unter dem Vordach der verfallenen Kate festband. Er hob das Gepäck und den Lastsattel von dem Tier. Das winzige Häuschen war ziemlich verfallen und verwüstet, doch es befand sich eine Feuerstelle darin. Tilda machte sich gleich daran, Brennbares zusammenzutragen. Auf dem verwilderten Grundstück fand sie außerdem Blätter der Schafgarbe, Spitzwegerich und Nessel. Damit würde sie einen Kräutersud gegen Gregors Husten kochen. Zuerst aber musste die Gerstensuppe in den Topf.

Auf einem Bettkasten lag ein stinkender, sich auflösender Strohsack. Gregor räumte ihn aus dem Haus und richtete ein Lager mit seinen Decken her. Während draußen das Tageslicht schwand, leuchtete in der armseligen Stube das wärmende Feuer. Als der Duft der Suppe den Raum füllte, da war es fast so heimelig wie in der gewohnten Klause. Nur konnte Tilda nicht auf dem Boden schlafen, weil da Mäuse umherhuschten und es von Ungeziefer wimmelte. Ohne viele Worte zu machen, lud Gregor sie zu sich auf das einzige Bett ein. Sie lagen Seite an Seite. Gregor schlang den Arm um sie und sie legte den Kopf an seine Schulter.

Sie wussten beide, dass sie einander liebten. Sie lagen zusammen und spürten die Wärme des anderen und zerstörten dieses Knistern zwischen ihnen nicht.

# Alte Heimat

Wolfsrode lag wie all diese kleinen Dörfer im herbstlichen Grau – schmutzig, umwabert vom weißen Holzkohlenrauch der Kamine, den der feuchte Nebel bodenwärts drückte. Für einen Reisenden keinesfalls einladend, doch Gregors Herz hüpfte, als sie die letzte Anhöhe passierten und er sein Heimatdorf im Dunst der feuchten Auen erkannte.

»Wir sind da!«, rief er begeistert. Das Dorf grenzte nach Osten direkt an ein ausgedehntes Waldstück. Viele einzelne Höfe lagen verstreut über das ganze Tal, und im Süden floss ein kleiner Bach, aus dem der Müller die Kraft für sein Mahlwerk zog. Nach anstrengenden Wochen war Gregor nun überglücklich. Viele Male hatte er sich überwinden müssen, dem Wunsch nach einer längeren Rast in einer gemütlichen Herberge zu widerstehen, doch die Sorge vor dem drohenden Wintereinbruch hatte ihn jeden Morgen angetrieben, die Reise fortzuführen.

Obwohl sie eine letzte lange Tagesreise hinter sich hatten, wurden ihnen die Beine leicht. Sie erreichten die ersten Häuser und folgten der Dorfstraße. Ein seltsam düsterer Schatten lag auf dem Dorf und sie begegneten auf ihrem Weg keiner Menschenseele. Gregor hatte oft von einem fröhlichen Örtchen erzählt, wo viel Lachen, Singen und freundliches Schwatzen zu hören war. Von alledem war nichts zu erkennen, doch vielleicht lag es ganz einfach an der Jahreszeit. Die Fassaden empfand er viel dunkler und schmutziger, als er sie in seiner Erinnerung vor Augen hatte. Einzig die Pfützen spiegelten Glanz auf der matschigen Straße. Sie hatten darüber gesprochen, an welche Tür sie klopfen würden. Gregor war schon viele Jahre in der Fremde. Die Försterstelle war sicher längst wieder vergeben worden, sodass er nicht erwarten konnte, an die vergangene Zeit anzuknüpfen. Insgeheim hoffte er aber, dass der Baron von Waldenau ihn wieder in Lohn und Brot nehmen würde. Er steuerte das Pfarrhaus an, denn dort versprach er sich Rat und ein Bett für die erste Nacht, so wie es auf dem Land üblich war.

Der Pfarrer von Wolfsrode, der ihm die Tür öffnete, war ein greiser Herr geworden. Er erkannte den bärtigen Gregor erst auf den zweiten Blick, dann aber freute er sich sehr. Der Bitte um ein Nachtquartier kam er gerne nach.

»Was ist mit deinem Auge, Gregor?«

»Ein Andenken an einen preußischen Feldwebel.«

»Kommt nur schnell herein und seid meine Gäste. Ich freue mich. Ich bin gespannt auf eure Geschichten.«

Ziemlich unansehnlich und verdreckt standen sie in der ordentlichen Diele, wo in einer kleinen Wandnische eine Fettlampe brannte. Gregor blickte an sich herunter. Beim Verlassen der Klause hatte er den schwarzen Habit der Benediktiner ausgezogen. Stattdessen trug er wieder seinen alten Soldatenrock, von dem er allen Zierrat abgetrennt hatte.

»Wollt ihr in die Waschkammer?«

Gregor nickte eifrig.

»Vielleicht habt Ihr eine Schere für mich. Ich möchte mir nun doch gern den Bart stutzen.«

Der Pfarrer gab ihm Schere, Seife und Rasiermesser. Und er brachte nach einer Weile einen Packen mit frischen Kleidern.

»Hier seht, zieht saubere Hemden an, bis eure eigenen Sachen gewaschen sind. Während ihr euch zurechtmacht, lauf ich hinüber zu meiner Base, die mir in Haus und Küche behilflich ist.«

»Ich will ihr gern zur Hand gehen«, erwiderte Tilda.

Nach einer geraumen Zeit saßen die beiden Gäste frisch eingekleidet bei dem Geistlichen zu Tisch. Die zurückhaltend wirkende Haushälterin trug ein schönes Mahl auf. Es gab kalten Braten, Griebenschmalz und hinterher eingekochte Marillen, dazu ein duftendes Brot. Schon während des Essens erzählte Gregor von seinen Erlebnissen und von Tildas sonderbarer Geschichte. Der Pfarrer war ganz erschrocken und schüttelte mitfühlend den Kopf über die viele Bosheit, die die beiden Menschen in ihren jungen Jahren ertragen mussten.

»Wir wollen heiraten und eine Familie gründen.«

»Das ist wunderbar, Gregor. Aber dazu hast du dir keinen guten Ort ausgesucht.«

»Wie meint Ihr das?«, entgegnete Gregor verunsichert.

Das Mahl war beendet und der Pfarrer stopfte sich die Pfeife, entzündete ein Hölzchen an einer Kerze und sog die leuchtende Flamme in den Pfeifenkopf. Der Tabak erglühte und der Pfarrer blies einen süßlich würzigen Rauch in den kleinen Raum, dann ließ er sich in die Lehne seines

Sessels zurücksinken. Er zog an seinem Rauchzeug und machte bei allem ein sehr ernstes Gesicht.

»Wolfsrode hat sich verändert – die Menschen haben sich verändert. Alles Gute, was in unserer Dorfgemeinschaft existiert hat, findest du hier nicht mehr. Nur Niedertracht, Boshaftigkeit und Ausschweifung. Die Glocken rufen umsonst zur Messe, denn es kommt längst niemand mehr, außer ein paar wenigen alten Weibern. Ich habe dagegen angekämpft, sie ermahnt und ihnen ins Gewissen geredet, aber meine Mühen waren umsonst. Ich habe kaum noch ein Auskommen. Doch davon will ich nicht reden. Die verlorenen Seelen dauern mich. Sie springen sehenden Auges ins Höllenfeuer. Es ist alles so schrecklich ...«

»Aber was ist denn nur geschehen?«

»Es hat auch mit dir zu tun«, sprach der Alte weiter.

Gregor sah erschrocken auf.

»Nein, entschuldige, du warst ja, wie ich nun erfahre, das schändlichste Opfer in diesem Spiel. Gog hat dich aus dem Weg geräumt ...«

»Was? Verzeiht, aber Ihr tut ihm Unrecht. Gog ist mein Freund. Er wollte mir helfen, ein Pferd zu erstehen, damit ich dem Baron ein guter Förster sein würde. Er hat es immer gut mit mir gemeint.«

»So? Warum hat er dann dem Baron berichtet, dass du mit seinem Geld durchgebrannt bist? Er hat sogar behauptet, dass du auch ihn, Gog, bestohlen hast, um in der Ferne dein Glück zu suchen. Ich sage dir, es war von Anfang an sein Plan gewesen, deine Stelle als Forstmann zu ergaunern. Gog hat das neue Forsthaus bezogen und durch Lug und

Trug die Gunst des Barons erschlichen, bis der ihn zum Obmann über Wolfsrode eingesetzt hat.«

Gregors Augen wurden vor Erstaunen immer größer.

»Gog ist Obmann?«

»Förster an deiner Stelle und Obmann. Er zieht seinen Gewinn durch einen Aufschlag auf den Zehenten. Aus jedem Haus und jedem Stall. Geradeso, als wär er selbst der Baron. Er allein hat das Sagen. Geh nur morgen hinüber zum Forsthaus. Ich bin gespannt, ob du es wiedererkennst. Es ist ein großes Gehöft mit Gesinde geworden. Du wirst staunen.«

»Ich kann das alles nicht glauben. Was soll ich dann nur anfangen?«

Der alte Geistliche sog wieder an seiner Pfeife und überlegte. Er sah milde lächelnd zu Tilda, die schüchtern den Blick senkte.

»Nun hast du dich aufgemacht, um deines Vaters Werk fortzuführen, doch ich zweifle, dass du darin dein Glück finden wirst. Ich selbst bin alt. Ich muss ausharren, bis ich vergehe, aber dir rate ich, nicht zu bleiben. Du bist ja noch nicht einmal angekommen. Nimm deine Braut und geh an einen Ort, wo Menschen einander leiden mögen.«

Die drei saßen lange zusammen und berieten. Gregor wollte sich mit solcher Empfehlung nicht zufriedengeben. Er wollte seinen Plan nicht aufgeben und bei von Waldenau vorsprechen. Doch wie sollte dies Erfolg haben, wenn der Baron doch glaubte, er wäre damals um das Rossgeld bestohlen worden.

»Was kann ich anders, Hochwürden, als auf unsern

Herrgott zu vertrauen? Der gute Geist hat mich hierhergeführt, er wird mir auch weiterhin Stütze und Ratgeber sein.«

Der alte Pfarrer legte schweigend seine Hand auf Gregors Arm und nickte müde lächelnd. Es war spät geworden. Die Reisenden gähnten erschöpft, deshalb beendeten sie ihre Unterhaltung. Der Hausherr führte die beiden zu den kleinen Kammern hinauf, wo sie schlafen konnten.

Tilda fühlte sich himmlisch geborgen, als sie unter die wohlriechende, wärmende Decke kroch. Die Matratze war so angenehm weich, wie sie bislang keine erlebt hatte. Sie musste zwangsweise an das harte Lager in der Klause und die grausligen Unterkünfte auf ihrer Reise denken – auch an die Nacht im Wald. Hier fühlte sie sich so wohl und geborgen, dass sie am liebsten für immer im Pfarrhaus geblieben wäre. Trotz der unerfreulichen Neuigkeiten schliefen sie schnell und friedlich ein.

Gregor machte sich am nächsten Morgen hoffnungsvoll auf den langen Fußmarsch, um bei Baron von Waldenau vorzusprechen. Ohne jemanden zu beschuldigen, schilderte er seine Verschleppung, den Soldatendienst und wie er danach für einige Jahre dem Brüderorden angehört hatte. Er wolle nun in seiner Heimat heiraten und sich um eine Arbeit bemühen. Dabei klagte er nicht über das Unrecht, das ihm zugestoßen war, und stellte keine Ansprüche gegenüber dem Baron. Er bat einzig um das Bleiberecht.

Der als sehr jähzornig und unbeherrscht bekannte Freiherr war sehr überrascht, doch er hörte Gregor geduldig zu. Gleichwohl hielt er die Geschichte für glaubwürdig, denn er wusste von den Methoden der preußischen Rekrutierung. Und Gregors Bescheidenheit imponierte ihm.

»Meine Zustimmung, euch niederzulassen, gebe ich. Mehr kann ich aber nicht für euch tun. Hast du denn mit dem Obmann gesprochen?«

»Nein, Herr Baron, ich bin zuerst zu Euch gekommen, weil ich erfahren habe, dass es eine unwahre Darstellung über mein Verschwinden gibt. Dies wollte ich zuerst bereinigen. Dabei will ich keine Anschuldigung aussprechen. Ich weiß selbst nicht, was ich glauben ...«

»Das will ich hoffen, guter Mann. Der Forstmann und Obmann steht in meiner Gunst, solange er das Übertragene in meinem Sinne verwaltet.«

»Ja, Herr Baron, ich verstehe«, versicherte Gregor.

»Ich erlaube dir zu bleiben, wenn du euch versorgen kannst. Bettelleute dulde ich nicht.«

»Ich habe noch immer das Preußenhandgeld.«

»Das ist gut.« Der Baron legte seine Stirn in Falten und überlegte einen Moment. »Ah, jetzt fällt mir was ein – das könnte für euch passen. Das kleine Schäferhaus an den Schwemmwiesen steht leer. Wenn du willst und die Steuer zahlst, könnt ihr dort wohnen und den Acker bewirtschaften.«

»Das Schäferhäusl, das wäre ein Anfang. Sehr gern, Herr Baron.«

Von Waldenau rief seinen Sekretär und ließ eine Urkunde aufsetzen, die er mit Unterschrift und Siegel versah. Der Bursche gefiel ihm noch immer, so wie damals, als er ihn als jungen Forstmann kennengelernt hatte.

Eine große Hürde war geschafft, doch danach musste

ein noch unangenehmerer Schritt folgen. Bevor er das zugeteilte Häuschen beziehen konnte, musste er sich bei Gog melden. Er beriet sich dazu wieder mit dem Pfarrer. Sie saßen am Abend in dem kleinen Studierzimmer, eingehüllt in eine Wolke aus der langstieligen Rauchpfeife.

»Es tut gut, Gregor, mit einem frommen Menschen zusammen zu sein und zu reden. Das fehlte mir. Früher kamen die Leute jeden Standes zu mir. Sie suchten Gehör und Rat in ihren Nöten und meist gingen sie mit einem leichten Herzen, zumindest mit Hoffnung wieder nach Hause. Heute treffen sich die Männer nur noch zum Kartendreschen und Huren, und die Frauen zum Zanken. Was ist nur aus allem geworden?«

Der Pfarrer hustete den Pfeifenrauch aus seinen Lungen. Er stand auf, trippelte zum Wandschrank und nahm eine bauchige Glasflasche heraus. Er füllte zwei Gläschen mit Branntwein und sie tranken auf die Gesundheit und eine gute Zukunft.

Am nächsten Morgen, dem Sonntagmorgen, begleitete das junge Paar den Pfarrer zur Heiligen Messe. Es war trostlos, genau so, wie er es berichtet hatte. Da war kaum ein Dutzend Gläubige versammelt. Der alte Pfarrer las die Litanei, sprach in seiner Predigt ein paar wenige Sätze zum Text des Tagesevangeliums und schloss mit dem Segen für die Woche.

Gregor war enttäuscht. Nicht nur von den wenigen Besuchern, sondern auch von der leblosen Zeremonie.

»Herr Pfarrer«, sprach er ihn gleich nach dem Schlusssegen an, »was ist mit der Orgel? Spielt denn niemand die

Orgel?«

»Die Frau Wiedel, du kanntest sie, ist leider verstorben. Seither haben wir keinen Organisten mehr.«

»Aber Ihr könnt sie doch spielen. Schnell!«

Gregor drängte den Pfarrer mit viel Gerede die Chortreppe hinauf, drückte ihn auf die Orgelbank und öffnete die Tastaturklappe. Dann sprang er auf die Rückseite und trat den Blasebalg. Die beiden Holzpedale bewegten sich saugend und er spürte den Widerstand in den Beinen, doch noch wurden keine Tasten gedrückt. Gregor eilte an das Geländer und sah Tilda und zwei alte Weiber, die noch im Gebet versunken waren, in den Reihen knien.

»Tilda, öffne die Türen!«, rief er hinunter, und den Pfarrer flehte er an, ein Segenslied zu spielen.

»Bitte, Hochwürden, spielt doch!«

Gregor trat wieder die Pedale und plötzlich ertönten zaghafte, hohle Töne. Ein leises Vorspiel. Der Alte schien zu überlegen, er war so sehr überrumpelt, dass er auf Anhieb nicht wusste, was er spielen sollte. Dann aber zog er die Register und ließ ein volles, vielstimmiges Lied erklingen, welches das Kirchenschiff ausfüllte und hinausdrängte auf den Vorhof und auf die Dorfstraße. Und bis der letzte Ton verklang, staunten diejenigen, die es hörten, und es bewegte ihre Herzen.

\*\*\*

Am Nachmittag nahm der neue Dörfler seinen Mut zusammen und ging hinüber zum Forsthof. Tatsächlich konnte er kaum glauben, was er dort vorfand. An das schlichte Holzhaus, das damals noch lange nicht fertig war, erinnerte nichts mehr. Es war einem stattlichen Gutshof gewichen. Zur Straße hin umfriedete eine Mauer mit einem großen Einfahrtstor das Anwesen. Gregor blickte hinein auf einen wuchtigen Bau mit hohen Fenstern. Gauben im ziegelgedeckten Walmdach zeugten von einem ausgebauten dritten Stockwerk. Zu beiden Seiten des Wohnhauses schlossen Nebengebäude und Stallungen an. Klein und schutzlos fühlte er sich, als er durch den Torbogen schlich. Er ging über den Hof, trat auf das ausladende Steinpodest und verharrte einen Moment. Der Türklopfer hatte die Form eines Wolfskopfes, in dessen Maul ein großer Eisenring mit einer Schlagkugel verankert war. Er hörte sein Klopfen in die Diele des Hauses hallen und wartete. Nach einer Weile öffnete ein Mann mit markanten Gesichtszügen die Tür. Tiefe Furchen zeichneten einen unwilligen Ausdruck.

»Was gibt es, Kerl?«, fuhr er den Besucher an und musterte ihn misstrauisch. Der Fremde war ihm irgendwie bekannt, doch er kam nicht gleich darauf.

»Du kennst mich nicht mehr, Gog?«

Als der Obmann die Stimme hörte, fiel ihm der Kinnladen herunter und sein Gesicht wurde bleich vor Schreck.

»Gregor«, brachte er hervor, »wo, wo kommst du denn her? Was ist mit deinem Auge?«

»Ein Andenken an das Militär. Nein, ein Andenken an meine unfreiwillige Rekrutierung. Sie hat mich große Schmerzen gekostet, weißt du?«

Gog schluckte und wusste nicht, was er darauf

antworten sollte. Er hatte gehofft, dass der arme Tropf auf dem Feld fallen würde, sich wenig Gedanken darüber gemacht und ihn im Laufe der Jahre ganz vergessen.

»Was für eine Überraschung, Gregor. Wie geht es dir?«

»Wie du siehst – ich lebe, und ich hoffe, dass ich in der Heimat mein Glück wiederfinden werde. Ich habe eine Frau mitgebracht und will sie heiraten.«

Dem Obmann traten Schweißperlen auf die Stirn, doch dahinter arbeitete sein Gehirn auf Hochtouren und wägte die Situation ab. Er hatte einen Bestallungsbrief für das Amt des Försters und er war vom Baron als Obmann eingesetzt. Wer könnte ihm das streitig machen? Der Landherr war mit seiner Verwaltung des Dorfes sehr zufrieden. Es gäbe keinen Grund, daran etwas zu ändern. Die kurze Erschrockenheit wich einer selbstgefälligen Kaltschnäuzigkeit. Sogleich löste er sich aus der Schockstarre und hob gebieterisch das Kinn. Er wischte sich die blonden Strähnen aus dem Gesicht und herrschte sein Gegenüber an: »Was geht es mich an? Du hast hier nichts zu suchen! Ich bin der Forstmann und du bist nicht willkommen in Wolfsrode. Also geh deiner Wege!«

Gregor senkte den Blick für einen Moment und versuchte mit gestreckter Hand zu beschwichtigen. Dann sah er Gog freundlich in die Augen.

Nach einer Weile sprach er: »Man sagt, du hättest mich beiseitegeschafft, um selbst Förster zu werden. Hm. Ob du es glaubst oder nicht: Das spielt jetzt keine Rolle für mich. Alle Schmerzen und alle Widrigkeiten spielen keine Rolle mehr für mich. Ich habe mich dazu entschieden, nicht länger der Vergangenheit anzuhängen. Ich stehe im Hier und Heute. Und ich habe eine lange Reise hinter mir, um hier mit meiner Frau zu leben. Da, wo ich herkomme und hingehöre. Gog, ich will Frieden haben, nichts anderes.«

Gregor streckte dem alten Weggefährten die offene Hand entgegen, doch Gogs Empfinden kannte nur Widerstand. Seine Mundwinkel zogen eine böse Grimasse.

»Ich sagte doch schon, du bist nicht mehr willkommen. Hier ist kein Platz für dich.«

»Der Baron hat mir das Schäferhäusl überlassen – ich bleibe hier. Gog, ich bitte dich, lass uns Frieden schließen!«

Wutschnaubend fuhr Gog ihn an: »Scher dich zum Teufel!« Dann schlug er die Haustür krachend zu.

Was nur, überlegte Gregor, hat das Herz dieses Mannes so hart und so bitter gemacht? Er, der Verratene, hätte alles Recht der Welt, zu hassen und zu fordern. Doch er tat es nicht. Er stand vor der Tür und fasste erneut den Eisenring. Er klopfte kein zweites Mal. Er ließ los und der Ring pendelte sanft mit einem leisen Singen im eisernen Wolfsmaul.

»Herr im Himmel, es ist nicht der Mensch. Es ist ein Dämon, der diesem Mann anhängt, der seine Krallen in ihn geschlagen hat. Es ist dein Kampf, nicht meiner!«

\*\*\*

Das Schäferhaus war auf einer kleinen Erhebung erbaut, die an die Schwemmwiesen des Flusses grenzte. Bei Hochwasser entstand hier oftmals ein See, der das Weideland drei Fuß hoch überflutete. Gregor überlegte, ob er nur den

Acker bearbeiten oder aber mit einer eigenen Herde in die Fußstapfen des verstorbenen Schäfers treten wollte. Er kam zum Schluss, dass er sich zum Ende des Winters entscheiden werde. Schließlich fehlten nicht nur Tiere, sondern auch der nötige Futtervorrat. Erstmal klein anfangen. Manch wertvolle Ausstattung des Schäfers war auf dem Anwesen zurückgeblieben. Im Schuppen war ausreichend Brennholz aufgeschichtet, in den verwahrlosten Räumen fand sich ein wenig eingestaubter, aber brauchbarer Hausstand und draußen im offenen Stadel stand ein passabler Kutschwagen.

Beim Baron hätte Gregor alle erforderlichen Dinge für seine Einrichtung erstehen können, alle Kleintiere, Heu und Getreide, doch er wollte die Gelegenheit nutzen, um einen Zugang zu den Menschen zu finden. Er besuchte den Nachbarn zu seiner Linken, den Müller, um zu sehen, wer in diesem Haus den Betrieb führte.

Eine schmale Straße, gesäumt von Heckenrosen, an denen viele Hagebutten hingen, führte zu dem Grundstück. Vom Flüsschen schlang sich ein Seitenarm heraus, der das Mühlrad antrieb, doch an diesem Morgen stand das Getriebe still. Die Kraft des Wassers war wie die Natur eines launischen Weibs. Manchmal brachial, dass der eifrigste Müller sie nicht bändigen konnte, dann für lange Zeit lau wie der Hauch eines schlafenden Kindes. Im September hatte es zuletzt kräftig geregnet. Seither tröpfelte es dahin. Zwar wurden die Weiden getränkt, aber die Flüsse führten wenig Wasser.

»Grüß Gott, Müllersleut!«, rief Gregor in das Gewerk.

Er hörte ein Klopfen und angestrengtes Schnaufen von den oberen Böden. Dann kamen Schritte über den Holzboden und knarrende Tritte über eine Leiter. Ein junger Mann in grauem Leinen kam schließlich die Holztreppe herab und schaute neugierig nach dem Besucher.

»Theo? Bist du das?«

Der junge Müller stutzte. Er kannte den Mann nicht, der seinen Namen genannt hatte.

»Mensch, Theo, was bist du für ein erwachsener Mann geworden!«

Theo zog die eingestaubten Augenbrauen hoch. Er war groß gewachsen. Gregor kannte ihn nur als Jugendlichen, aber die rotblonden Locken, die unter seiner Müllermütze hervorspitzten, und das sommersprossige Gesicht waren unverkennbar.

»Ich bin Gregor, der Forstmann, der vor vielen Jahren plötzlich verschwand. Es ist zu lange her, und du warst ein Junge. Aber ich hab dich wiedererkannt. Was ist mit der Mühle?«

»Kein Wasser.«

»Kein Müller hat Wasser und kein Schäfer Weide genug, stimmts? Ich hab das Schäferhäusl bezogen. Ich bin dein Nachbar.«

»Oh.«

»Ja, und jetzt bin ich auf der Suche nach einem Hausstand. Ich brauch Ziegen und Hühner. Hast du nicht übrig, oder?«

»Ich hab Mehl und ein paar Hühner für den eigenen Bedarf in der Küche. Eine junge Katze kann ich dir mitgeben, die deine Mäuse fängt.«

»Eine Katze!«, lachte Gregor. Warum nicht? Sicher hätte Tilda ihre Freude daran. »Vielleicht ist das keine schlechte Idee, schließlich werde ich Korn und Mehl und Speck im Haus haben.«

Die beiden verstanden sich auf Anhieb und scherzten noch ein wenig, bevor Gregor seinen Weg fortsetzte. Theo nannte ihm ein paar Namen, wo er wegen Kleinvieh anfragen sollte, und so stand er bald bei einem armseligen Viertelhubner im Stall.

Der bucklige alte Mann wunderte sich über Gregors unerwartetes Auftauchen, doch er erinnerte sich natürlich an den Förster.

»Was willst du? Geißen, hä?«, krächzte er. »Du musst wissen, ich hör nicht mehr so gut.«

»Ja, ich muss mich versorgen können.«

»Mit dir ist nicht gut Handel treiben. Bist damals mit dem Rossgeld abgehauen.«

Gregor schüttelte energisch den Kopf und begann mühsam von seinen Erlebnissen zu erzählen. Derweil hatte sich der Alte auf einen Melkschemel niedergehockt und Gregor beugte sich zu ihm hinunter und sprach ihm laut den wahren Hergang seines Verschwindens ins Ohr.

»So! Nein, so etwas!«, wiederholte der Alte immer wieder.

Gregor machte keine Schuldzuweisungen und erwähnte Gog mit keinem Wort.

»Du hast eine schöne Herde«, stellte er fest. Im Stall und auf der Weide standen prächtige Tiere. »Kannst du mir zwei

Ziegen verkaufen?«

Der Alte nickte, wischte sich einen Tropfen von der Nase und zeigte auf die Tiere, die er für ihn vorsah. Die eine Geiß sei trächtig und die zweite gebe noch ordentlich Milch. Gregor war mit der Wahl einverstanden, als er aber den Preis hörte, war er überrascht. Er schien ihm recht hoch.

»Schlag ein, oder lass es bleiben. Woanders wirst du kein Glück haben. Es gibt nur einen Ziegenzüchter in Wolfsrode.« Seine Augen funkelten dabei gierig.

Gregor zögerte, doch dann umschloss er die knorrige Rechte mit beiden Händen und hielt sie lange fest.

»Ich kenne deine Mühen nicht, Alter, deshalb will ich vertrauen. Möge der Handel ein Segen für uns beide sein. Bestimmt komme ich noch öfter zu dir, und falls du einmal meine Hilfe brauchst, dann bin ich gern für dich da.«

Der gütige Blick und die Worte durchdrangen den Ziegenmann und beschämten ihn. Er lehnte nachdenklich an einem krummen Tragbalken der Hütte und rieb sich mit der Mütze verlegen den Hinterkopf. Als Gregor ihm den genannten Preis in die Hand gezählt hatte, nahm er einige Münzen und gab sie lächelnd zurück.

»Ist schon recht, Gregor, du wirst es hier nicht leicht haben.«

»Wie meinst du das? Mit aufrichtigen Menschen, wie du einer bist, ist mir nicht bange.«

Der Alte war gerührt. Er nahm Gregor am Handgelenk und führte ihn humpelnd hinaus. Vor dem Stall stand eine einfache Holzbank, sie setzten sich und lehnten sich an die

Bretterwand zurück. Gregors Blick schweifte über den Hof. Rechts von ihnen stand ein heruntergekommenes Wohnhaus, ganz aus Holz gebaut. Die verwitterten Fassadenbalken zeigten tiefe Risse und die Fensterbretter hatten sich in Wind und Regen allmählich aufgelöst. In der Mitte des kleinen Hofes dampfte der Misthaufen, Hühner stolzierten herum, scharrten mit ihren gelben Krallen und pickten Würmer und junge Triebe. Die Sitzbank war von der Feuchte der Nacht noch klamm, doch das schien den Alten nicht zu stören. Ein Wildentenpaar flog lautlos hoch über ihren Köpfen vorüber.

»Siehst du diesen Stumpf?« Er zeigte auf die noch recht helle Schnittstelle am Boden, wo ein sehr großer Baum gestanden haben musste.

»Die Linde – unser Hausbaum. Im Sommer saß ich hier im Schatten. Jedes Jahr. Und ich hab mich des Lebens gefreut. Am schönsten war es, wenn die Blüten ihren süßen Duft verströmten und Tausende Bienen in seiner Krone summten. Es war eine Freude. Sogar als mein Hanserl gefallen ist, saß ich noch immer gern hier und sinnierte über das Leben. Und der Thomas ist wieder heimgekommen. Der hatte tapfer gekämpft, und er kam nicht mit leeren Händen. Aber er war nicht mehr derselbe Junge. Sie haben ihm das Geld aus der Tasche gezogen, mit ihm gesoffen und ihn beim Würfelspiel übers Ohr gehauen. Was hab ich auf ihn eingeredet, aber er hat nicht hören wollen.«

Er wischte sich wieder die Nase, fiel völlig in sich zusammen und blickte trübselig auf seine schmutzigen Schuhe hinab. Gregor war aufgestanden und betrachtete die Stammscheibe genauer. Der Baum musste über hundert Jahre alt gewesen sein. Als der Alte ansetzte, um weiterzuerzählen, hockte er sich wieder neben ihn und lauschte geduldig.

»Bis zum Winter ging das so, dann hatte er alles durchgebracht. Es wär immer noch Zeit gewesen, den guten Weg einzuschlagen. Dann aber ging das Stehlen los und das Rauben, und er kam tage- und wochenlang nicht mehr heim. Für eine letzte Flasche Wein setzte er seine Stiefel ...«

Die Stimme wurde tönern und riss ganz ab. Der Alte rang um Luft und schluckte laut. Gregor legte seine Hand auf den Ärmel des niedergedrückten Mannes.

»Am Morgen vor dem Dreikönigsfest war es sehr kalt. Da drüben am Ziegenstall schmilzt das Schneewasser und tropft von den Dachschindeln. Da hingen die Eiszapfen eineinhalb Fuß. Die sah ich zuerst, weil ich doch hinüber wollte zu den Ziegen. Und wie ich hinübersteige auf den hartgefrorenen Boden, da seh ich, dass sich am Lindenbaum etwas bewegt. Ein klein wenig, vom eiskalten Wind. Da hing der Thomas in einer Schlinge um den Hals, mit blaugefrorenen nackten Füßen.«

Gregor seufzte bestürzt. »Das Militär verdirbt die Menschen, und in der Heimat traf er wohl auf die Falschen. Vielleicht konnte er nichts dafür, Hubner«, sagte er mitleidig.

»Mag sein, aber die letzte Tat war eine Todsünde.«

»Es heißt, der Mensch soll nicht urteilen, mein Freund. Der Herrgott schaut dem armen Sünder ins Herz und kennt alle Ursache. Vielleicht hat der Thomas sich gar nicht selbst gerichtet. Wer weiß das schon?«

Der alte Mann wandte seinen Kopf dem Tröster zu und blickte ihm fragend in die blaugrauen Augen. Wenn es doch eine andere Sichtweise gäbe – er würde sich so gern daran festhalten. Es machte einen Unterschied, auch wenn das Leben des Jungen längst für immer verwirkt war. In seiner Herzensnot hatte er sich oft gewünscht, der Thomas wäre wie der Bruder auf dem Schlachtfeld gefallen.

»Ja, das kann sein. Das muss ich meiner Paulin sagen. Sie leidet so sehr und hat überhaupt keine Freude mehr am Leben.«

Gregor nickte. Als er sich mit den Ziegen aufmachte, meinte er noch: »Ich hab dich nicht in der Messe gesehen. Vielleicht kommst du nächsten Sonntag? Der Herr Pfarrer wird wieder die Orgel spielen.«

***

Tilda hatte längst die Hütte auf Vordermann gebracht und ihre Vorräte sicher verstaut. Das Häuschen war nicht sehr geräumig, aber es reichte für sie beide. Auf der Herdstelle hing über dem offenen Feuer schon der Bronzetopf im Kesselhaken, während sie ein Stück von einer Steckrübe abschnitt und würfelte. Da kam Gregor rückwärts zur Tür herein. Er versteckte etwas und forderte sie auf: »Rate, was ich dir mitgebracht habe, meine Liebe!«

»Ein Stück Speck?«

»Den Speck haben die Mäuse gefressen.«

»Was?«

Gregor drehte sich um und zeigte, was er im Arm hielt.

»Und die Mieze soll die Mäuse fressen.«

»Eine Katze, oh wie schön!«

»Ein Kater.«

Tilda klatschte in die Hände und sprang in die Luft, wie ein kleines Mädchen, das eine Puppe geschenkt bekommt. Der schwarze Kater mit ungewöhnlichen, bernsteinfarbenen Augen war noch jung und duckte sich in den schützenden Armen. Tilda zog ihn an sich und hob ihn hoch. Mit ausgestreckten Pfoten hing er lang und dünn in ihren Händen.

»Wie sollen wir ihn nennen?«

»Du willst ihm einen Namen geben? Es ist nur eine Katze!«

»Er soll Fritz heißen, wie der König.«

Gregor blies verwundert einen abschätzigen Laut durch die Zähne.

\*\*\*

Tilda und Gregor standen wieder vor der Tür des Pfarrers. Sie hielten sich für einen Moment an den Händen, bis der Griff gedrückt wurde und der Geistliche im Türrahmen stand.

»Gott zum Gruße, meine Lieben. Kommt herein.«

Er führte sie in seine Stube, wo man ungestört reden konnte, und ließ sich stöhnend in den braunen Ledersessel fallen.

»Mein Rücken, ah, mein Rücken«, klagte er. »Habt ihr euch im Schäferhaus gut eingerichtet?«

Gregor nickte. »Ja, Herr Pfarrer, wir kommen voran. Aber Tilda und ich ...«, er zögerte ein wenig, »wir dürfen so nicht weiter zusammenleben – es ist Unrecht.«

Der Pfarrer zog die ergrauten Augenbrauen hoch und spitzte den Mund. »Ja, mein lieber Freund, es ist Unrecht. Was willst du also tun?«

»Wir wollen heiraten, Herr Pfarrer.«

»An mir solls nicht liegen. Du weißt aber, dass ihr dazu die Zustimmung des Obmanns braucht.«

»Er wird sie mir niemals geben, verdammt!«

»Na, na!«

Da meldete sich Tilda zu Wort: »Lieber Herr Pfarrer, vielleicht würde der Obmann auf Euch hören. Würdet Ihr für uns bürgen?«

»Bürgen? Ha! Gog muss nicht davon überzeugt werden, dass ihr euch Kraft eurer Hände versorgen könnt. Ihr seid zwei junge Leute und habt ein wenig Startkapital. Nein, nein, das ist es nicht.« Der alte Mann stützte seinen Kopf auf einen Handballen und rieb sich das Auge. »Für den zählt nur eins: Der Taler muss rollen«, und nach einem Moment setzte er hinzu: »und niemand darf seine Machtstellung antasten. Das hat Gregor leider bereits getan.«

»Was habe ich getan?«

»Du hast dein Bleiberecht durchgesetzt. Über seinen Kopf hinweg. Er wird dich niemals dulden wollen.«

»Aber ich habe keine Wahl. Ich muss bei ihm anfragen.«

Als Gregor wieder vor der Haustür mit dem Wolfskopf stand, schien sie ihm noch dunkler, noch unheilvoller als beim ersten Mal. Was sollte er Gog als Gegenleistung anbieten? Er war dem Grundbesitzer die Pacht und Fronarbeit schuldig, aber was Gog bei den armen Dörflern draufschlug und in seine Tasche steckte, war Unrecht. Nichts anderes als Freundschaft wollte er geben.

»Bist du eigentlich schwerhörig?«, schimpfte der Obmann und stampfte mit dem Absatz seines polierten schwarzen Stiefels auf den Steinboden. »Ich sagte doch, du sollst mit deiner Schlampe wieder verschwinden. Du wirst hier nicht froh werden.«

»Gog, lass uns doch vernünftig reden. Ich will nichts weiter, als in Frieden mein Feld bestellen oder eines Tages wieder im Wald arbeiten, wenn der Baron mich gebrauchen kann.«

»Dann ist es ja gut. Bestell deinen Acker.«

»Aber ich will auch Tilda heiraten und eine Familie gründen.«

»Ich will, ich will!«, brüllte Gog. »Geh, wohin du willst, und werde glücklich.«

»Was erwartest du denn von mir? Was?«

Gog presste die Lippen aufeinander. Dann aber zog er einen Mundwinkel hoch und formte eine gemeine Fratze.

»Schick sie heute noch zu mir. Ich werd mich eine Nacht mit ihr beschäftigen, dann werde ich sehen, ob sie gefügig ist, ob sie zu uns ins Dorf passt.«

»Du bist ein Mistkerl, Gog, weißt du das?«

Gog lachte gehässig. »Ja, das weiß ich.«

\*\*\*

Mitte Dezember begann es zu schneien – ganz sacht. Keine Flocken, sondern kleine leichte Schneekügelchen, die einen dünnen, weißen Teppich auf das Land legten. Tilda war mit zwei Eimern zum Dorfbrunnen gegangen. Dort stand sie und fing mit den flachen Händen die frostigen Kügelchen auf. Sie beobachtete, wie sie zwischen ihren Fingern schmolzen, zerdrückte sie und steckte sie in den Mund. Sie erinnerte sich daran, wie sie im Haus Tanners das Fenster geöffnet und die Hände weit hinausgestreckt hatte, um die Flocken zu fangen. Manchmal, wenn der Wind den Schnee unter das Vordach geweht hatte, dann lag er dick auf dem Fensterbrett und sie hatte ihn zu kleinen Figürchen geformt.

Nun beobachtete sie, wie die Schneekügelchen in den Brunnentrog rieselten und sich sogleich darin auflösten.

»Grüß dich Gott!«, sprach sie plötzlich von hinten jemand an. Es war ein Mädchen, noch etwas jünger als sie selbst, das ebenso über ein unbekanntes Gesicht staunte. Unter seiner Haube hingen dunkle Strähnen hervor.

»Grüß Gott! Ich wohne seit Kurzem im Schäferhäusl«, stellte sich Tilda vor, ohne ihren Namen zu nennen.

»Ah, davon hab ich gehört. Ich wohne da drüben, beim Ziegenhubner.«

»Dann bist du die Paulin?«

»Das ist meine Mutter.« Sie kicherte ein wenig. »Ich

heiße Hedi. Hedwig natürlich.«

»Gregor war bei euch. Er hat mir von deinen Brüdern erzählt. Das ist eine traurige Geschichte.«

»Ja.«

»Es sind viele, die nicht mehr heimkommen.«

»Ja, einer ist nicht mehr heimgekommen, aber tot sind sie alle beide«, setzte Hedi hinzu.

»Tut mir leid.«

»Die Mutter redet kein Wort mehr, seit der Thomas nicht mehr ... Das ist schlimm. Sie sitzt in der Stube am Fenster und schaut hinaus. Aber davon wirds ja auch nicht besser.«

Es begann stärker zu schneien. Hedi schöpfte das Wasser, und da sie den gleichen Heimweg hatten, gingen sie zusammen. Sie erreichten das kleine Hubneranwesen und verabschiedeten sich.

»Warte, Hedi«, Tilda wandte sich noch einmal um. Sie fasste in die Schürzentasche und drückte die kleine Figur, die sie einst geschnitzt hatte, ganz fest in ihrer Hand. »Hier, gib dieses Trösterlein deiner Mutter. Wenn einem bang ist, dann braucht man etwas zum Festhalten.«

Hedi betrachtete das kunstvolle Jesuskind und freute sich.

***

Am Abend saß Tilda neben der Herdstelle, wo nur noch ein klein wenig Glut unter grauer Asche hervorleuchtete. Gregor stocherte ein wenig darin herum und legte dünnes

Anzündholz darauf, dann ein größeres Scheit. Er betrachtete Tilda lächelnd, wie sie dabei war, Weidenruten zu sortieren. Die etwas dickeren Ruten legte sie für die Staken zur Seite, die dünneren würde sie dann zum Flechten gebrauchen. Auf ihrem Schoß hatte sich die Katze eingerollt und schnurrte. Gregor berührte ihre Wange zärtlich mit seinem Handrücken und sie neigte den Kopf dagegen. Ihre Augen glänzten im Schein der Laterne, der den Raum um sie herum in ein warmes, gelbes Licht tauchte.

Tilda erzählte von ihrer Begegnung am Brunnen und meinte: »Du solltest schauen, ob du im Schuppen ein weiches Holz für mich findest, damit ich wieder schnitzen kann.«

»Kann ich machen.«

»Ich meine, es gibt noch andere Leute, die ein Trösterlein nötig haben.«

»Hm, da hast du recht. Gerade jetzt, wo es auf Weihnachten zugeht. Und du hast dazu wirklich Talent. Sie sind sehr schön.«

»Ach, ich hatte viel Zeit, mich darin zu üben.«

Sie fasste nach Gregors Hand und streichelte sie, dann meinte sie: »Es ist seltsam, ich muss immer wieder daran zurückdenken. An die Nacht im Wald. Ich habe mich so sehr gefürchtet, dass ich glaubte, ich muss sterben.« Seine Hand strich ihr stumm über die dunklen langen Haare, die sie in der Stube offen trug. »Dabei muss ich darum doch froh sein, oder?«

»Wie meinst du das?«

»Ich ging durch ein Tal der Qualen, aber erst dadurch

konnte ich in eine neue Welt gelangen. Jetzt bin ich bei dir.«

»So ist Gott. Er hat einen guten Plan für alle Menschen. Sein Arm ist immer ausgestreckt für die, die an ihn glauben. Und Gott ist stark genug, um die Finsternis in Licht und Freude zu wandeln.«

Gregor sank vor ihr auf die Knie. Er hielt ihre Hände und sah ihr sehr ernst in die Augen.

»Wir sind noch nicht im sicheren Hafen angekommen, Tilda. Du kennst auch meine Geschichte. Den Verlust meiner Eltern, meine Verschleppung in den Soldatendienst. Als ich in Todesangst unter den erstochenen Kameraden lag, da habe ich Gott versprochen, ihm zu dienen. Hierher hat er mich geführt, in dieses Unheil.«

»Wenn wir uns nicht einmischen und unsere Steuern zahlen, dann wird es schon gutgehen.«

»Als der Pfarrer mir riet, das Dorf schnell wieder zu verlassen, da rebellierte etwas in mir. Ein Wort kam mir in den Sinn, so gewaltig, dass ich meinte, alle Himmel würden es mir aufsagen.«

»Du machst mir Angst, Gregor.«

»Hab keine Angst. Vertraue!« Er drückte ihre Hände und sprach mit einem Lächeln weiter. »Lass dich nicht vom Bösen überwinden, sondern überwinde das Böse mit dem Guten. Überwinde das Böse mit dem Guten!« Er sah ihr fest in die Augen. »Das ist ein großer Auftrag, Tilda. Ich will es versuchen, soweit meine Kraft ausreicht.«

»Daran ist doch nichts Verwerfliches. Das kann auch Gog nur gutheißen, oder?«

Gregor schüttelte langsam den Kopf. Das Gute stand

dem Laster, dem Betrug und dem Geschäftssinn des Obmanns entgegen. Er wusste, dass er einen Kampf zu kämpfen hatte. Einen, der nicht mit dem Schwert, sondern mit dem Herzen auszutragen war.

Tilda schob den Kater von ihrem Schoß. Sie kniete nieder und suchte nach Gregors Händen, dann schloss sie die Augen. Sie begann zu beten und beide sprachen zusammen ein Vaterunser.

# Böses Spiel

Es dampfte und glühte und leuchtete. Der Bogen der Fidel schlug auf die Saiten und sein Takt peitschte den Herzschlag, der das heiße Blut durch ihre Adern pumpte. Die Männer schlugen sich auf die Schenkel und grölten zu den Liedern, die der Ungarische schmetterte. In dieser Nacht war wieder ein gutes Dutzend Männer, junge und alte, im Badhaus zu Gast. Eine rote Laterne warf ihr vulgäres Licht auf die Gesellschaft. Rundherum lag der Raum in finsterem Schatten, nur glühende Funken blitzten in den weit aufgerissenen Augen. Die Schwarzäugige, die in dem hitzigen Gewölbe nichts weiter als einen kurzen Rock trug, war auf den Tisch gesprungen und tanzte zwischen den Bierkrügen. Sie drehte sich auf ihren Zehenspitzen und erwehrte sich den Blicken der Männer nicht, deren Köpfe auf der Tischplatte hinkrochen, die nackten Füße leckten und dann den Blick nach oben zwischen ihre Schenkel suchten. Auch wenn sie in der Dunkelheit nichts sahen, so rissen sie die Augen und die Mäuler auf und schrien ihre Geilheit hinauf in die Blöße der schamlosen Tänzerin. Der Bader trug ein neues Fass herein und stellte es auf den Biersockel. Er forderte lautstark zum Austrinken auf und ließ das erste Seidel schäumend in seinen Krug laufen.

Der Ungar stimmte eine langsame Weise an. Ein nackter Alter zählte der schwarzen Frau im schwachen Licht der Laterne ein paar Münzen in die Hand und dann verschwanden sie für eine kurze Zeit in der heißen Stube neben dem Kesselhaus. Als sie wieder herauskamen, torkelte die Frau und schien ganz benommen. Sie würgte und wollte gerade ins Licht treten, als ein anderer kam. Der stieß sie zurück in die Kammer.

\*\*\*

Der Mensch – er hätte die Krönung der Schöpfung sein sollen. Gott hat ihn mit ganz anderen Fähigkeiten ausgestattet als das Vieh. Intelligenz statt Instinkt. Liebe statt Erhaltungstrieb. Gefühl statt niederer Triebe. Er ist ein mitfühlendes Wesen. Die Not des Nächsten zu sehen, dauert ihn, und er freut sich am Wohlergehen seines Bruders. Er liebt die Gemeinschaft und das zelebriert er mit Musik und Singen, gutem Essen, Geschichtenerzählen und gegenseitigem Berühren. Und doch ist da etwas, das diesen Plan vergiftet. Derselbe Mensch, der ein fürsorglicher Ehemann und Vater sein mag, quält einen anderen und zerstört ihn. Sogar in dem Moment, in dem er ihn weinen sieht vor Herzeleid oder Folterschmerz, ist sein Herz so hart und kalt, dass er es duldet und sogar eine Lust darin verspürt. Die Erkenntnis, Macht zu haben und sie auszuüben, hat etwas Göttliches. Der Mensch wollte diese ergreifen und sich erheben auf Gottes Maß, als er einst von dem Baum in der Mitte des Gartens aß. Des Menschen Herz ist gut, des Menschen Herz ist böse. Jedermanns.

Gregor lag wach und solcherlei Gedanken beschäftigten ihn. Er hob den Kopf und sah Tildas Leib in der Dunkelheit der Nacht. Noch immer glühte ein Rest der Holzscheite auf der Feuerstelle und gab ein klein wenig Licht. Er streckte die Hand aus nach der Frau, die er mehr und mehr liebte, und ertastete eine Haarsträhne. Er dachte darüber nach, wozu er in der Lage wäre, um seine eigenen Bedürfnisse zu befriedigen. In seinen Augen wäre der Tod des Obmanns ein Segen. Ein Segen für ihn und seine Tilda. Ein Segen für das ganze Dorf. Wäre es nicht leichthin zu schaffen, ihm einen Dolch in die Brust zu stoßen? Doch Unrecht gebiert Unrecht. Es ist nicht der Menschen Sache, zu richten und Schuld auf sich zu laden.

\*\*\*

Der Mond stand voll und bleich am Nachthimmel, und wer zu dieser späten Stunde vor die Tür musste, der vergaß für einen Moment die Kälte und erfreute sich an der glitzernden Pracht der Schneedecke, die so friedlich allen Schmutz zudeckte.

Nicht so der Ungar, dessen Blutstropfen tiefe Löcher in das weiße Kleid stießen. Seine Begleiterin, der es ebenso schlecht ergangen war, die aber noch laufen konnte, half dem Mann. Er war kaum bei Bewusstsein, stützte sich auf einen Stock und auf die Frau und humpelte den verschneiten Weg entlang. Auf Höhe des Schäferhäusls brach er zusammen.

»Gottverfluchtes Elend«, schimpfte sie, legte den Beutel ab, in dem sie ein wenig Wäsche und die Geige trug, und zerrte an dem Musikanten. Er stöhnte. Er hatte keine Kraft mehr, um weiterzugehen.

»Steh auf, verdammt!«, schrie sie und zog an seinem Mantel. Er lag mit dem Gesicht auf dem eisigen Boden, und als sie ihn ein wenig zur Seite drehen konnte, klebte blutgetränkter Schnee an seinem Gesicht.

»Kann nicht mehr«, stöhnte er kaum verständlich.

»Wir müssen weiter. Noch ein wenig. Irgendwo in eine Scheune, wo es trocken ist.«

Der Mann atmete schwer und verdrehte die Augen und machte keine Anstalten, auf die Beine zu kommen.

»Du musst aufstehen, du versoffener Idiot, sonst erfrierst du.«

Sie zog an seinen Armen und er versuchte es ein letztes Mal, dann ließ er sich wieder in den Schnee zurückfallen.

»Verdammt!«

Die Schwarzäugige schaute sich um. Sie musste Hilfe holen. Sie lief auf das Holzhaus zu und pochte mit beiden Fäusten an die Tür. Drinnen rumorte es. Sie hörte, wie ein Riegel zurückgezogen wurde, dann ging die Tür auf.

»Bitte. Bitte helft uns!«

Sie zeigte mit ausgestreckter Hand zur Straße hinaus und schilderte mit wenigen Worten den Zustand ihres Mannes. Gregor lief, ohne zu überlegen, barfuß mit ihr hinaus. Der Verletzte war wieder zu sich gekommen und hatte sich aufgesetzt. Sie halfen ihm auf die Beine und brachten ihn in die warme Stube. Tilda zog schnell den Tisch zur Seite und sie legten ihn, mit einem Kissen unter dem Kopf, auf die Sitzbank.

Gregor untersuchte ihn oberflächlich. Die Nase war

gebrochen und blutete stark, das linke Auge war geschwollen. Er hatte viel getrunken. Sie wuschen vorsichtig sein Gesicht und legten ein kaltes Tuch darauf. Tilda bereitete mit Stroh und Decken ein Nachtlager für die beiden in der warmen Stube. Mehr konnten sie im Moment nicht tun und mit dieser barmherzigen Geste waren die Fremden mehr als zufrieden. Erst weit nach Mitternacht kehrte endlich wieder Ruhe ein.

Als der Hahn den Morgen ausrief, waren bis auf den Geschundenen längst alle wach und hingen ihren Gedanken nach. Der Kater sprang vom Fußende von Tildas Bett und stolzierte in die Stube, um nach dem Rechten zu sehen. Die Ungarin erschrak über das schwarze Tier, das plötzlich vorüberhuschte, und stieß einen kurzen Schrei aus. Tilda kam hinzu und nahm ihn lächelnd auf den Arm.

»Es ist nur mein Katerchen. Ich mach uns ein Feuer.«

Bald wurde es in der Stube hell und warm, und Tilda überlegte kurz, welche schnelle Suppe sie kochen wollte. Brot war da, das sie in grobe Stücke würfelte und in ein wenig Schmalz röstete. Dann schüttete sie einen Becher Milch in den Topf, rührte Mehl und zwei Eidotter hinein, füllte mit einer halben Maß Bier auf und warf ein wenig Zucker dazu.

Die Ungarischen murmelten etwas in ihrer Landessprache, das Tilda nicht verstand. Sie waren beschämt und wussten nicht, welche Worte angebracht wären. Sollte das barmherzige Paar von ihren verderbten Erlebnissen erfahren? Tilda rührte in ihrem Topf und vermied den Blickkontakt zu der Frau in ihrem Rücken. Sie ließ die Suppe aufwallen und eine kurze Dauer weiterköcheln, dann war sie auch schon fertig. Jetzt reute es sie, dass sie diese schnelle Speise gewählt hatte und in der Zwischenzeit kein vorsichtiges Gespräch zustande gekommen war. Sie drehte sich zu der Frau um, die an die Wand gelehnt dahockte, und lächelte verlegen.

»Wie geht es ihm?«

»Ich meine, es wird wieder.«

»Kommt, und setzt euch zu Tisch. Wir können essen.«

Die Frau rüttelte an ihrem dösenden Mann, der daraufhin ein wenig knurrte. Stöhnend richtete er sich auf und dann wankten sie beide zu Tisch. Gregor kam und setzte sich hinzu. Er sprach ein Morgengebet und dankte für den neuen Tag und die Speisen. Tilda schöpfte Suppe auf die Brotstücke und sie aßen.

Das Gesicht des Musikanten sah fürchterlich aus, Nase und Augen waren geschwollen und grünblau verfärbt. Er konnte nur wenig essen, denn jede Bewegung des Kiefers schmerzte ihn.

»Was ist euch denn geschehen?«, fragte Gregor endlich. »Wo kommt ihr her?«

»Ihr seid neu, deshalb kennt ihr uns nicht. Wir leben in einer alten Hütte – eine Stunde von hier. Im Badhaus spielen wir die Musik und unterhalten die Gäste. Aber es ist bald nicht mehr auszuhalten …«

Der Mann erzählte langsam und kraftlos davon, wie sie mit dem Musizieren ihr Brot verdienen und dass der Bader darüber hinaus gewisse Erwartungen habe. Es wär wieder einmal aus dem Ruder gelaufen. Der Wein, die Musik und der Tanz, die Fantasie und die verdorbenen Triebe der Männer. Und zu guter Letzt ging es wieder ums Geld. Der Bader hatte einen Vorwand zum Streit gesucht, sich mit einem anderen Kerl zusammengetan, dann wären sie auf ihn losgegangen. Als der Musiker am Boden lag, raubte ihm der Bader die Münzen – wieder einmal.

»Wir müssen besser aufpassen. Die Stimmung darf sich nicht mehr so sehr aufschaukeln.«

Tilda errötete und hielt den Blick gesenkt. Gregor schwieg, ebenso peinlich berührt. Solch zügelloses und sündhaftes Milieu war ihnen fremd und sie waren sehr überrascht, dass so etwas in ihrem kleinen Dorf existierte.

»Aber so könnt ihr es doch nicht weitertreiben.« Gregor sah ihm verständnislos in die blutunterlaufenen Augen. »Das ist Satanswerk!«

Der Spielmann stieß ein gequältes Lachen aus und begann langsam den Kopf zu schütteln.

»Wir haben keine Wahl, guter Mann. Der Herrgott schickt uns leider kein Manna vom Himmel. Dann könnten wir auch satt in der Stube hocken und fromm sein. Nein. Der da oben hat uns verworfen, und so bleibt uns nur das Sündhafte. Im Sommer ists besser. Wenn das reife Korn auf den Feldern steht, dann finde ich manchmal Anstellung und kann mich als Tagelöhner verdingen. Sobald aber alles eingebracht und gedroschen ist, dann ists vorbei.«

Die Ansichten des Ungarn ärgerten Gregor ein wenig. Er wollte ihm entgegenhalten, dass er von Gottes Barmherzigkeit und Fürsorge überzeugt sei, dass dessen Hand für jeden ausgestreckt sei, der sich ihm anvertraue und treu bleibe. Erst zögerte er und schwieg, denn er wusste dem Mann keine Lösung anzubieten, doch etwas drängte ihn zu reden.

»Mein armer Freund«. Gregor seufzte und sah ihmZeit voller Mitleid und Liebe ins geschundene Gesicht. »Ist euch nicht Unrecht genug geschehen? Sie werden es immer schlimmer treiben, bis sie euch eines Tages erschlagen. Ihr seid denen nichts wert. Ihr werdet immer fremd und ihr Spielball bleiben. Euer Leben ist zu schade, als dass ihr es diesen tollenden Hunden hinwerfen solltet. Ich flehe euch an, geht nicht mehr ins Badhaus! Vertraut auf Gott und er wird euch leiten.«

Die beiden Spielleute sahen einander bekümmert an. Er legte seine Hand auf ihre und schenkte ihr ein zartes Lächeln.

»Was meinst du dazu, Suzanna?«

»Du weißt es längst, wie ich darüber denke. Wir haben unsere Seelen verkauft und unsere Ehe diesen Schweinen geopfert.« Sie begann zu weinen. »Aber ich sehe auch keinen Ausweg.«

»Vielleicht«, antwortete der Mann, »vielleicht sollten wir in unsere Heimat zurückgehen. Der Krieg ist vorbei und viele Männer sind gefallen. Möglicherweise findet sich dort Arbeit.«

\*\*\*

Zwei ungleiche Männer standen am Mühlrad, wo gerade noch die Schläge des Hammers erklangen. Der Müller war dabei gewesen, eine neue Wasserschaufel in die Führungsnut zu treiben. Er zog schnell seine Mütze vom Kopf und buckelte mit zerzausten Locken vor dem Obmann. Der stand herausgeputzt in einem weinroten Gehrock vor ihm. Die schulterlangen blonden Haare, die unter einem Dreispitz hervorstießen, hatte er zu einem kurzen Zopf zusammengebunden. Er reckte das Kinn, redete freundlich und viel, und Theo stand schweigend mit unterwürfiger Miene da. Etwas erregte den Jungen jedoch plötzlich, denn er riss den Kopf hoch. Er versuchte Worte zu finden, doch der andere wehrte ihn mit einer Handbewegung ab.

»Natürlich denke ich an dich. Und an dein Auskommen. Eine zweite Mühle im Dorf, nein so was. Ich habe den Mann erst mal zurückgewiesen. Wir werden sehen.«

»Ich komm doch jetzt schon mehr schlecht als recht über die Runden. Hätte ich nicht ein wenig Zubrot mit den Fischen, mit der Mühle allein könnte ich uns nicht durchfüttern«, klagte Theo. »Ich bitte dich, Gog, hilf mir, dass ich das Gewerk behalten kann!«

»Ich setz mich für dich und die deinen ein, verlass dich darauf, und ich hab es schon getan. Weißt du, ich habe dich längst im Blick und sorge mich um dich. Jetzt ist dein Hausstand klein, aber deine Eva wird dir noch ein paar Kinder schenken – die wollen alle ihr Brot. Ich wäre ein schlechter Obmann, wenn ich mir nicht längst darüber Gedanken gemacht hätte.«

»Vielen Dank, Gog, das hab ich alles nicht gewusst.«

»Darum bin ich hergekommen. Du sollst wissen, dass ich dir den Rücken stärke. Wir müssen zusammenstehen,

Theo.«

Ein frostiger Windstoß wehte Schnee aus der Baumkrone der großen Weide, die am Ufer der Mühlbachschleife stand. Der junge Müller zog den Kopf ein, als ihm die kalten Flocken in den Nacken stoben. Er stand mit rotangelaufenen Fersen in seinen Holzschuhen und begann allmählich zu zittern. Von Weitem war die Stimme von Theos kleinem Jungen zu hören, der im Haus nach der Mutter rief.

»Komm doch ins Haus, dort können wir uns in der warmen Stube angenehmer unterhalten«, forderte er den Besucher auf.

»Nein, nein, ich will das Elend in deiner Bude nicht sehen. Ich will dir nur noch eine Sache ans Herz legen. Hör mir jetzt gut zu! Ich werde also forthin meine schützende Hand über dich halten – soweit es mir möglich ist und soweit du mir dafür gebührend entgegenkommst. Unser Handel beruht auf Geben und Nehmen.«

Theo verstand nicht, was Gog damit plötzlich meinte und runzelte fragend die Stirn. Der Obmann führte seine Forderung sogleich aus.

»Du bist mein Freund, Theo, deshalb helfe ich dir. Der da drüben ...«, dabei zeigte er mit ausgestrecktem Arm auf das Schäferhäusl, »der ist nicht mein Freund, und du sollst es ihm auch nicht sein. Vielmehr möchte ich, dass du ein Auge auf ihn hast und mir alles zuträgst, was er anstellt. Beobachte ihn und berichte mir, verstehst du?«

Theo sah hinüber zu dem armseligen Nachbarhäuschen und dann wieder unverständig, mit offenem Mund, zu seinem Gegenüber.

»Er ist ein Betrüger, und er will mir Böses. Mir, der ich dem Dorf mit meiner ganzen Kraft diene. Kundschafte ihn aus und berichte mir, das verlange ich! Hast du verstanden, Müller? Das ist kein Spiel, sondern bitterer Ernst. Wenn du meiner Hilfe gewiss sein willst, dann bist du nicht dieses Mannes Freund«, schrie er den jungen Müller eindringlich an. »Was arbeitet er? Mit wem trifft er sich? Was hat er vor? Horch ihn aus, aber lass dich nicht von seinem heuchlerischen Geschwätz einlullen!«

Der Müller sagte zu und beteuerte seine Treue zu dem Mann, der ihn vor der vermeintlichen Konkurrenz beschützen wollte. Er begleitete den Obmann hinaus auf die Straße, wobei er weiterhin seine Mütze mit beiden Händen festhielt und wie ein Hund zwei Schritte hinter ihm herlief. Dann erst strich er sich über die nassen Haare und drückte schnell den Hut auf den Kopf. Er schlurfte zurück ins Haus, um sich ein wenig aufzuwärmen. Seine Frau hatte von alledem nichts mitbekommen und so beschloss er, alles Besprochene für sich zu behalten. Mit seinem Sohn auf dem Arm stand er barfuß vor der warmen Herdstelle, wo eine kleine Flamme aus der roten Glut züngelte.

»Fängst du uns einen Fisch, Papa?«, fragte der Kleine und holte ihn aus seinen Gedanken.

»Mal sehen. Ich kann es versuchen, aber zuerst muss ich die Mühle reparieren.«

Theo wuschelte ihm die Locken und ließ ihn auf die Beine hinabgleiten.

# Überwinder

Die kalten Winterwochen vergingen mit häuslicher Arbeit. Obwohl Theo seine Augen und Ohren offenhielt, gab es nicht viel über den neuen Nachbarn zu berichten. Einmal hatte Gregor merkwürdigen Besuch. Die Ungarischen waren bei ihm und blieben einige Stunden – das war seltsam, untermauerte aber Gogs Warnung. Auch der Ziegenhubner stand einmal mit Gregor vor dem Haus. Sie gingen hinüber zum Schuppen und in den Stall. Häufig beobachtete der Müller die Nachbarin, Tilda, die täglich fortging, um Wasser zu holen. Wenn er sich auf der Westseite seines Grundes aufhielt, wo er die Angelschnüre auslegte, dann konnte er das Anwesen einsehen.

Gregor nutzte jede Möglichkeit, um sich den Dörflern vorzustellen und mit ihnen ins Gespräch zu kommen. Die Alten kannte er alle noch und sie freuten sich über das Wiedersehen. Er versäumte nie, die Männer zu ermutigen, mit ihren Familien wieder zur Sonntagsmesse zu kommen. Besonders freute sich Konrad Kerscher, der ihn damals, als das Forsthaus gebaut wurde, bei sich aufgenommen und ihm ein Zimmer überlassen hatte. Bis zu Gregors Verschwinden wohnte er bei dem Bauern, der ein guter Freund seines Vaters gewesen war. Konrad war sehr gealtert. Er war schmal geworden und seine Wangen waren eingefallen. Umso mehr trat die knollige Nase hervor. Sein Haupt zierte nur noch ein schneeweißer Haarkranz. Sie schwatzten über die schwere Zeit und seine Familiengeschichten. Seine Söhne waren zu Männern herangewachsen. Der Älteste hatte, wie so viele andere, im Siebenjährigen Krieg sein Leben verloren. Grund und Boden des Anwesens waren jetzt auf die Familien der beiden jüngeren Brüder aufgeteilt. Eine gängige Praxis. Leider zerstückelte sich der Grundbesitz dadurch immer weiter und für die einzelnen Familien wurde es schwer, ihr Überleben damit zu sichern.

»Ein jeder von den zweien wollte die Hofstelle für sich. Nachdem ich die Äcker aufgeteilt hatte, lebten wir zwei Jahre alle zusammen unter einem Dach, aber es ging nicht gut. Ein jeder der beiden Sturköpfe wollte das Sagen haben. Sie sind sich immer in den Haaren gelegen. Dabei haben wir sie in gutem Glauben und Nächstenliebe erzogen. Nie habe ich so viel Fluchen gehört als in dieser Zeit. Wir haben für den Ewald ein neues Haus bauen müssen, Stall und Scheune dazu. Der Siegfried gab sich alle Mühe und hat ihm geholfen, wo es nur ging. An dem Tag, als in Ewalds neuem Heim das erste Mal die Suppe auf der Herdstelle kochte, band Siegfried den Ochsen los und führte ihn selbst hinüber zu seinem Bruder. Niemals war die Rede davon gewesen. Er ist ein guter Junge und ich bin sehr stolz auf ihn.«

Der Friede jedoch hielt nicht und Konrad erzählte weiter, wie sich über die Jahre wieder Streit und Misstrauen breitmachte. Er hatte oft das Gespräch mit seinem Jüngsten gesucht, doch es war alles für die Katz. Immer mehr stellte sich Ewald auch gegen die Eltern, die sich mit Siegfrieds Familie das alte Bauernhaus teilten.

Gregor und Konrad kamen auf die Feldarbeit und die

Ernte zu sprechen. Auch auf die neue Feldfrucht, die Kartoffel. Sie war in Pommern längst verbreitet. Gregor erzählte von seinem Militärdienst auf der Festung Kolberg. Kartoffeln waren dort fester Bestandteil in der Verpflegung der Soldaten gewesen, genauso bei der der ganzen Stadtbevölkerung. Es brauchte nur ein wenig Speck und Salz, um die gekochte Knolle sehr schmackhaft zuzubereiten. Kerscher hatte von der Frucht gehört, doch standen viele deutsche Länder ihr noch sehr ablehnend gegenüber.

»Es wäre einen Versuch wert«, meinte Gregor. »Ich will im Frühjahr um einen Sack Saatknollen ausfahren und meinen Acker damit bestellen.«

»Das ist ein großes Wagnis, mein Freund. Wenn sie verderben oder nicht genießbar sind, dann bist du erledigt. Probier es lieber zuvor mit ein paar Pflanzen in deinem Garten aus.«

»Nun, dass die Kartoffel schmackhaft ist, davon bin ich längst überzeugt. Ich will mir die Feldarbeit genau erklären lassen, aber für ein paar Pflanzen fahr ich nicht in die Welt hinaus. Ich will mich an die Sache herantrauen. Erzähl deinen Söhnen davon. Vielleicht wollen sie es auch versuchen.«

Gregor schickte sich an, den Nachhauseweg anzutreten. Er bedankte sich für die Gastfreundschaft und sprach den Segen über das Haus und der Familie aus.

»Warte, du musst doch noch deine Sachen mitnehmen!«, Konrad hielt ihn zurück. »Du hast einige Dinge zurückgelassen, als du damals verschwunden bist. Ich habe sie für dich aufbewahrt.«

Gregor hatte natürlich an seine Habseligkeiten gedacht, aber er wollte den alten Freund nicht damit konfrontieren. Er hätte es ihm nicht übelgenommen, wenn er nach Jahren seine Büchse verkauft hätte. Konrad brachte das Gewehr und einen Sack, in dem ein wenig Geschirr, Werkzeug, Kleidung und andere Gebrauchssachen durcheinanderlagen. Auch ein Dokument war dabei. Gregor hielt es in Händen und betrachtete es einen Moment lang wehmütig. Es war der Bestallungsbrief zum Försterdienst, den der alte Freiherr von Waldenau ausgestellt hatte. Er stand da in der Stube des Freundes und strich mit dem Finger über das Wachssiegel. Es war wertlos. Schon wollte er es in das Feuer der Herdstelle werfen, doch Konrad hielt ihn zurück.

»Was machst du, Gregor? Nicht! Du bist der Förster.«

»Ich war der Förster. Jetzt ist Gog auf meinem Platz.«

Konrads Frau schenkte ihm zum Abschied ein Säckchen Äpfel und ein Stück Speck und so ging Gregor mit frohem Herzen heim.

\*\*\*

Eine Hand griff nach dem Klopfring und der Mann betrachtete den schwarzgrün angelaufenen Messingkopf. Hinter der blanken Schädeldecke waren pfeilspitze Ohren aufgestellt. Die unheilvollen Augen des Tieres blickten in das Gesicht des Besuchers. Die Klopfkugel pochte verhalten, aber gleich dreimal auf das Türblatt. Der grimmige Wolf vereinnahmte ihn, und so stand er reglos und horchte, bis ihn die Stille aufforderte, es erneut zu versuchen. Diesmal klopfte er vehementer. Drei schnelle Schläge. Er legte seinen Handballen auf die Augen des Tieres, da wurde plötzlich die Haustür aufgerissen. Der Hausherr fixierte ihn mit demselben finsteren Ausdruck des Wolfes. Er trug die schwarzen Reiterstiefel. Ein weißes Hemd hing ihm aus der Hose und er wischte sich mit dem Ärmel über den fetttriefenden Mund.

»Du?«, fragte er grußlos. »Was willst du so spät? Ich sitze gerade zu Tisch.«

»Hast du kurz Zeit?«

Gog musterte den Mann, rülpste und deutete ihm mit dem Kopf, dass er eintreten solle. Er schlurfte zurück in seine Stube und ließ sich ungelenk auf den Stuhl plumpsen. Auf dem Tisch standen die Überreste seines Abendbrots. Knochen von einem kalten Braten, ein halb voller Topf mit Griebenschmalz und gekochte Eier. Eine leere Weinflasche lag auf der Tischplatte und eine zweite stand geköpft daneben. Er hatte bereits reichlich getrunken, griff aber sogleich wieder nach dem geschliffenen Kristallglas. Unordnung herrschte im ganzen Raum. Neben den abgenagten Knochen lagen verstreute Papiere. Mehrere Kleidungsstücke hingen über Stühlen oder waren zu Boden gefallen. Schmutziges Geschirr türmte sich auf der Anrichte.

»Nun, was gibts?«

Jetzt stand der andere unsicher und suchte nach den rechten Worten. Er biss sich auf die Unterlippe und drehte den Hut in den Händen.

»Es geht um die Ungarischen.«

Gog runzelte die Stirn und hob fragend die Hand.

»Sie ..., sie wollen nicht mehr spielen.«

»Was sagst du, Bader?«

»Der Schwarze war heute da. Er sagt, er kommt nicht mehr ins Badhaus.«

»Und seine Alte?«

»Kommt nicht mehr. Es ist aus und vorbei. Sie wollen zurück in den Osten.«

»Du bist ein verdammter Idiot, Bader!«, schrie Gog aufgebracht, es war ihm sofort klar, dass ohne das verruchte Weib kein Gewinn zu machen war. »Was musst du ihn auch halb totschlagen! Du bist selbst schuld daran.« Gog packte das Weinglas und schleuderte es gegen den Bader. Es zersplitterte an der Wand. »Dummkopf!«

Dann nahm er die Flasche und trank daraus. Plötzlich hielt er mit vollen Backen inne. Ein Gedanke kam ihm in den Sinn. Er erinnerte sich an den Bericht des Müllers. Der hatte die Ungarischen doch bei Gregor gesehen.

»Dieser Mistkerl!«, rief er gehässig und schlug mit der Faust auf den Tisch. »Da steckt der neue Schäferhäusler dahinter.« Er schüttelte langsam den Kopf.

Der Bader verstand das nicht. Er blickte beinahe ein wenig mitleidig auf den Obmann hinab, der sich hektisch die wirren Haare aus dem Gesicht strich und wütend schnaubte. Nur zu gern wollte er sich dem Urteil anschließen und die Schuld von sich lenken. Er hatte den Musikus zwar verdroschen, aber vielleicht steckte ja noch etwas anderes dahinter, wovon er nichts wusste.

»Der Schäferhäusler? Mein Nachbar? Den habe ich erst ein paarmal angetroffen. Er war bei mir an der Tür, als er einzog, aber ich hab ihn knapp abserviert. Wollte nix zu tun haben mit dem, auf dass er mich nicht um alles Mögliche anbettelt. Soll ja ein ganz Frommer sein, sagt man.«

»Ein barmherziger Samariter. Einer, der überall seine Nase hineinstecken muss und uns in die Quere kommt. Der steckt dahinter, Bader. Mir wurde zugetragen, dass die Ungarischen bei ihm zu Besuch waren, nachdem du sie aufs Korn genommen hattest.«

Gog biss die Zähne aufeinander. Niemand im Dorf sollte sich ungestraft in seine Geschäfte einmischen. Er wusste nur zu gut, dass die Männer nicht wegen der Hygiene ins Badhaus gingen. Ohne Musik und den Tanz der Ungarin würden sich die geilen Säcke nicht wie bisher volllaufen lassen und ihre letzten Taler verprassen. Vielleicht war es noch nicht zu spät, die beiden umzustimmen, so überlegte er.

»Und was willst du jetzt von mir?«, herrschte er den Bader an.

»Ich ..., ich weiß nicht.«

»Du weißt es nicht? Was fällt dir überhaupt ein, du Dummkopf. Es ist nicht meine Sache. Sieh zu, dass sie es sich anders überlegen. Mach ihnen ein Angebot.«

»Aber, was kann ich denen anbieten? Sollen wir ihnen denn das Geld überlassen?«

»Du bist doch ein selten blödes Rindvieh. Glaubst du etwa, dass ich auf mein Quantum verzichte? Bitte! Schenk den Vagabunden deinen Anteil. Was gehts mich an? Mir aber, mir drückst du brav ab, was mir zusteht. Verstanden?«

Dem Bader wurde ganz heiß. Sollte er vor dem Gaukler,

den er wie Abschaum behandelt hatte, nun zu Kreuze kriechen? Sollte er hinausschleichen zu dessen Hütte, sich selbst klein machen und um Entschuldigung bitten? Ratlos drückte er seinen Hut. Währenddessen suchte Gog nach dem Weinglas, bis ihm einfiel, dass er es nach dem Besucher geworfen hatte. Er erhob sich und wankte zu der Anrichte neben dem Spülstein. Aus der Ansammlung ungewaschenen Geschirrs griff er ein Glas. Er ging auf den Bader zu – so dicht, dass sich ihre Nasen beinahe berührten – und blickte ihm streng in die dunklen Augen. Dann packte er ihn am Kinn.

»Sieh zu, mein Freund«, hauchte er beschwörend, »dass dieses Weib weiterhin seinen Arsch herzeigt. Es ist mir scheißegal, wie du das anstellst. Das ist Schritt eins. Und dann ...«, Gog schwieg einen Moment, wobei er dem Bader um so zorniger in die Augen starrte, »dann wird es Zeit, dem Schäferhäusler einen Denkzettel zu verpassen.«

Der Bader schluckte und wagte kein Wort zu erwidern. Wie ein geschlagener Hund buckelte er vor dem Obmann. Sie wechselten nur noch wenige Worte, dann schickte er sich an, zu gehen.

»Ja, geh jetzt. Du findest allein hinaus.«

Der Bader machte eine kleine Verbeugung und schloss hinter sich die Tür zur Diele. Eine Laterne spendete ihr dumpfes Licht und färbte die Wände in ein weiches Ocker. An einem Haken hing Gogs dicker Mantel. Der Bader wandte den Kopf und lauschte nach der Stube. Vorsichtig griff er in die rechte Tasche des Rocks und spürte etliche Geldstücke darin. Sein Herz begann laut zu pochen. Er fühlte Gewicht und Größe, griff schnell zu und holte zwei Münzen heraus. Dann verließ er das Haus. Auf dem Sockel vor der Haustür öffnete er die Faust. Zwei Gulden waren seine Beute. Nur der Wolf, in dessen Maul der Eisenring pendelte, durchbohrte ihn mit forschen Augen.

\*\*\*

Der Winter zeigte sich von seiner schönen Seite. Nach Neujahr wurden die Tage hell und klar, und es brach die Zeit an, die für die Waldarbeit besonders geeignet war. Auf dem gefrorenen Boden ließen sich die gehauenen Stämme gut rücken und in der kalten Luft war die schweißtreibende Arbeit für Mensch und Tier erträglich. Die schweren Pferde standen dampfend zwischen den großen Tannen des Grafenwaldes. Viele der Dörfler waren zum Frondienst eingeteilt – auch Gregor. Zwei Monate harte Arbeit hatte er abzuleisten. Jeden Morgen schnürte er sein Bündel und stand bei Sonnenaufgang schon bereit, um mit den anderen Männern auf einem Fuhrwerk hinauszufahren. Sie wechselten ihre Posten und arbeiteten abwechselnd mit den Schrotsägen und mit Hacken. Gregor murrte nicht. Er beklagte sich nicht und verwünschte den »Grafensack«, wie viele den Landbesitzer nannten, nicht. Obwohl er sich damals für die Abgeschiedenheit in der Einsiedelei entschieden und sich dort sehr wohlgefühlt hatte, war ihm auch die Gesellschaft der Männer nicht unangenehm. Im Gegenteil, er war an den Geschichten der Dörfler sehr interessiert. Mit vielen war seine Familie vormals befreundet gewesen. Und ihm war bewusst, dass er es der guten Laune des Grafen zu verdanken hatte, dass er mit Tilda in dem Schäferhäusl eine Bleibe zugewiesen bekommen hatte. Ein großes Glück, das ihm nicht zuteilgeworden wäre, hätte er als Erstes bei Gog, dem Obmann, geklopft. Gregors gute Laune wirkte oft ansteckend. Er erzählte gern von den Erlebnissen in der Fremde und betonte dabei jedes Mal, dass es Gott war, der sein Leben geschont, gewendet und gesegnet hatte. Sie lachten und pfiffen Melodien, obwohl in jedem Haus die Not groß war. Gregor war ein guter Zuhörer und sein Ratschlag wurde geschätzt. Offene Ohren, ein mitfühlendes Herz und ein tröstendes Wort fand ein jeder bei ihm. Gerade die Erfahrung, dass diese rauen Kerle hinter ihrer harten Fassade meist doch ein weiches Herz bewahrt hatten, rührte ihn. Manch einer trug eine neue Hoffnung oder ein klein wenig Frieden mit zurück in sein Haus. Gregor und besonders der Pfarrer staunten, als von Woche zu Woche mehr Plätze in der Kirche besetzt waren. Der alte Hausherr blühte auf und spielte die Orgel zur Ehre Gottes und zur Freude der Besucher.

Eines Mittags hockten die Waldarbeiter am Lagerplatz um das wärmende Feuer. Die Stimmung war gut. Sie saßen mit dünnen Kissen aus Schafwolle auf grob gezimmerten Bänken und aßen ihr Brot. Am Dreibein hing ein Topf, aus dem dampfender Würzwein geschöpft wurde. Auch Ewald Kerscher war unter den Arbeitern und Gregor suchte das Gespräch mit ihm. Als er zusammen mit ihm an der Säge stand, da lächelte er freundlich und wartete, bis der Junge zu reden begann.

»Ich weiß, dass du bei meinem Vater und meinem Bruder warst«, sagte dieser, während sie weiterhin die Sägezähne durch den Stamm führten. Gregor lächelte nur und schwieg dazu. »Sicher sind sie über mich hergezogen, stimmts?«

Gregor unterbrach die Arbeit und richtete sich auf. Er streckte sein Kreuz und wischte sich den Schweiß von der Stirn.

»Was gehts mich an, Ewald?«

»Eben, es geht dich überhaupt nichts an.«

Gregor zuckte nur ein wenig mit den Schultern, fasste wieder den Holzgriff und zog die Säge durch die Schnittfuge. Sein Partner stemmte bockig die Fäuste in die Hüften. Er kniff die Augen zusammen und sah aus, als wolle er einen Streit vom Zaun brechen. Gregor sah zu ihm auf.

»Na los, pack an! Zieh!«, forderte er den Jungen auf.

»Spuck es schon aus. Was haben sie über mich gemäkelt?«

Gregor lächelte. Er nickte ein wenig.

»Dein Vater ist traurig über den Zwist in der Familie. Wer könnte ihm das verdenken? Er beklagt den Unfrieden.«

»Pah, den Unfrieden ...«, stieß der Junge verächtlich hervor. »Er hat den Siegfried immer bevorzugt. Mein ganzes Leben lang.«

»Wenn du es sagst. Als ich damals bei euch wohnte, hatte ich allerdings nicht den Eindruck.« Gregor begann zu lachen. »Ich erinnere mich gerade daran, wie er dem Siegfried mit dem Lederriemen ein paar über das Fell gezogen hat, als er abends spät und ganz verdreckt nach Hause kam.«

Ewald lachte nicht. Seine Miene war wie versteinert.

»Was hat dir eigentlich dein Vater vermacht? Er hat dir die kleine Hofstelle gebaut – die hab ich schon gesehen. Was noch? Welches Land?«

»Den Heidacker und die Baumleiten. War eine lausige Roggenernte dieses Jahr. Wir müssen uns einschränken, wenn wir über die Runden kommen wollen.«

»Dein Bruder wohl auch, er muss auch noch die Alten durchfüttern.«

»Der hats leichter. Die Alten sind ihm doch Arbeitskraft.«

»Aber wer arbeitet, der will auch essen. Und bald werden sie nicht mehr werkeln können. Dann wollen sie immer noch essen.« Gregor sah sich um, denn das Herumstehen und Schwätzen wurde gescholten. Da niemand Notiz von ihnen nahm, fuhr er fort: »Vor langer Zeit waren da auch zwei Brüder, die beide fleißig arbeiteten. Der eine von ihnen, der den Acker bestellte, war sehr eifersüchtig, da er meinte, sein Bruder wäre mit der Viehzucht viel erfolgreicher. Der Vater, der beide Söhne nach seinem Willen ausgestattet hatte, mahnte den Eifernden in aller Güte. Ein Vater liebt seine Kinder immer. Der Junge aber schätzte das, was ihm gehörte und was er einfuhr, gering. Er sah nur auf seines Bruders Hab und Gut. Eines Tages erschlug er ihn. Doch was war sein Gewinn dabei? Glaubst du vielleicht, er hat daraufhin das Land des Bruders geerbt? Nein, er wurde fortgejagt und blieb zeitlebens ein Flüchtling. Er konnte keinen Frieden mehr finden. Die Hände des Zufriedenen, mein Freund, segnet der Herrgott, und er füllt seine Scheune mehr und mehr.«

Ewald hatte sich die Mütze vom Kopf gezogen und kratzte sich am Hinterkopf. Ohne ein Wort griff er nach der Säge und zog sie in das Holz. Sie nahmen die Arbeit wieder auf und dachten beide über die Geschichte nach. Als die gewaltige Fichte am Boden lag, schlugen sie die Äste vom Stamm. Von unten und von der Mitte aus arbeiteten sie sich gipfelwärts und kamen sich somit nicht in die Quere. Als sie endlich fertig waren, wies ihnen der Haumeister einen weiteren Baum zu, den sie fällen sollten. Er markierte ihn durch ein paar Kerbschläge in den Stamm. Es begann zu schneien. Zarte Flocken suchten sich ihren Weg durch die Baumkronen und tanzten zu Boden.

»Als meine Familie ums Leben kam, hatte ich allen Grund zur Trauer und zum Zorn. Wenig später wurde ich verraten und verschleppt. Du kannst dir nicht vorstellen, was ich mitgemacht habe. Später gab es einen Moment in meinem Leben, wo ich die Entscheidung getroffen habe, neu zu beginnen. Es macht keinen Sinn zu rebellieren – es ändert nichts. Ich musste lernen zu vergeben. Und es war nicht das letzte Mal. Es ist nie das letzte Mal! Ich kann dir nur raten, dich auch für den Seelenfrieden zu entscheiden.«

Ewald gab ihm keine Antwort darauf, doch er schien zumindest über die Ratschläge nachzudenken. Der Nachmittag verging bei schwerer Arbeit. Als der Meister endlich die Glocke anschlug, waren sie erschöpft und durchnässt von Schnee und Schweiß. Sie stiegen auf den Wagen und hüllten sich in Pferdedecken.

\*\*\*

Als Gregor an seiner Heimstatt ankam, dunkelte es. Er öffnete die knarzende Tür des Schuppens und lehnte das Beil direkt neben dem Türrahmen an die Bretterwand. Schon am nächsten Morgen würde er wieder danach greifen und zusammen mit den anderen Unfreien in die gräflichen Wälder hinausfahren. Eine fingerdicke Schneeschicht hatte das ganze Dorf in ein weißes Kleid gehüllt. Es leuchtete gegen die Finsternis der Nacht und wer es wahrnehmen wollte, der konnte hören, wie sich die Flocken leise singend auf den Boden legten. In den vergangenen Jahren als Einsiedler hatte er die Winterzeit nicht gemocht. Wenn er in der Stube hocken musste, ohne Arbeit am Haus oder im Garten, dann wurden ihm die einsamen Stunden lang. Das war jetzt anders. Er freute sich auf die gemütliche Zeit, auf die ruhigen Abende, die er mit Tilda verbringen konnte. Durch das Fenster drang ein warmer, gelber Lichtschein und zauberte ein Lächeln auf sein Gesicht. Wie war es doch schön zu wissen, dass ein lieber Mensch ihn erwartete. Er sah noch kurz nach den Ziegen, stopfte ihnen ein Büschel Heu in die Raufe und schritt dann zur Haustür. Beinahe andächtig drückten sich seine Fußspuren in die unberührte Schneedecke. Als er die Tür öffnete, begrüßte ihn der Kater, der lautlos wie ein schwarzer Schatten herbeisprang. Er schmiegte sich an Gregors Beine und schnurrte. Die kleine Diele war ein wenig erleuchtet, denn die Tür zur Stube stand einen

Spalt offen. Tilda saß über einer neuen Handwerksarbeit und grinste über das ganze Gesicht, als sie diese präsentieren konnte. Der Boden ihrer großen Strohkiepe war bereits fertig. Vier starke Weidenrundlinge bildeten die vier Ecken und liefen trichterförmig nach oben auseinander. Gregor nickte anerkennend.

»Du bist wirklich sehr geschickt in dieser Arbeit, meine Liebe. Vielleicht willst du ein Geschäft daraus machen?«

»Meinst du wirklich? Der Winter ist noch lang. Ich könnte allerhand schaffen.«

Gregor erinnerte sich wieder an Tanners Haus. Dort lagen geflochtene Körbe in allen Größen und Formen. Sie war eine Meisterin im Flechthandwerk geworden. Er wandte sich dem Herd zu, auf dem der abgedeckte Suppentopf stand.

»Mir knurrt der Magen. Ist das Essen schon fertig?«

»Längst.«

»Ich brauch aber zuvor noch was Trockenes auf die Haut.« Obwohl er nun in der warmen Stube stand, fröstelte ihn. Schulter und Rücken waren nass und kalt. Tilda sprang auf.

»Ich hol dir die andere Hose und dein Klausnerhemd.«

Die wenigen Kleider, die die beiden zum Wechseln hatten, lagen in der Truhe in ihrer Schlafkammer. Gregor wusch sich die Hände am Spülstein und war dankbar für die frischen Sachen. Sein nasses Zeug schlug er über die Wäschestange, die bei der Herdstelle von der Decke hing. Er setzte sich an den Tisch, sprach das Gebet, dann löffelten die beiden das Nachtmahl.

»Heute war eine Frau bei mir. Ich habe sie am Brunnen getroffen. Es ist die Frau des Schusters. Die beklagt sich, dass es daheim so schwierig ist.«

»So?« Gregor war überrascht.

»Sie ist eine resolute Person und zankt sich jeden Tag mit dem Schuster, weil er das ganze Geld ins Wirtshaus trägt und versäuft. Obendrein haben sie beim Obmann Schulden. Sie ist recht verzweifelt.«

»Hm.«

Gregor hatte sich eine Decke über die Schultern gelegt. Seine Haut kribbelte unter dem rauen Stoff. Er konnte sich nur schwer auf die Klage der Schusterin einlassen, denn Müdigkeit überkam ihn. Die Arbeit hatte ihn sehr beansprucht. Arm- und Bauchmuskeln schmerzten. Mit der warmen Suppe im Bauch legte sich eine bleierne Erschöpfung auf ihn. Er rieb die heißen Augen und überlegte. Sollte er sich einmischen? Ärger mit dem Obmann hatte er schon genug. Es wäre besser, Gog so gut als möglich aus dem Weg zu gehen. Derweil er nur mühsam klare Gedanken fassen konnte, räkelte sich der Kater auf seinem Schoß. Gregor strich ihm über das flauschig weiche Fell. Tilda, die sich neben ihn auf die Bank gesetzt hatte, legte ihren Kopf an seine Schulter.

»Ich wusste erst überhaupt nicht, wie ich sie aufmuntern sollte.«

»Es hat ihr sicher schon geholfen, dass du zugehört hast.«

»Ja, das glaube ich auch. Ich habe ihr nur ans Herz legen können, nicht mehr zu zanken. Streit vergiftet das Zusammenleben, und wo die Arme an ihre Grenzen kommt, muss sie halt den Herrgott bitten. Was sollte sie Besseres tun können, als zu beten und ihre Sorge in die Hand Gottes zu legen?«

Gregor staunte über die Worte seiner Liebsten. Es klang ganz einfach und war doch dieselbe Weisheit, die ein Theologe in eine komplizierte Ausführung gekleidet hätte. Er zog Tilda an sich und wiegte sie in seinen Armen.

»Das hast du wunderbar gemacht, mein Schatz.«

Er sah ihr stolz in die Augen. Im Schein der Laterne bewunderte er das hübsche, blasse Gesicht und küsste sie auf die Stirn. Was für ein Glück er doch hatte. Sein Leben hatte eine Wendung genommen, die er sich nicht erträumt hatte. Eine große Dankbarkeit erfüllte ihn und sein Herz rief ein lautloses Lob gen Himmel.

***

Frühling. Gerade stoben noch unerwartete Schneeschauer aus tiefgrauen Gewitterwolken, da leuchtete auch schon wieder die Frühlingssonne. Gregor saß auf der Bank vor dem Haus. Vor sich den Sack mit Kartoffeln zur Linken und einen Korb zu seiner Rechten. Er hatte einen weit entfernten Bauernmarkt anfahren müssen, um die Saatfrüchte zu bekommen. Der Händler hatte sich nicht viel Zeit genommen, um Gregors Fragen über Aussaat, Pflege und Ernte zu beantworten. Ein paar Brocken nur, dann wandte er sich einem anderen Kunden zu. Nun saß Gregor zu Hause auf seiner Bank und vermehrte die Aussaat, indem er jede Knolle längs einmal halbierte. Dazu drehte er sie kurz in seiner Hand und setzte dann den Schnitt so, dass auf beiden Hälften möglichst gleich viele Augen, also Triebansätze, verblieben. Es war ein Wagnis. Niemand im ganzen Umland hatte sich jemals an diese Feldfrucht herangetraut. Ausgerechnet Ewald, dem er im Winter ins Gewissen geredet hatte, half ihm, die Aussaat in die Erde zu bringen. Mit Gaul und Hunspflug kam er auf den Acker. Ewald hatte sich von Gregor zum Frieden anstiften lassen. Der über Wochen aufmunternde Zuspruch hatte seine Wirkung nicht verfehlt. Der junge Mann wandelte sich zum hilfsbereiten Kameraden – auch seinem Bruder gegenüber. Er wollte gern helfen, die Sache mit den Kartoffeln auszuprobieren, und selbst einen Teil seines Bodens damit bestellen. Mit der Pflugschar zog er eine flache Saatfurche, so wie er es vom Rübenanbau kannte. Gregor ging hinterher und legte die Knollen mit der Schnittfläche nach unten in gleichem Abstand hinein. Mit den nächsten Fuhren wurde die Saat im Boden mit Erde bedeckt und aufgehäufelt. An jedem Reihenende musste die Pflugschar umgehängt werden, damit sie die Erde in die vorgesehene Richtung warf.

Der Bader, an dessen Grundstück der Acker grenzte, beobachtete das Gespann. Die Fäuste in die Hüften gestemmt, stand er auf seiner Wiese und erwiderte nicht einmal den Gruß der Männer. Gregor war für ihn ein Feind geworden, nachdem die Ungarischen tatsächlich in die Heimat zurückgegangen waren. Eines Abends stand er unverhofft vor Gregors Haustür und wütete wie ein wildgewordener Stier. Gregor leugnete nichts, sondern sagte ihm ehrlich, dass er die beiden gedrängt hatte, ihr liederliches Treiben aufzugeben, zumal es ihnen nicht gut bekam. Schließlich hatte der Bader den Musikanten halb totgeschlagen und ohne Gregors Hilfe wäre der Mann in der Winternacht umgekommen. Er versuchte, den Bader zu überzeugen, dass es einen gerechten Weg geben musste, sein Gewerbe ohne Sünde und Betrug zu betreiben – so wie es früher war. Der Nachbar aber war zu sehr in Gogs Klauen gefangen, als dass er sich von dem ehemaligen Klausner hätte bekehren lassen. Er verfluchte ihn, sooft er ihm begegnete.

# Der Junge des Müllers

Ende April begann es zu regnen. Ein grauer Schleier legte sich über das ganze Land und ließ keinen Sonnenstrahl mehr auf die Erde durchdringen. Zuerst kam ein leiser Sprühregen, dann setzte ein anhaltender Dauerregen ein und hielt sich viele Tage. Bald war der Boden aufgeweicht und es bildeten sich riesige Wasserlachen. Auch auf Gregors Acker stand das Wasser zwischen den Saatreihen. Er wusste nicht, ob die Knollen die unübliche Nässe vertragen würden. Es regnete weiter. Die Straßen und Höfe wurden zu Schlammgründen, die man nicht mehr passieren konnte. Der kleine Fluss schwoll zu einem reißenden Strom an und trat über die Ufer. Auwälder und Wiesen wurden überschwemmt. Als das Wasser fast das Schäferhäusl erreicht hatte, verdrängte ein weißes Wolkenmeer die graue Decke, und endlich blitzten erste Sonnenstrahlen durch die Lücken.

Gregor stand auf seinem Kartoffelfeld und blickte über das Schwemmland hinweg. Die Schäferwiesen waren noch immer geflutet. Plötzlich bemerkte er seltsame Wallungen in dem Wasser. Es war ein Fisch. Mehrere Fische hatten sich aus der starken Strömung auf die überfluteten Wiesen gerettet und labten sich an Würmern und Insekten, die sie dort aufspüren konnten. Hier und dort ragten Rückenflossen heraus. Gregor lief zum Haus zurück und holte einen großen, weitmaschig geflochtenen Korb. Er watete barfuß zu der Stelle, wo er zuvor die Fische gründeln gesehen hatte. Auf Anhieb schaffte er es zwar nicht, aber schließlich zappelte ein Karpfen in dem ungewöhnlichen Fanggerät. Der Fisch würde eine schöne Abwechslung in seiner Küche sein. Doch als er den flachen Korb durch das knietiefe, schlammbraune Wasser zog, kamen ihm Zweifel über sein Tun. Die Fischrechte gehörten ebenso wie die Jagdrechte dem Adel. Gregor wusste, dass das Angeln und Auslegen von Netzen und Reusen im Fluss an Pächter vergeben war, die wiederum ihren Ertrag versteuern mussten. Da stand er nun unschlüssig in dem kalten Wasser und spürte, wie seine Füße in den aufgeweichten Boden sanken. Sollte er den Kerl, der mit der Schwanzflosse langsam die braune Brühe hin- und herschob, lieber zurücksetzen? Gregor fasste nach dem glitschigen Schwanz und der Fisch ließ es sich gefallen. Erst als er den Korb anhob, das Wasser ringsherum herausströmte und der Fisch zur Seite kippte, da zeigte der Karpfen seine Kraft und klatschte mit den Flossen, dass es nur so spritzte. Gregor wischte sich mit dem Ärmel das Gesicht. Er trug den Fisch noch einige Meter über die überflutete Wiese und stellte ihn dann auf trockenen Grund. Was für ein Prachtbursche, der auf dem Boden des Weidengeflechts zappelte. Der wog mindestens sechs Pfund, so schätzte Gregor. Der Fisch gehörte ihm, denn er war mit dem Hochwasser auf seine Weiden gekommen. Für die Schäden des Wassers wollte der Baron schließlich nicht aufkommen, so hatte er auch keinen Anspruch auf dessen Frucht. Gregor schlüpfte mit den verschmierten Füßen ihn die Holzschuhe, die auf dem schmalen Weg bereitstanden, und eilte ins Haus.

Bis zum nächsten Tag zog sich das Hochwasser weiter zurück. Das Schwemmland stand aber zum Teil noch immer unter Wasser. Eine Horde Kinder spielte darauf. Auch sie hatten Fische entdeckt, denen sie nachspürten. Mit gespitzten Haselnussruten stapften sie johlend den flinken Tieren hinterher und versuchten sie zu jagen. Peter, der Müllersohn, war der Kleinste dieser Kinderbande. Die größeren Jungen beachteten ihn nicht, doch auch er stieß seinen Stecken schreiend in die glänzende Wasseroberfläche, auf der sich ein leuchtender Frühlingshimmel spiegelte. Er war immer zu langsam und verfolgte hintendrein humpelnd die tobende Kindermeute, doch er tat es den Großen gleich. Auch wenn er keinen Fisch zu sehen bekam, stach er genauso begeistert die Spitze seines Speers nach der vermeintlichen Beute. Einmal aber bemerkte er neben sich tatsächlich die Flossenbewegungen eines gründelnden Fisches. Er ging darauf zu und folgte dem Tier, das nur wenige Schritte vor ihm durch das seichte Wasser schlingerte. So schnell Peter konnte, folgte er dem Fisch, dessen dunkler Rücken manchmal in die Luft ragte und im Sonnenlicht glänzte. Dabei bemerkte der Junge nicht, dass er sich gefährlich auf die unsichtbare Uferkante des Flusses zubewegte. Geschwind schob er die dünnen Beine durch das knietiefe Wasser. Die erdfarbene Brühe ließ ihn den Grund, auf dem die kleinen Füße dahinglitten, nicht erkennen. Seine Augen hatten sich allein auf die davoneilenden Wallungen geheftet. Noch war er zu weit entfernt, um den Fisch aufzuspießen und plötzlich war dieser nicht mehr zu sehen. Peters Schritte wurden schwerer. Vor Aufregung merkte der Junge nicht, dass er immer tiefer einsank. Auf einmal rutschte sein ausgestreckter Fuß abwärts, ohne festen Boden zu erreichen. Er schlug mit den Armen um sich, spürte, wie sich die Füße in Strauchwerk verfingen, und begann zu schreien. Durch eine flache Ausbuchtung bildete sich eine kreisende Gegenströmung, sodass der kleine Körper nicht sofort von den Fluten mitgerissen wurde. Peter tauchte unter, schlug mit den Beinen an kantige Steinbrocken und kam dann wieder an die Oberfläche. Er schrie und klatschte mit den Händen auf das Wasser, dass es spritzte.

Gerade in diesem Moment blickte Gregor auf die Wiese hinaus und bemerkte das verunglückte Kind. Geistesgegenwärtig sprang er auf, griff den alten Rechen, der am Scheunentor lehnte, und stürmte hinaus auf das Schwemmland. Noch bewegte sich Peter im rückwärtigen Sog, doch als Gregor die Stelle erreichte, da tauchte der Junge wieder unter und war für einen Moment völlig verschwunden. Gregor sprang in das Wasser, das ihm bis zu den Hüften reichte, und stieß den Rechen in die Fluten. Er hoffte, dass die hölzernen Zinken den kleinen Burschen zu fassen bekamen, doch er fuhr ins Leere. Panik stieg in ihm auf. Er riss das Werkzeug heraus und versuchte es ein kleines Stück daneben. Da bemerkte er einen Widerstand. Irgendetwas drückte er mit seinem Rechen nach unten, aber er bekam es nicht zu fassen. Noch einmal stieß er nach und fühlte den Körper, ohne dass er ihn nach oben ziehen konnte. Gregor spürte einen stechenden Schmerz in seiner Brust.

Er wusste, dass er mit dem Werkzeug den kleinen Peter gefunden hatte, der Junge wirbelte dicht neben ihm im trüben Wasser. Doch anstatt ihn an die rettende Oberfläche zu ziehen, hatte er ihn in die Tiefe gedrückt und ihm mit seinen Bemühungen den Weg zur Rettung versperrt. Gregor sah, wie der kleine Bub weitertrieb, sodass er ihn schon gleich nicht mehr würde erreichen können. Er schrie auf und schleuderte zornig sein Werkzeug zur Seite. »Herrgott hilf! In Jesu Namen hilf!«, flehte er gen Himmel. Dann atmete er tief ein und stieß mit einem Hechtsprung ins Wasser, dem Jungen hinterher. Seine Kleider hingen schwer an ihm und ließen ihn nur langsam vorwärtskommen. Mit weit ausholenden Armen suchte er nach dem Kind und fand es nicht. Gregor tauchte auf und holte Luft, dann stieß er erneut hinab, öffnete die Augen, doch in der schlammigen Flut konnte er die Hand vor dem Gesicht nicht erkennen. Mit kräftigen Armstößen tauchte er tiefer und schlug mit der Rechten schmerzhaft auf einen Stein. Die Atemluft war noch nicht erschöpft und er schwamm weiter, da prallte er plötzlich mit dem Kopf an Peters weichen Rumpf. Gregor griff ihn und glitt mit ihm nach oben. Er hob den bewusstlosen Körper hoch, warf ihn sich über die Schulter und stapfte auf das rettende Ufer zu. Die rutschige Uferkante war schnell erreicht. Mit einer Hand packte er überhängendes Strauchwerk und zog sich daran hoch. Er watete über die Schwemmwiese direkt auf die Mühle zu, und als er trockenen Boden erreicht hatte, legte er den kleinen Peter ins grüne Gras, um ihn zu untersuchen. Die Augen des Jungen waren geschlossen und er sog die

Atemluft mit einem unheimlichen Pfeifen in seine Lungen. Gregor wusste nicht, wie er sich anstellen sollte. Er riss den Kleinen kopfüber an den Beinen hoch, umschlang diese mit seinem linken Arm und klopfte ihm mit der rechten Hand auf den Rücken. Dann wieder legte er ihn sich über die Schulter und klopfte vorsichtig. Nie zuvor hatte er es mit einem ertrinkenden Menschen zu tun gehabt. In seiner Not flehte er stumm um göttliche Hilfe. »Herr Jesus, hilf! Lass den Kleinen nicht sterben! Ich flehe dich an! Jesus hilf!«

Gregor schüttelte den Jungen und spürte, wie es ihn plötzlich durchzuckte. Peter fing an zu husten, zu spucken und zu weinen, und er wurde wieder ganz lebendig. Er wand sich in den kräftigen Armen des Retters und schlug mit den Händen um sich. Gregor wiegte ihn und schluchzte mit ihm. Triefend stand er da und war vor Erleichterung tief bewegt. Erst als er zu zittern begann, nahm er die Kälte wahr, und er bemerkte die anderen Kinder, die in geringer Entfernung standen und sie erschrocken und stumm beobachteten. Mit beiden Armen umschlang Gregor den kleinen Jungen und trug ihn heim in die Mühle.

\*\*\*

Tilda und Gregor saßen noch zu Tisch, als jemand an die Tür pochte. Gerade hatten sie einen guten Eintopf mit Speck genossen und sich angeregt über die Rettung des Jungen unterhalten. Sie hielten inne und sahen sich in die Augen.

»Vielleicht ist es der Müller.«

Gregor wischte sich mit dem Ärmel über den Mund und ging nachsehen. Tatsächlich stand der Nachbar vor der Tür. Sein zermürbter Gesichtsausdruck erschreckte ihn. Ob der Kleine vielleicht doch noch verstorben war? Gregor hatte davon gehört, dass Gerettete wenig später an dem verbliebenen Wasser in den Lungen erstickten.

»Theo?«

Der Müller senkte den Kopf und bekam kein Wort heraus. Er stand nur da. Als er aufsah, bemerkte Gregor seine geröteten und geschwollen Augen. Er hatte geweint.

»Mein Gott, was ist mit deinem Peterl? Ist er ...«

»Ich muss mit dir sprechen, darf ich reinkommen?«

»Ja natürlich, komm herein.«

Gregor trat zur Seite. Er bat ihn in die dunkle Stube, wo Tilda mit einem Löffel gerade die letzten Suppenreste aus dem Topf kratzte. Theo wischte sich die Augen und wusste nicht so recht, wie er beginnen sollte. Er blickte verlegen von der Frau zu Gregor und biss sich auf die Lippen.

»Du möchtest mich allein ...?«, bemerkte Gregor diskret.

Dem Müller schossen wieder Tränen in die Augen und er nickte stumm. Tilda verstand und macht sich schleunigst aus dem Staub. Sie lächelte den Männern verständnisvoll zu und ging hinüber in den Stall, um nach den Ziegen zu sehen. Derweil nahmen die beiden am Esstisch Platz.

»Was ist mit dem Peterl?«

»Es ... es geht ihm gut. Das ist es nicht. Ich muss mit dir über etwas anderes reden.«

»Dann schieß los, was ist es denn, das dich quält?«

»Ach Gregor.« Theo stemmte den Ellbogen auf die Tischplatte und legte die Stirn in seine Handfläche, fuhr sich mit den Fingern in den unzähmbaren Haarschopf und seufzte. »Ich bin dir von Herzen dankbar, Gregor. Du hast mein Kind gerettet. Du bist ein guter Mann. Seit du bei uns bist, hat sich im Dorf vieles zum Guten verändert.« Für eine kleine Weile schwieg er und suchte nach den rechten Worten. Er wich Gregors Blick aus und wischte sich die Nase. »... doch du hast einen Widersacher hier. Du weißt es. Er will dich loswerden und hetzt gegen dich, wo immer er kann. Der Obmann hasst dich bis aufs Blut. Und ich ...« Wieder schwieg er und seine Augen liefen voll Wasser. »Ich bin sein Scherge. Ein Judas bin ich!« Theo schlug mit der Faust auf den Tisch. »Er hat mich erpresst, Gregor, bitte glaub mir! Er hat mir gedroht, dass ich die Mühle nicht weiterbetreiben darf, wenn ich dich nicht bei ihm anzeige. Was immer du tust, alles, was ich sehe, das muss ich ihm zustecken. Er trägt wie ein Besessener Gründe zusammen, damit er dich fortjagen kann. Und ich fürchte, er ist seinem Ziel sehr nahe. Ein Judas bin ich dir gewesen! Es tut mir so leid.«
Der Müller verbarg das Gesicht in seinen Händen und seufzte laut. Das Eingeständnis war ihm sehr schwergefallen, doch es war nun ausgesprochen. Gregor saß ihm verdutzt gegenüber und war für seine Ehrlichkeit dankbar. Vorsichtig fasste er des Müllers Arm und hielt ihn tröstend. Eine geraume Zeit saßen die beiden Männer schweigend da. Nur das Schniefen des Müllers unterbrach die Stille.
»Ach Theo, mein Freund. Wir alle sind Judas. Keiner kann sich ausnehmen, wenn es darum geht, ob wir Unrecht

getan und uns schuldig gemacht haben. Ich bin heilfroh, dass du gekommen bist.«

»Aber versteh doch! Gog ist drauf und dran, dein Leben zu zerstören! Jeden, der ihm im Weg steht, macht er fertig. Im besten Fall wird er euch vor die Tür setzen, aber der schreckt vor Abscheulicherem nicht zurück. Ein Menschenleben ist dem nichts wert.«

Gregor kratzte sich am Hinterkopf. Natürlich machte ihm das, was Theo berichtete, Angst. Er hatte so sehr darauf vertraut, mit Gottes Segen endlich sein Zuhause wiedergefunden zu haben. Tilda kam ihm in den Sinn. Er war für sie verantwortlich und es wäre für ihn das Schlimmste, sie alleine in der Welt zu wissen, wo er sie nicht beschützen könnte.

»Kannst du mir jemals verzeihen, Gregor?«

Gregor drückte den Arm des Müllers und lächelte ihn nur an. »Erinnere dich an die Worte des Herrn, als er seinen Jüngern das Beten gelehrt hat: Vergib uns unsere Schuld, wie auch wir vergeben unseren Schuldigern. Es ist wahr, dass ich vor Gog Angst habe, aber es ist nicht deine Schuld. Ich habe mir nichts vorzuwerfen. Vielmehr will ich weiterkämpfen und das Böse überwinden. Theo, hilf mir dabei!«

»Aber ich kann mich nicht gegen Gog stellen, versteh mich bitte! Ich habe eine Familie. Ich muss sehen, dass ich uns über die Runden bringe.«

»Theo«, erwiderte Gregor eindringlich, »du wirst dich auf eine Seite stellen müssen. Du wirst dich entscheiden müssen, ob du ein neues Leben beginnen willst. Für oder gegen die Gerechtigkeit. Ein Leben mit Gott oder gegen ihn.«

Der Müller zog ein Sacktuch aus seiner Hose und schnäuzte sich. Er wusste, dass er nicht länger spionieren wollte. Er konnte nicht gegen den Retter seines Sohnes agieren, doch er fürchtete sich vor Gogs Zorn.

»Heute ist ein guter Zeitpunkt, Theo, ein neues Leben anzufangen. Alles, was bislang schiefgelaufen ist, kannst du von dir abstreifen. Wenn du es nur zulassen und glauben willst, dass der Christus dich erretten soll, dann gilt sein Kreuzestod auch dir zur Sühne. Vertrau darauf, und entscheide dich.«

Eine Weile saßen sie noch beisammen und Gregor sprach von der Liebe Gottes und dem Segen, den er selbst erfahren hatte. Er erzählte von seiner Zeit in Kolberg und wie er beim Überfall feindlicher Soldaten als Einziger überlebt hatte. Als Theo sich verabschiedete, war er ganz verwirrt. Seine Seele war ob des Verrates zwar getröstet, aber die Angst war weiterhin da. Er dankte Gregor für den Zuspruch, doch er trug die Angst wie einen bleiernen Dämon, der ihm auf den Schultern hockte, nach Hause.

Als Tilda in die Stube kam, saß Gregor noch immer am Tisch. Die gefalteten Hände zwischen seinen Schenkeln wippte er kaum wahrnehmbar vor und zurück. Sein leerer Blick war auf die Tischplatte gerichtet. Tilda trat hinter ihn und legte besorgt ihre Hände auf seine Schulter.

»Was ist denn geschehen, mein Liebster?«

Einen Moment schwieg Gregor, doch dann zog er Tilda neben sich auf die Holzbank und erzählte ihr, was vorgefallen war.

»Wir müssen mit dem Schlimmsten rechnen. Vielleicht wäre es besser, Gog zuvorzukommen und das Tal freiwillig zu verlassen. Lieber heute als morgen.«

»Oh«, seufzte Tilda erschrocken und meinte nach einer Weile: »Aber was soll aus dem Acker werden? Und was aus der Kirche und dem ganzen Dorf? Du hast doch nichts Schlechtes getan.«

»Gewiss, meine Liebe. Ich fürchte nur, ich bin nicht stark genug. Ich kann den Kampf gegen den Obmann nicht gewinnen. Er ist zu mächtig.«

»Ja, er ist mächtig. Und Gott ist noch viel mächtiger. Wir haben keine andere Wahl, als uns seinem Schutz anzubefehlen. So wie du es am Anfang gesagt hast, müssen wir dem Pauluswort treu bleiben.«

Gregor lächelte und staunte über Tildas Vertrauen. Er wusste genau, was sie meinte. In solchen Situationen hatte er das Gefühl, dass sie stärker im Glauben und Vertrauen war als er. Sie gab ihm Hoffnung. Er sprach die Worte des Apostels, die ihm so sehr zum Auftrag geworden waren: »Lass dich nicht vom Bösen überwinden, sondern überwinde das Böse mit dem Guten.«

Tilda nickte nur und küsste ihn auf die Stirn. Die gute Tilda! Sie machte nie viele Worte und traf den Nagel immer auf den Kopf.

Am Abend stand Gregor an der Gartenseite des alten Schäferhauses, wo die Frühlingssonne untergehen wollte. Der Horizont leuchtete in warmen Gelbtönen und wandelte sich binnen Minuten in eine atemberaubende Feuerglut. Schwarze Silhouetten mächtiger Baumkronen standen dort, dahinter das Badhaus des Nachbarn. In seiner Brust schlug an diesem Abend ein unruhiges Herz. Schwarze Vögel durchschnitten mit ihren lautlosen Schwingen den Himmel. Er spürte ein Pochen in seiner rechten Hand, wo ihn eine Biene gestochen hatte. Es schmerzte nicht mehr, aber der Handrücken war ein wenig geschwollen und heiß. Der Bienenkorb, den er im Winter gebunden hatte, kam ihm in den Sinn. Er war ihm sehr gut gelungen und darauf war er stolz. Sein Freund Konrad hatte ihn angeleitet, während sie nebeneinander in der Stube saßen, ein jeder auf einem Schemel. Mit einem fortlaufenden Wulst aus Roggenstroh legten sie die Spirale des Deckels und formten immer weiter einen ganzen Bienenkorb. Mit gespleißten Weidenstreifen banden und vernähten sie die Stränge. Im Sommer galt es, einen jungen Schwarm einzufangen. Zwei, drei Völker würde Gregor gerne halten, um an den süßen Honig zu gelangen.

Gregor starrte in das Farbenspektakel des Himmels und überdachte die Situation. Er war voller Sorge um seine Zukunft im Dorf. Hatte er wirklich alles richtig gemacht? Nicht in Gogs Augen, denn ihm hatte er in seinen Geschäften geschadet. Gog war die Wurzel des Übels, und es würde keinen Frieden geben, bis ihnen eine Aussöhnung gelänge. Gregor betrachtete den kleinen roten Punkt des Bienenstichs, legte die Hand an seinen Mund und fühlte die Hitze der giftigen Entzündung an den Lippen. Als er Tildas leise Stimme hörte, die zu ihrer Hausarbeit ein Lied sang, kamen ihm die Tränen.

In meinem Leben ist das Glück ein zerbrechliches Ding,

dachte er. Was soll ich nur tun? Herrgott im Himmel! Was rätst du mir? Ich hab es wohl verdorben. Jetzt hab ich Gog erst recht gegen uns aufgebracht. Ich hätte stillhalten sollen, doch bin ich zu den Leuten gegangen und habe sie gedrängt, das Gute zu tun. Dabei habe ich Gogs Zorn heraufbeschworen und muss jetzt um mein Dasein bangen. Herrgott, du hast mich in einen Kampf geschickt, den ich nicht gewinnen kann. Was willst du von mir? Wenn ich dein Werk tun soll, dann lass mich nicht scheitern. Dann beschütze mich und mein Haus!

Gregor sank auf die Knie und sprach ein Gebet. Er rezitierte stumm einige Psalmverse doch er fand keine rechte Andacht mehr. Die Gedanken schwebten davon und kehrten zu dem Bienenkorb zurück, den er mit seinem Freund so wunderbar gebunden hatte und der ihm wertvoll war.

»Ich ..., ich werde zu ihm gehen und mit ihm reden. Ich werde ihn bitten, ...«

Im nächsten Moment rebellierte etwas in ihm gegen solcherlei Gedanken. Für und Wider rangen in seinem Kopf und er biss sich schmerzhaft auf die Unterlippe.

»Das kann ich nicht tun! Nein, ich will nicht ...«. Er kaute an seinen Fingernägeln und kniff die Augen zu. Was sollte das für einen Sinn haben?

Er lehnte am Stamm des Nussbaums und blickte in die Krone hinauf. Aus unzähligen Knospen hatten sich inzwischen junge Blätter gebildet. Er freute sich sehr über diesen Baum und war neugierig, wie reich er Früchte ansetzen würde. Er strich über die silbergraue Rinde und überlegte. Es musste einen Weg geben, Frieden zu schließen. Über den Winter hatte er sein kleines Anwesen liebgewonnen. Er freute sich auf das neue Jahr und auf sein Experiment mit der Kartoffel. Auch auf die kleine Herde, die er als Schäfer aufbauen wollte. Erst einmal im Kleinen zwar, aber ein Dutzend Schafe und ein paar Ziegen wären ein guter Anfang. Dabei hoffte er darauf, dass er sich ein wenig Geld leihen könnte. Doch sein Erfolg würde daran liegen, wie gut ihm Gog gesonnen wäre.

Noch immer keimte Hoffnung in ihm. Er erinnerte sich an eine besondere Stunde in der Klause zurück. Er hatte Frieden über Tildas rätselhafte Vergangenheit gefunden und ihn mit ihr besiegelt.

Ich will den Becher auch mit dir trinken, Gog, so ging es ihm durch den Kopf. Ich will auf die Liebe des Johannes vertrauen und mit allen Dörflern ein Band der Nächstenliebe knüpfen. Im Namen Jesu!

Gregor bekam eine Gänsehaut. Er malte sich aus, wie am 27. Dezember das ganze Dorf in der Kirche zusammenkäme, um den Johanniswein gemeinsam zu trinken.

Die Sonne wollte mehr und mehr am Horizont untergehen. Noch war es nicht zu spät und so fasste er den Entschluss. Er lief um das Haus herum und verschwand im Schuppen, wo er sich den Bienenkorb griff. Mit eiligen Schritten machte er sich auf den Weg.

Als er vor dem großen Haus stand, hörte er Stimmen herausdringen. Wie er vermutete, waren in der Stube mehrere Männer zusammen und es schien recht lustig zuzugehen. Gregor seufzte. Damit hatte er nicht gerechnet. Er hatte auf ein ungestörtes Gespräch gehofft. Trotzdem überlegte er nicht lange und schlug den Eisenring im Wolfsmaul ein paarmal gegen das Türblatt. Es drang durch, denn die Stimmen im Inneren des Hauses verstummten. Schritte waren zu hören, die sich schwerfällig auf die Haustür zubewegten.

»Was willst du hier?«, stieß Gog überrascht hervor. Er schwankte und hielt sich am Türrahmen fest. Es schien, als wäre er nicht ganz Herr seiner Sinne. Er musste dabei laut aufstoßen.

Was für ein ungelegener Zeitpunkt. In der Stube wurde es wieder lauter. Dort feierte eine verschworene Gruppe der Günstlinge den Abend. Ohne Anlass – aus der Freude heraus, zu dem engen Kreis des Obmanns zu gehören und sich im Suff in seiner Freundschaft zu wähnen.

»Ich wusste nicht, dass du Besuch hast. Ich wollte dich kurz sprechen, aber vielleicht passt es jetzt nicht ...«

»Ob es passt oder nicht«, zischte Gog. Er zog die Tür hinter sich zu und die grölenden Stimmen wurden leise. Er stieg vom Eingangssockel hinunter und setzte sich auf die Bank, die an der Hauswand lehnte. Als Gregor wieder vor ihm stand, saß er breitbeinig und mit auf der Lehne ausgestreckten Armen und musterte den Besucher. »Es gibt ein Gesetz im Dorf, von dem du heute Gebrauch gemacht hast. Es lautet: Jedermann hier darf zu jeder Zeit zu mir kommen und vorsprechen. Er soll sich überlegen, wann er mich aufsucht und ob es wichtig genug ist, mich zu belästigen, aber dieses Versprechen habe ich gegeben. Ich bin der Obmann, ich bin der Ratgeber und Richter.«

Ein Ratgeber und Richter? Ein Teufel bist du, ging es

Gregor durch den Kopf.

»Gog, ich will mit dir reden. Ich bin hierher zurückgekommen, weil hier meine Wurzeln liegen. Viele Jahre habe ich in der Fremde verbracht und habe dort keine Heimat gefunden. Ich gehöre hierher. Und ich habe mein altes Leben hinter mir gelassen – ganz ohne Groll. Gott hat mir Frieden geschenkt, und er hat mich gerufen, ihn hierher zu tragen. Gog, ich will Frieden mit dir haben. Wir hätten längst miteinander reden sollen, doch das habe ich bisher versäumt. Ich möchte dich deshalb um Verzeihung bitten und habe dir ein Geschenk mitgebracht.« Gog sah ihn mit großen Augen an. Er erwiderte nichts. »Hier. Diesen Bienenkorb habe ich im Winter selbst gebunden. Ich wollte im Sommer einen Schwarm einfangen und ihn darin halten. Den will ich dir schenken. Meine Tilda und ich haben allerhand Körbe aus Weiden geflochten und wir möchten damit Handel treiben. Du siehst also, dass wir fleißige Leute sind, die sich vielfältig zu helfen wissen. Aber was rede ich da schon wieder über das Auskommen! Friede soll sein zwischen uns beiden und im ganzen Dorf – das ist mir die größte Herzensangelegenheit.«

Gog stand auf, nahm den Bienenkorb und betrachtete ihn von allen Seiten. Er maß den Schlitz für den Einflug der Bienen mit seinem Finger, zog an den Strohwulsten und stellte fest, dass der Korb sehr stabil gebunden war. Er legte ihn auf seiner Hausbank ab und bewegte sich wieder der Haustür zu.

»Warte einen Moment. Ich habe auch etwas für dich!« Er schlurfte ins Haus.

Gregor fasste Mut. Er blickte mit einem guten Gefühl in den dunkler werdenden Himmel. Vom Stall und vom Dunghaufen wehte der scharfe Geruch der Pferde. Der war ihm nicht unangenehm und unweigerlich erinnerte er sich an die Soldatenzeit, an die großen Stallungen in Kolberg, wo er den Umgang mit den edlen Tieren gelernt hatte. Und er erinnerte sich an den Drill, an die preußischen Tugenden, die ihn ein wenig geprägt hatten. Beim Militär musste er erfahren, dass es keinen Sinn macht, sich gegen die Entscheidungen der Kommandierenden aufzulehnen oder zu widersprechen. Ein einfacher Soldat, der ohne zu murren seinen Dienst tat, der fleißig war und sich diszipliniert unterzuordnen verstand, gewann Anerkennung und Belohnung. Widerspenstigen drohte Prügelstrafe mit Peitschenhieben oder Spießrutenlauf.

Gregor wollte sich nicht gegen Gog auflehnen, aber er wollte das Ehrliche tun und das Gute, und so hoffte er, dass er den Obmann damit anstecken und verändern konnte.

Gog trat in den Türrahmen und hielt einen Bogen Papier in der Hand.

»Komm her!«, rief er ihn und grinste. »Dies ist eine Abschrift, die ich dir aushändige. Ein Dokument des Barons von Waldenau. Eine Aufkündigung deiner Wohnhaftigkeit. Das Schäferhäusl musst du binnen einer Frist, die ich zu bestimmen habe, verlassen.«

Gregor erschrak über die bösen Worte, die ihm wie ein Dolch in die Brust fuhren. Er sollte sein Heim verlieren und seiner Lebensgrundlage beraubt werden? Das konnte nicht wahr sein. Er stand mit offenem Mund und sann fieberhaft nach passenden Widerworten. Er suchte nach einer Brücke, die er Gog bauen konnte, um die Entscheidung zu revidieren.

»Aber Gog, ich habe doch mein ganzes Geld in das Haus und in die Feldsaat gesteckt. Ich habe keinen anderen Platz, an dem ich leben kann. Ich flehe dich an, lass mich hierbleiben!«

»Was sagst du? Du flehst mich an, dir zu helfen? Wie könnte ich? Es ist die Entscheidung des Barons. Du hast das Schäferhäusl übernommen, doch du hast dich nicht um die Berufung geschert. Die Weiden liegen brach. Du führst keine Schafherde darauf. Es ist eine Lücke, um die sich ein anderer beworben und den Zuschlag bekommen hat. Für dich ist kein Platz mehr in meinem Dorf.«

»Aber ich habe den Acker bestellt. Die Kartoffeln werden reifen und ein wertvoller Wintervorrat sein.«

»Deine Scheißkartoffeln brauchen wir nicht!«, schrie Gog spuckend. »Unser Wintervorrat ist das Korn, wie seit ewiger Zeit. Pack deine Sachen und verschwinde von hier. Es ist an mir, dir eine Frist zu setzen, und ich gebe sie dir: In zwei Tagen musst du das Dorf verlassen haben!«

»Aber Gog, was habe ich denn getan, dass du mich so sehr hasst?«

Gog starrte ihm unverwandt in die Augen. Mit seiner Linken drückte er rücklings die Klinke der Haustür und sogleich drangen wieder die Männerstimmen heraus, die sich keifend gegenseitig ins Wort fielen.

»Das wagst du zu fragen? Du Hund. Du hast das Geschäft mit den Ungarischen verdorben und das Würfelspiel im Wirtshaus. Die Männer rennen wieder in die Kirche und meinen, Buße tun zu müssen für ihren schlechten Lebenswandel. Was bildest du dir ein, dass du dich als Heiliger und Prediger aufspielst? Du hast mich von vornherein übergangen, bist zum Baron gelaufen, ohne bei mir vorzusprechen. Und du wirst dich weiter an ihn heranmachen, weil du noch immer auf den Posten als Forstmann spechtest. Für all das verabscheue ich dich, Gregor, und für noch viel mehr! Wenn ich dich in zwei Tagen noch im Schäferhäusl antreffe, dann steck ich dich und dein Weib ins Loch. Verschwinde, oder ich zerstöre dich!«

Gogs Augenlider zuckten aufgeregt. Er wandte sich ab und ließ die Tür hinter sich krachend ins Schloss fallen. Gregors Herz pochte in seiner Brust. Mit so viel Feindseligkeit hatte er nicht gerechnet. Und es war einfach nicht wahr, dass er nach der Anstellung als Forstmann trachtete. Es war alles verloren. Zwei Tage blieben ihm Zeit. Ob es einen Sinn machte, noch einmal mit Gog zu reden? Vielleicht gab es einen besseren Zeitpunkt. Er nahm den Bienenkorb von der Hausbank und stellte ihn neben der Tür auf dem Steinboden ab.

***

Verzweifelt saßen Gregor und Tilda mit gefalteten Händen am Tisch. Die Laterne erleuchtete ihre Gesichter, aber ringsum war der Raum finster. Es war alles erzählt und Tilda hatte geweint. Jetzt beteten sie stumm in ihrer Not zu Gott, dass er die Situation wenden möge. Gregor haderte.

Es war doch Gottes Stimme gewesen, die zu ihm geredet und ihn zum Obmann geschickt hatte. Es war doch seine Stimme, die ihn dazu ermutigt hatte. Er fand keine Worte mehr für ein vertrauensvolles Gebet, seine Gedanken klagten an: Warum hast du mich nur hierhergeführt? Warum hast du mich in einen Kampf geschickt, den ich nicht gewinnen kann? Du hast mir stumpfe Waffen gegeben, das ist nicht recht. Dankst du mir mein Mühen damit, dass man mich fortjagt wie einen Hund? Mein Geld ist dahin und ich kenne keinen Ort, an den ich mit Tilda gehen könnte. Es wird uns überall gleich ergehen. Sie werden uns durch das Land treiben, bis wir verhungern oder uns jemand erschlägt.

Im selben Moment, als er sein stimmloses Klagen gegen den Himmel richtete, hörte er von Ferne Stimmen. Männer, die sich etwas zuriefen und grölten. Gregor beachtete sie nicht. Gäste des Badhauses, die wie so oft lautstark heimwärts zogen. Er seufzte. Tilda legte ihre weiche Hand auf seine und schenkte ihm ein tröstendes Lächeln. Er schloss die Augen, um die aufsteigenden Tränen zu verstecken. Er überlegte, wie er den Obmann würde umstimmen können. Vielleicht war der Kampf noch nicht endgültig ausgefochten. Im Krieg hatte er gelernt, dass eine Entscheidung nicht vor der letzten Stunde, ja dem letzten Moment des Kampfes besiegelt war. Immer gab es die Chance, das Ruder herumzureißen. Immer gab es Optionen, dem Schicksal eine neue Bahn zu geben. Erst am bitteren Ende gab es Sieger und Verlierer – manchmal nicht einmal dann. Gregor wurde bewusst, dass er im Ringen um das Gute niemals unehrenhaft verlieren konnte.

Plötzlich krachte es an der Haustür, als würde jemand mit einem Hammer dagegen schlagen. Die beiden zuckten zusammen. Tilda kreischte vor Schreck. Gregor sprang auf und stürmte hinaus in die kleine Diele. Durch das schmale Fenster drang ein orangerotes Flackern und erleuchtete den Vorraum. Er sah um sich und suchte ängstlich nach einer Waffe. Ein Rundholz, das sich Tilda zum Anfertigen einer Fischreuse bereitgelegt hatte, kam ihm recht. Er stürzte damit in den Hof hinaus, da erschreckte ihn ein gleißender Feuerschein. In einer flimmernden Säule tanzten Glutteilchen zum Himmel. Der Bienenkorb, den er Gog zum Geschenk gemacht hatte, stand mitten auf dem Platz und brannte lichterloh. Im Schutz der Finsternis entfernten sich die lachenden Stimmen der Brandstifter. Gregor versuchte, das Feuer auszutreten, wobei die Glut in alle Richtungen stob. Schnell schüttelte er die Funken von seinen Hosen, bevor das Leinen brannte. Gregor lief in den Stall hinüber, um den Ledereimer zu holen. Er schöpfte aus dem Wassertrog vor dem Haus und löschte das Feuer mit wenigen Güssen. Es zischte und dampfte, und gleich darauf stieg nur noch weißer Rauch aus dem versengten Stroh empor. Voller Sorge stampfte er die Reste unter seinen Sohlen aus. Dieses kleine Feuer war eine Warnung, doch was würde ihn weiter erwarten? Wären Gogs Schergen dazu bereit, ihm das Dach über dem Kopf anzuzünden? Sein Leben war ihnen nichts wert. Er sah die Straße hinunter zum Dorf, wo aus einigen Fenstern gelbes Lampenlicht in die mondlose Nacht leuchtete. Die Brandstifter waren verschwunden.

Nur das Kläffen eines Hundes hallte durch die Nacht. Er wischte sich die Nase und ging dann hinüber zum Stall, um nach dem Vieh zu sehen. Alles lag ruhig. Das Maultier hob den Kopf und glotzte ihn mit großen schwarzen Augen an.

»In zwei Tagen müssen wir wieder auf die Reise gehen, mein Guter. Ob du wohl den Kutschwagen noch mal ein paar Tage ziehen kannst?«

Das Tier horchte stumm auf die Worte seines Herrn und protestierte nicht. Gregor fuhr mit der Hand in den großen Trog und sprengte sich Wasser ins Gesicht, dann verließ er den Stall. Die verkohlten Überreste des Bienenkorbs rauchten noch ein wenig, aber er kümmerte sich nicht mehr darum. Er wollte nun schnell wieder ins Haus, um Tilda zu berichten und sie zu beruhigen. Als er die Tür schwungvoll hinter sich zuzog, vernahm er etwas Ungewöhnliches. Mit einem schwachen Geräusch schien draußen etwas gegen das Türblatt zu pendeln. Gregor schluckte. Er drückte das Rundholz in seiner Faust und öffnete langsam noch einmal. Trotz der Dunkelheit erkannte er den Grund für die seltsamen Laute sofort. Er erschrak. Die Widerlinge hatten den geliebten Kater erschlagen und ihn an das Türblatt genagelt. Der schlaffe Körper des Tieres baumelte auf Augenhöhe. Traurig zog er den kleinen Kerl vom Eisenstift und trug ihn hinter die Scheune. Er würde ihn am nächsten Morgen verscharren, ohne dass Tilda ihn so sehen sollte.

# Messers Schneide

Am nächsten Tag strahlte die Sonne von einem wolkenlosen Himmel. Fenster und Türen standen offen und ließen den warmen Wind durch die Räume ziehen. Früh am Morgen machte Gregor sich auf, um mit dem Geistlichen zu beraten und sich danach zu verabschieden. Der alte Pfarrer war entsetzt, welch schreckliche Zuspitzung sich nun plötzlich ergeben hatte. Durch den jungen Heimkehrer hatte er eine gottgesegnete Wende zum Guten erhofft. Gregor hatte die Herzen einiger Menschen auf wunderbare Weise bewegen können. Er hatte Frieden gestiftet, wo seit langer Zeit Streit herrschte. Der Pfarrer wusste aber den Hass des Obmanns richtig einzuschätzen. Er drängte zum schnellen Aufbruch und riet Gregor als erste Anlaufstelle einen kleinen Ort, in dem sein Neffe als Vikarius eingesetzt war. Ohne zu zögern setzte er sich an den Sekretär, nahm Papier und Feder zur Hand und verfasste ein kurzes Schreiben, das dem fliehenden Paar die Tür öffnen sollte. Mit den besten Segenswünschen und einem kleinen Geldbetrag verabschiedete er Gregor. Er drückte ihm die Hand, bekümmert, aber trotz allem mit dem guten Gefühl, dass er ihm hatte weiterhelfen können.

Als der Pfarrer wieder allein war, ging er hinüber in die Dorfkirche, um zu beten. Was blieb ihm übrig. Gregor hatte auch ihn in den vergangenen Monaten wachgerüttelt. Ihn, den greisen Verwalter der guten Botschaft, der sich längst mit der Bosheit der Menschen abgefunden hatte. Der seine Messe in aller Stille zelebriert und sich in die Angelegenheiten seiner verlorenen Schafe nicht mehr eingemischt hatte. Er kniete auf den Stufen vor dem Hochaltar und bat den Herrgott um Schutz für Gregor und Tilda. Ein stummes Flehen um Hilfe.

»Aber was kann ich denn schon ausrichten?«, murmelte er leise. Er zog an seinem Kragen und kratzte sich am Hals. »Hm«, seufzte er und blickte hinauf zum gekreuzigten Jesus. »Er wird mich auslachen. Du weißt doch, wie er mich am Kragen gepackt und mir ins Gesicht gespuckt hat. Er wird mich in den Dreck stoßen.« Eine Weile verstummte er, dann begann er erneut kleinlaut zu klagen: »Was verlangst du von mir? Ich bin alt. Ich kann es nicht! Was soll das heißen, ich brauche nicht zu reden?«

Der Pfarrer stöhnte, als er sich aufrichtete. Er klopfte sich den Staub vom schwarzen Rock, da, wo er auf der schmutzigen Stufe gekniet war, und verließ das Gotteshaus. Zielstrebig schlug er den Weg zum Forsthaus ein. Sein Schritt war fest und sein Blick entschlossen. Er erreichte das Haus und hörte schon im Innenhof die Stimmen einer lauten Gesellschaft.

Auch das noch! Er schluckte.

Als er auf dem Eingangspodest stand, hörte er, wie Gregors Namen genannt wurde. Da nahm er die Hand wieder vom eisernen Klopfring und lauschte. Männer redeten durcheinander, lachten, fluchten und stimmten Gogs Anweisungen zu. Der Pfarrer verstand plötzlich, wozu ihn der Geist Gottes hierhergeführt hatte. Nicht um zu reden, sondern um zu hören. Die Stimmen wurden lauter, drängten sich in der Diele hinter der Haustür.

Der Alte stand mit pochendem Herzen da. Für einen Moment verharrte er wie angewurzelt, dann zuckte er plötzlich zusammen, machte kehrt und schlich eilig über den Hof. Sobald er die Dorfstraße erreicht hatte, nahm er die Beine in die Hand. So schnell er konnte, hetzte er zum Schäferhäusl. Völlig außer Atem kam er vor dem Müllerhaus zum Stehen. Er stützte sich auf den Gartenzaun und musste husten. Als er weiterging, stolperte er über die eigenen Füße und stürzte. Die wenigen Meter schleppte er sich kraftlos zum Ziel.

»Sie kommen!«, keuchte er völlig abgekämpft. »Ihr müsst ..., ihr müsst sofort aus dem Haus! Gog! Er kommt mit seinen Männern. Sie wollen euch fangen!«

Gregor griff den taumelnden Pfarrer am Arm und entgegnete ungläubig: »Aber er hat uns zwei Tage zugesagt.«

»Nein, Gregor. Ich war im Forsthof. Ich habe alles gehört. Sie sind gleich da. Lauft um euer Leben, oder versteckt euch!«

»Aber wo sollen wir denn hin?«

»Zu mir! Schnell!«, rief plötzlich eine vertraute Stimme von draußen. Theo hatte gesehen, wie sich der alte Pfarrer auf der Straße geplagt hatte, und war gekommen, um nachzusehen.

»Kommt schnell, versteckt euch in der Mühle!«

Gregor stopfte ein paar Sachen in einen Sack, dann eilten sie hinüber zum Nachbarhaus. Gerade als sie dort den Pfarrer in die Wohnstube schoben, hörten sie lärmende

Männerstimmen heraufziehen. Theo verschwand unbemerkt mit seinen Nachbarn in der Mühle. Schnell stiegen sie die Holztreppen hinauf auf den Boden, wo Getreidesäcke um verschiedene Korntrichter standen. Er zeigte ihnen eine Stelle an der Rückwand, die sich erst auf den zweiten Blick als ein niederes Türchen erschloss. Der Müller öffnete es, indem er einen gebogenen Nagel drehte. Der kleine Raum dahinter wirkte nicht sehr einladend. Es war ein stark verkoteter Taubenschlag. Er sollte dem Paar nur im Notfall als ein letzter Zufluchtsort dienen.

Gog und seine Schergen stürmten derweil das Schäferhäusl und fanden es leer. Sie wähnten Gregor und Tilda unterwegs im Dorf. Die Männer warfen alles Inventar durcheinander und verwüsteten die Kammern. Draußen in der Scheune zerschlugen sie den Kutschwagen, trieben den Maulesel ins Freie und peitschten ihn mit einer Nussgerte, bis er davonlief. Nach dem Randalieren verging Gog aber bald die Lust am Warten. Er wies zwei seiner Leute an, auf dem Anwesen zu wachen und Gregor zu überwältigen, sobald er aufkreuzen würde. Mit dem Rossknecht, der sein Vertrauen hatte, machte er sich auf den Weg ins Badhaus, um sich die Zeit bei Bier und Wein zu vertreiben.

Gregor versteckte das wenige Gepäck hinter den Mahltrichtern und breitete dort eine Decke als Lager aus. Sie würden notfalls hier übernachten, und wenn die Luft rein wäre, mit dem Nötigsten ihrer Habe Wolfsrode vor Sonnenaufgang verlassen. Vom Fenster zur Südseite sah er hinab auf die Mühlbachschleife. Direkt unter ihm drehte sich mit lautem Getöse das Mühlrad. Vom Wehr leitete ein zwei Fuß breites Fluder das Wasser darauf. Eine starke Vierkantachse führte die Kraft durch ein Loch in der Wand in die Mühle, wo sie über Zahnräder und Holzwellen verteilt wurde. Auf der gegenüberliegenden Seite des Mühlenbodens lagen zwei kleine Fenster. Leider war die Sicht auf das Schäferhäusl durch einen Vorbau verwehrt. Angespannt beobachtete Gregor darum die vorbeiführende Straße. Er würde die Männer sehen, wenn sie wieder ins Dorf zurückkehrten. Er harrte auf seinem Posten aus, sah aber niemanden. Am Nachmittag zogen graue Wolken ostwärts. Der Himmel leitete mit einem warmen Schauer den Wetterumschwung ein und bald regnete es anhaltend und kühl. Gregor stand gebückt am kleinen Fenster und wagte kaum, den Blick von der Dorfstraße abzuwenden. Tildas warme Hand legte sich auf seinen Rücken. Er drehte sich zu ihr um und versuchte, sie zu trösten.

»Wir werden es schon schaffen. Immerhin haben wir Freunde, die uns heute aus Gogs Klauen gerettet haben, und wir kennen nun einen Ort, wohin wir gehen können.«

»Ist es weit dorthin?«

»Nicht sehr weit. Wir können es zu Fuß in zwei Tagen schaffen. Gleich morgen früh brechen wir auf.«

Während sich die beiden in den Armen lagen, stapfte Gog unbemerkt mit seinen Männern die Straße herauf. Schon hatten sie das Anwesen passiert, da überlegte er es sich anders und kehrte mit dem Rossknecht um. Er wollte den Müller fragen, welche Beobachtungen er gemacht habe. Sie trafen zuerst den Lehrjungen, der seit einiger Zeit eine winzige Kammer im Haus bewohnte. Der schickte die

Herren in die Mühle, wo Theo im unteren Geschoss Emmermehl in einen Sack füllte. Die ganze Apparatur machte einen Höllenlärm, sodass Theo sie nicht eintreten hörte. Als er den Besuch endlich bemerkte, trennte er den Antrieb, indem er einen hüfthohen Hebel umlegte, und sofort versiegte der weiße Strom. Gog schien reichlich angetrunken zu sein. Er fluchte und forderte Auskunft über den Verbleib der Nachbarsleute.

»Es tut mir leid, Gog. Du siehst ja selbst, während der Arbeit sehe und höre ich nicht, was draußen passiert. Es ist zu laut. Du sagst, sie sind verschwunden?«

»Ja, verdammt. Ich bin gekommen, um sie ins Loch zu sperren. Die sollen mich kennenlernen!«

»Du kannst dich auf mich verlassen. Ich sags dir, sobald da drüben jemand auftaucht.«

Gog antwortete nicht. Er verzog das Gesicht und wandte sich zum Gehen. Doch gerade in diesem Moment stieg Gregor ahnungslos die Holztreppe herunter. Einen Augenblick nur zu früh. Gogs Augen sprühten vor Zorn. Er holte aus und schlug Theo mit der Faust ins Gesicht, dann sprang er auf die Stiege zu, wo Gregor wieder nach oben verschwand. Dort suchte er Schutz hinter den Mahlwerken. Auf keinen Fall wollte er noch weiter nach oben fliehen und auch noch Tilda in Gefahr bringen. Er hastete zu einer Seitentür, die auf die Bachseite hinausführte, und erkannte viel zu spät, dass er sich dabei selbst in eine Falle manövrierte. Er stand auf dem großen Podest, wo das Fluder, die hölzerne Rinne, das Wasser des Bachs dem Schaufelrad zuleitete. Unter lautem Getöse stürzte es über die Schöpfzellen und drehte das große Rad. Bis zum steinernen Kanal ging es gut sechs oder sieben Schritt in die Tiefe.

Gog lief ihm hinterher. Er zog sein Stilett aus der Scheide. Als er sah, dass Gregor keinen Fluchtweg fand, lachte er laut. Mit der langen, sehr schmalen Klinge stieß er zu, aber Gregor konnte ausweichen.

»Hör auf!«, schrie er. »Du hast ja gewonnen. Ich verlasse das Dorf. Lass mich mit Tilda weggehen.«

»Du bist tot! Hier kommst du nicht lebend raus.«

»Nein! Lass uns gehen. Du stürzt dich selbst ins Unglück!«

Ein starker Regenschauer peitschte die Gesichter der beiden Männer. Die dünne Klinge des Stiletts stieß erneut nach Gregor und drängte ihn auf dem rutschigen Brett der Wasserrinne rückwärts. Jetzt saß er endgültig in der Falle. Vor ihm der zum Mord entschlossene Angreifer und wenige Schritte hinter ihm der Abgrund.

»Hör doch auf, Gog! Ich bin nicht gegen dich, lass uns reden und einen gerechten Weg finden.«

»Was schwafelst du von Gerechtigkeit?«, herrschte Gog ihn an. »Das Leben ist niemals gerecht. Ich habe das seit meiner Kindheit erfahren. Wer sich nicht nimmt, der muss verrecken! Das ist meine Gerechtigkeit.«

Die tödliche Klinge drängte Gregor immer weiter rückwärts. Er balancierte mit ausgebreiteten Armen. Plötzlich erschien Tilda am offenen kleinen Fenster des oberen Mühlengeschosses. Sie schrie vor Verzweiflung, sodass Gog erschrak und den Kopf herumriss. Dabei rutschte er auf der algenbewachsenen Rinne und verlor beinahe das Gleichgewicht, doch konnte er sich auf den Beinen halten.

»Halts Maul, du Miststück!«, brüllte er. »Zu dir komme ich später.«

»Nein, Gog, überwinde doch deinen Hass! Ich flehe dich an! Wir waren einmal Freunde. Was ist nur daraus geworden?«

»Bevor ich dich töte, sollst du etwas von der Scheißgerechtigkeit hören.« Gog zögerte einen Moment und biss die Zähne aufeinander. Regen tropfte von seinen Haarsträhnen und er wischte sich mit der Linken, die wie immer in einem Lederhandschuh steckte, über die Nase. »Als ich klein war, spielte ich mit meiner Schwester im Wald. Da kam ein Mann«, fuhr er aufgebracht fort, »der sprang vom Wagen und packte sie. Ich stand nur da und konnte mich nicht bewegen. Wir haben sie nie mehr gesehen. Meine Mutter starb an gebrochenem Herzen und mein Vater am Wein, da schickte mich ein Onkel zum Betteln auf die Straße. Alles, was mir mitleidige Menschen schenkten, nahm er mir weg. Wenn ich kein Geld nach Hause brachte, schlug er mich mit seinem Stock. Bis ich eines Tages fortgelaufen bin. Bis ich mir selbst genommen habe, was ich brauche. Das ist meine Gerechtigkeit geworden, und ich fahr gut damit.«

Gregor war verwirrt über diese Worte. Plötzlich sah er seinen Widersacher mit anderen Augen. Es war das Leben, das ihn so bitter gemacht hatte.

»Du bist dieses Kind nicht mehr. Du hast einen Beruf und lebst gut davon. Deine Gier macht dich kaputt.«

»Dass du dich in meine Angelegenheiten einmischst,

macht dich kaputt! Ich stech dich ab, du scheißfrommer Kerl!«

Er hieb die Waffe gegen Gregors Gesicht und verfehlte es um Haaresbreite. Gregor wich weiter zurück. Er überlegte fieberhaft, wie er sich wehren oder entkommen konnte. Die beiden standen in der Rinne über dem gewaltigen Mühlrad. Bis zum Ende des Fluders, wo das Wasser in die Tiefe stürzte, war es nur noch ein großer Schritt. Es gab nur einen Ausweg. Er musste den Angreifer überwinden. Er musste vorwärtsspringen, ihn auf dem glitschigen Brett zu Fall bringen und dabei seinen rechten Arm fangen, damit er ihn nicht stechen konnte. Ein sinnloses Unterfangen. Sie würden alle beide in den Tod stürzen. Wieder trieb ihn die Klinge eine Fußlänge nach hinten. Ein Blick in den Abgrund raubte ihm die Sinne und sein Herz schien zu zerspringen. Es war das Ende, ein Entkommen aussichtslos. Seine Gedanken suchten eine ausgestreckte Hand Gottes. Seine Lippen formten einen Namen: Jesus!

Gog sah, wie sich der Mann vor ihm der Verzweiflung ergab. Gregors Hände und Augenlider sanken bodenwärts. Gog dagegen verzog den Mund zu einem gemeinen Grinsen. Jetzt war der Moment gekommen, Gregor das Messer in den Leib zu stoßen. Im Getöse des stürzenden Wassers und des Mühlengeklappers hörte er nicht, wie plötzlich Tilda auf das Podest stürmte. Sie hatte es nicht mehr ertragen können, vom Fenster aus zuzuschauen. Als sie die Stiege hinunterlief, hatte sie nach einer Waffe gespäht und nichts entdeckt. Also hetzte sie mit leeren Händen auf das Plateau. Lieber wollte sie auch draufgehen, als sich tatenlos zu verstecken. Doch da hing ein Flaschenzug unter dem Vordach, eine schwere Rolle von mehreren Pfund an langen Seilen. Geistesgegenwärtig griff Tilda zu. Sie blickte nach oben und maß die Bahn, die die Rolle ausschwingen würde. Sie holte schreiend aus, machte einen Satz auf den Mörder zu und schleuderte ihm dieses Pendel entgegen. Gog schaute sich um, sah das Unheil und riss Mund und Augen auf. Er konnte dem Geschoss nicht ausweichen und der Flaschenzug traf ihn an der Schulter. Die Masse reichte aus, um seinen ohnehin wackeligen Stand zu erschüttern. Er verlor das Gleichgewicht und die Beine rutschten unter dem Gewicht seines Körpers seitlich weg. Sein Rumpf traf nicht auf das schmale Brett der Rinne. Mit einem Aufschrei, der in Mark und Bein ging, stürzte er kopfüber in die Tiefe. Tilda keuchte. Sie stand weinend vor der Wasserrinne, wo Gregor sich auf die Knie hatte fallen lassen. Auf allen vieren kroch er auf sie zu.

\*\*\*

Theo, den Gogs Knecht im unteren Geschoss festgehalten hatte, klinkte die Antriebswelle aus und brachte die Mühle zum Stillstand. Dann lief er hinaus und betätigte den Schieber am Einlauf, der das Wasser vom Fluder weglenkte. Gleich darauf kam das große Wasserrad zum Stehen. Als die Männer Gog aus dem Kanal zogen, war kein Leben mehr in dem Körper. Der Sturz auf den Steinboden des Wassergrabens hatte ihm den Schädel zertrümmert. Sie legten ihn auf eine Handkarre und schoben ihn langsam in die Tenne der kleinen Scheune. Der Mühlenjunge wurde geschickt, um den Pfarrer zu holen. Gregor brachte Tilda in die Stube des Müllerhauses und hielt sie tröstend in seinen Armen.

»Ich, ich habe ihn umgebracht«, schluchzte sie und verbarg das Gesicht in ihren Händen. In der aussichtslosen Situation hatte sie keine Gedanken darüber verloren, welche Konsequenzen ihr Handeln haben werde. Gregor war am Rande des Todes gestanden und sie musste etwas tun, obwohl sie selbst nicht damit gerechnet hatte, irgendwas bewirken zu können. Um ihren Geliebten zu retten, hatte sie ihr eigenes Leben aufs Spiel gesetzt.

Gregor drückte sie an sich.

»Du hast mir das Leben gerettet. Es ist alles gut.«

»Was wird nun werden?«, entgegnete sie.

»Es wird alles gut, glaub mir!«

Die Müllerin brachte eine Wolldecke und wickelte Tilda, die zu frieren und plötzlich am ganzen Leib zu zittern begonnen hatte, hinein. Es dauerte eine Weile, bis sie sich beruhigen konnte. Gregors Gedanken kreisten um die letzten Worte, die Gog gesprochen hatte. Sie wühlten ihn so sehr auf, dass er Tilda in seinem Arm kaum noch wahrnahm. Ob er ihr davon erzählen sollte? Dieser seltsame Einblick in Gogs Kindheit ähnelte Tildas tragischem Erlebnis, als sie als kleines Mädchen von Tanner geraubt wurde. Das konnte unmöglich wahr sein. Konnte Gog Tildas Bruder gewesen sein? Der Bruder einer so sanften und liebenswerten Frau? Unmöglich. Dieser Gedanke kreiste in seinem Kopf wie ein Strudel, der alles andere verschlang. Er strich ihr über den Kopf und wusste nicht, wie er Tilda danach fragen sollte.

Die Müllerin hatte die Feuerstelle geschürt und einen Würzwein aufgekocht. Sie reichte den Anwesenden die dampfenden Becher. Der heiße Wein wärmte die Schäferhäusler inwendig und umschlang ihren aufgebrachten Geist mit Geborgenheit. Gregor konnte sich nicht mehr zurückhalten und fragte so unaufgeregt wie möglich: »Sag mal, erinnerst du dich eigentlich noch an deinen Bruder? Würdest du ihn wiedererkennen?«

Tilda wusste mit der Frage zunächst nichts anzufangen. Schließlich kam ihr der Gedanke, Gregor wolle versuchen, ihre Familie wiederzufinden, wenn sie aus dem Dorf wegziehen müssten.

»Den Georg? Wir waren Kinder. Ich kann mich kaum noch an sein Gesicht erinnern.« Nach einer Weile fügte sie hinzu: »Er fiel einmal vom Bock und das eisenbeschlagene Rad des Leiterwagens quetschte ihm die Finger. Der Bader musste sie abschneiden, seitdem fehlten an drei Fingern die vorderen Glieder. Gott sei Dank war es die linke Hand.«

Theo kam in die Stube, um zu melden, dass der Pfarrer mit einigen Dorfleuten eingetroffen sei. Gregor ließ die beiden Frauen zurück und ging mit ihm hinaus. Der Karren mit der Leiche stand in der Tenne, wo großes Durcheinander herrschte. Unrat und Ziegenkot lag auf dem Boden und Spinnweben hingen von allen Balken. Theo war anzumerken, dass ihm das unangenehm war. Da der Regen aufgehört hatte, schob er den Karren hinaus in den Hof und schloss das Scheunentor. Der Bader besah sich die tödlichen Verletzungen, er tastete die Gliedmaßen ab, öffnete das Hemd und bewegte den blutverschmierten Kopf. Er bestätigte den Tod durch Hirnverletzung. Während die Männer berieten, schlich Gregor wie zufällig auf die andere Wagenseite. Er rupfte vorsichtig an dem nassen Lederhandschuh, dabei brauchte er beide Hände, um ihn endlich abziehen zu können. Die anderen Männer beachteten ihn nicht. An Gogs Hand waren Zeige-, Mittel- und Ringfinger verstümmelt. Die schlechte Arbeit des Wundarztes hatte die Kuppen hässlich verwachsen lassen. Wie die Finger eines Frosches waren die Enden geformt, darum hatte er sie wohl verbergen wollen.

Jemand brachte das Stilett, das er im Wassergraben am Mühlrad aufgehoben hatte, und legte es mit auf den Karren. Dann zogen sie ins Dorf, wo der Verstorbene im Forsthaus für seine letzte Ruhe hergerichtet werden sollte. Die Nachricht ging um wie ein Lauffeuer. Obwohl es bereits dunkelte, war plötzlich das ganze Dorf auf den Beinen. Alle wollten die Neuigkeit hören und erfahren, wie sich das Unglück zugetragen hatte. Manche, die im Fahrwasser des Obmanns ihren Gewinn gemacht hatten, waren betroffen und beschuldigten die Schäferhäusler des Mordes. Viele, die unter der Ausbeutung Gogs gelitten und in Gregor einen Friedenstifter erkannt hatten, bekundeten hinter vorgehaltener Hand ihre Erleichterung. Sie standen in kleinen Grüppchen unter der Linde am Dorfplatz vor Gogs Anwesen und einige wagten sich in den Hof. Erst der erneut aufkommende Regen fegte die Plätze wieder leer.

Gregor und Tilda kehrten ins Schäferhäusl zurück. Was

für ein Durcheinander, das sie vorfanden! Die wenigen Möbel waren umgeworfen, die Stühle zerschlagen, das irdene Geschirr lag in Scherben. Tilda sammelte sie weinend auf und trug sie hinaus. Sie hatten beide keine Worte, begannen einfach wieder von vorne und räumten auf. Im Vertrauen auf den Herrgott baten sie um Segen für alles, was nun kommen sollte. Es würde eine Untersuchung geben, das hatte der Pfarrer ihnen gleich prophezeit. Der Baron würde einen Kommissär schicken, um die Umstände genau zu erforschen.

# Befriedetes Land

Ein halbes Jahr später. Tilda hielt den Maulesel und tätschelte ihm den struppigen Hals. Er nickte zustimmend mit dem massigen Kopf und zog den Karren, der noch fast leer und leicht war. Neben dem Gespann stachen Siegfried und Ewald mit ihren Grabegabeln in den trockenen Boden. Sie hoben das verborgene Knollenwerk der dürren, oberirdischen Stauden und ließen es auf dem Ackerboden zerspringen. Zum Vorschein kamen die goldbraunen Früchte. Immer wieder entdeckte Gregor ein noch größeres Exemplar, mit dem er begeistert zu seiner Tilda hüpfte, um es ihr zu zeigen.

»Schau nur, Tilda! Was für eine fette Kartoffel!«

Tilda hielt sich den Bauch vor Lachen – was sie zunehmend anstrengte. Ja, sie freute sich mit Gregor, mit dem sie im kleinen Schäferhäusl hatte bleiben dürfen. Die Untersuchung zu Gogs Tod stand auf Messers Schneide, doch es gab etliche Dörfler, die den jungen Leuten die allerbeste Rechtschaffenheit bezeugten. Der Baron sprach die beiden frei. Bald bezog ein Verwalter den Forsthof. Der war ein strenger, älterer Herr, der als treuer Obmann die Frondienste für den Säckel des Barons weiterhin einforderte. Trotz alledem aber hatte er das Herz am rechten Fleck.

In den warmen Herbsttagen war das Kartoffelkraut nun endgültig abgestorben und verdorrt. Die beiden Brüder, die Frieden miteinander geschlossen hatten, stachen in den

Boden und Gregor rieb die Kartoffeln sauber. Er sammelte sie in einem Korb, den er zwischendurch auf den Karren entleerte. Allen Befürchtungen, neidischen und boshaften Verwünschungen zum Trotz hatten sich die Feldfrüchte sehr gut entwickelt. Gregor war zufrieden und glücklich mit Tilda, die unter ihrem Kleid einen runden Kindsbauch trug. Er machte schon Pläne, wie er das gemeinsame Zuhause ausbauen und vergrößern könnte.

Als er sich wieder zu Tilda umdrehte, erblickte er einen seltsamen Aufmarsch am Schäferhäusl. Mindestens ein Dutzend Leute standen dort. Jemand winkte und rief ihm etwas zu. Gregors Herz begann zu pochen. Er ließ den Erntekorb fallen und grübelte, was nun wieder passiert sein konnte. Zorn und Angst stiegen zugleich in ihm hoch. Vermutlich waren es wieder Zweifler, die seine Kartoffelernte verhindern wollten.

»Bleib hier!«, befahl er Tilda.

Er stapfte auf das Anwesen zu. Siegfried und Ewald folgten ihm. Als er näherkam, erkannte Gregor den alten Obmann, aber auch einige Freunde in der Gruppe und bemerkte ihre zweifellos freundlichen Gesichter. Ihr Besuch musste einen anderen Grund haben.

Der Obmann kam ihm ein paar Schritte entgegen und als Gregor mit gerunzelter Stirn vor ihm stand, da hielt er ihm ein Papier entgegen.

»Mein guter Gregor«, begann er seine Ansprache, »Ihr habt wahrhaft treue Freunde, die sich für Euch stark gemacht haben. Mit dem alten Bestallungsbrief aus Eurer Jugend sind sie zu mir gekommen und ich habe ihre Bitte mit dem Baron von Waldenau beraten. Der Baron braucht wieder einen tüchtigen Förster und es gibt keinen besseren als Euch. Diese Urkunde ...«

Vielleicht spürte Gregor in diesem Moment Tildas verstörten Blick in seinem Rücken, die währenddessen besorgt das Trösterlein in ihrer Hand drückte. Er drehte sich um, winkte ihr zu und juchzte vor Freude.

# Alter Freund

Gregor stand vor dem Pfarrhaus, das seine besten Jahre längst gesehen hatte. Die dunkelgrüne Farbe der Haustür war verwittert. Eine schmale Verglasung darin war mit einem geschnitzten Rahmen hübsch eingefasst, doch von den Blumenkonturen waren einige Stücke weggebrochen. Er strich mit dem Finger über eine der beschädigten Stellen und spähte durch das Fenster in die dunkle Diele. Nichts zu sehen. Er klopfte und lauschte. Die Haushälterin kam angetrippelt und öffnete wortlos. Sie erwartete den Besucher bereits und führte Gregor hinauf zur Kammer des Geistlichen.

Auf einem kleinen Tischchen stand ein Lazaruskreuz, auf das der Siechende zu jeder Zeit blicken konnte, daneben zwei brennende Kerzen. Seit Wochen trugen ihn die wackeligen Beine nicht mehr und dies fesselte ihn ans Bett. Er erwartete das Ende. Gregor erschrak ein wenig über den schnellen Verfall seines Freundes. Dünne weiße Haare standen ihm vom Kopfe ab, die Wangen waren eingefallen und die Augen lagen tief in den Höhlen. Gregor öffnete das Fenster und ließ frische Luft herein.

»Die Kerzen nehmen Euch die Atemluft. Ich mach ein wenig auf.«

»Ja, mein lieber Gregor. Ist schon recht. Dann setz dich zu mir. Ich habe auf dich gewartet.«

Mit dem Dorfpfarrer hatte sich eine enge Freundschaft

entwickelt. Seit Gog nicht mehr am Leben war, unterstützte Gregor die christliche Gemeinschaft noch mehr. Er war ihr Mesner, Glöckner, Orgelbalgtreter, Totengräber, Lehrer der Messdiener und vieles andere.

»Ihr habt nach mir geschickt, Vater Michael!«

Der Greis streckte die Hand aus und Gregor nahm sie freundlich.

»Ich spüre, dass ich nicht mehr viel Zeit habe, Gregor. Die alten Knochen wollen nicht mehr. Schon bald wird ein neuer Pfarrer meinen Platz einnehmen müssen, doch nie wird er ermessen können, was du für uns getan hast. Ich habe über vieles nachgedacht und bin dir so sehr dankbar. In den vergangenen Jahren hat sich alles zum Guten gewandelt, das hätte kaum einer zu träumen gewagt.«

Gregor wehrte ab. Er wollte sich nicht rühmen und verzog, wie immer, nur das Gesicht. Der Pfarrer hatte beobachtet, dass sein Freund davon nie etwas hören wollte. Erst dachte er, es wär nur Bescheidenheit, doch seit Langem vermutete er, dass mehr dahintersteckte. Das wollte er noch unbedingt erfahren.

»Was ist es nur, Gregor, das dein Herz quält? Deshalb ließ ich dich kommen. Ich kann nicht in Frieden scheiden, wenn ich dich in Sorge weiß.« Gregor wich der Frage aus, doch umso eindringlicher bat der Alte um ein ehrliches Wort.

»Vater Michael, ich sehe natürlich, dass sich vieles verändert hat – was für ein Segen! Trotzdem kann ich es nicht als Sieg empfinden. Ich meinte, ich hätte Gottes Ruf gehört. Damals, als ich im Dreck lag und feindliche Soldaten mich wie durch ein Wunder nicht mordeten, gab ich das Versprechen, von da an Gottes Knecht zu sein. Ein Krieger des Friedens, mit einem geheimen Auftrag.« Gregor schwieg einen Moment. Die funkelnden Augen des Pfarrers blickten ihn fragend an, so fuhr er fort. »Überwinde das Böse durch das Gute! Dieses Pauluswort war seither mein Geheiß, das Gott selbst mir zugesprochen hat. Ich habe es nicht geschafft. Ich konnte den Dämon in diesem Dorf nicht besiegen. Ich laste es meinem Versagen an. Auch nach Gogs Tod haben sich nicht alle Menschen bessern wollen. Seht nur meinen Nachbarn, den Bader. Er will das Gute nicht tun und sinkt immer tiefer in seinem Hass. Ich kann das Böse nicht überwinden, Vater Michael.«

Der Pfarrer schloss die Augenlider und runzelte die Stirn. Hätte er nicht ganz sachte genickt, so hätte man meinen können, er wäre über der Klage Gregors gestorben. Dann schluckte er plötzlich laut und entgegnete: »Das ist eine interessante Geschichte, mein Freund. Aber hast du wirklich geglaubt, du könntest die Sünde ausrotten?« Gregor antwortete nicht. »Ich will dir eine Frage stellen: Was ist der Kern deines Glaubens?«

Gregor überlegte nicht lange, schließlich hatte er im Kloster und in der Klause sehr tiefgründig studiert.

»Ich glaube an Gott, den Vater, der Himmel und Erde erschaffen hat. Und an Jesus Christus, seinen Sohn, der in die Welt kam, um uns zu versöhnen, und der die Schuld unserer Sünden auf sich genommen hat. Und an den Heiligen Geist, der in unseren Herzen Wohnung nimmt und uns den Weg weist.«

»Brav! Es heißt, dass Gott die Welt so sehr geliebt hat, dass er seinen eigenen Sohn hingab. Er hat durch seinen Tod die Sünde und das Böse überwunden. Aber sein Werk geht über das Diesseitige hinaus, auf dass jeder, der an ihn glaubt, ... na?«

»Auf dass jeder, der an ihn glaubt, gerettet ist!«, ergänzte Gregor.

»Richtig. Wir sind in der jenseitigen Welt gerettet, weil wir uns in der diesseitigen entschieden haben zu glauben. Aber der Satan bleibt trotz Christi Sieg der Fürst dieser Welt. Das Böse ist nicht zu bezwingen. Es bleibt für immer unter uns. Und was noch mal hattest du durch deinen Kampf erwartet? Etwa, dass du den Fürst der Welt bezwingen kannst? Versteh doch, dass sich durch dein gutes Werk viele unserer Dörfler vom Bösen abgewandt haben und deshalb im zukünftigen Leben gerettet sind. Besser hättest du deinen Auftrag nicht erfüllen können.«

Der alte Pfarrer lächelte über die Weisheit seiner eigenen Worte. Er hatte Gefallen an solchen Einsichten und sann gleich darauf, dies später aufschreiben zu wollen.

»Ich weiß, was Ihr meint. Ihr seid mir ein sehr guter Lehrer. Aber Gog ist tot. Seine Seele ist nicht gerettet. Wenn ich doch ihn hätte gewinnen können ...«

»Ja, das ist wahr, aber es ging nicht. Deine Aufgabe war es, uns wachzurütteln, uns an das Gute zu erinnern.«

Der Pfarrer musste husten. Gregor half ihm hoch und stopfte ihm ein zweites Kissen in den Rücken. Er reichte ihm einen Becher, der mit Wein gefüllt war, und der alte

Mann trank davon. Er lächelte dankbar und ließ sich wieder nach hinten sinken.

»Ich freue mich sehr auf das, was kommen wird. Das Leben auf dieser buckligen Welt ist doch nur ein kleiner Vorgeschmack«, hauchte er heiser.

»Darf ich Euch noch etwas zumuten, Gevatter?«

»Nur raus damit!«

»Ihr kennt es schon. Lange Zeit habe ich es verdrängt, mich damit beruhigt, dass ich zur Sühne einen Auftrag meines Gottes angenommen habe. Was du mir vorhin zugesprochen hast, ist mir ein großer Trost, doch noch immer trage ich die Schuld, dass ich einen Menschen getötet habe. Damals, als Soldat.«

Der Pfarrer hob ein wenig die Hand und winkte ab. Gregor hatte es in einer Beichte vorgebracht und sie hatten später noch einmal darüber geredet.

»Ich sehe das Gesicht des jungen Burschen noch immer vor mir. Es verfolgt mich und klagt mich jeden Tag an. Ich kann es mir nicht verzeihen. Er lag auf dem Boden, verwundet. Ich habe ihm das Bajonett in die Brust gespießt, so wie ich darauf gedrillt worden bin, ...« Gregor zögerte ein wenig, dann sprach er mit leiser Stimme weiter, »... unbarmherzig zu sein. Aber es war im Krieg. Wir hatten den Befehl, alle zu ...«

»Hör auf, Gregor! Rechtfertige dich nicht – davon bekommt deine Seele keinen Frieden. Ich möchte dich etwas fragen. Ist Christi Tod nicht genug?«

»Was? Was meint Ihr?« Gregor zweifelte, ob er die Frage richtig verstanden hatte. Er kratzte sich am Kopf und starrte den alten Freund verunsichert an.

»Christus hat den schrecklichsten Tod erfahren, der damals vollstreckt wurde. Denk nur an die Geißelung, die Dornenkrone, die Kreuzigung und das Schlimmste – die Trennung vom Vater. Für alle Schuld der Welt büßte er stellvertretend, auf dass wir Glaubenden frei sein können. Und jetzt frage ich dich: Ist das alles für dich noch nicht genug? Was meinst du, müsste der Sohn Gottes noch ertragen, damit du zufrieden sein könntest?«

Gregor starrte den Greis betroffen an. In seinem Kopf formten sich Bilder der Kreuzigung und ihm wurde übel. Er wandte sich ab, erhob sich und ging zum Fenster. Als er die frische Luft in seine Lungen sog, tropfte eine Träne auf das dunkle Brett.

Es war genug. Es war alles längst genug! Gregor weinte lautlos und blickte hinab auf die Straße. Da war plötzlich ein Kinderlachen und er erinnerte sich an den tristen Herbsttag, als er vor Jahren mit Tilda ins Dorf gekommen war. Es stimmte: vieles hatte sich zum Besseren verändert und Christi Opfertod war für alle Verfehlungen mehr als genug. Er war ergriffen von den Worten des Pfarrers, sie waren wie ein heilender Balsam für seine Zweifel. Er wollte in diesem Moment weinen und lachen zugleich. Und mit einem Male waren am Himmel Schwalben, die mit seiner Seele tanzen wollten, die voller Lebensfreude ihre Bahnen zogen. Ohne der Welt Sorgen – in Freiheit und Frieden.

Glückselig die Friedenstifter,
denn sie werden Söhne Gottes heißen.

Glückselig die Sanftmütigen,
denn sie werden das Land erben.

## Quellenverzeichnis

Der Einsiedler von Heiligenberg.
Erzählung aus dem Leben für Jung und Alt aus dem Bürger- und Bauernstande.
Corbinian Lohmayer, 1836

Die Belagerungen Colbergs im siebenjährigen Kriege.
Hans von Held, 1847

Die Bibel.
Elberfelder Übersetzung

## Der Autor

Fred Haller wurde 1967 geboren und wuchs in einem sehr überschaubaren Dorf in Niederbayern auf. Zu seiner heutigen Passion, dem Schreiben, fand er erst über Umwege. Seine historischen Werke "Matzeder", "Die Saumatz" und "Das große Fieber" finden große Beachtung. Er lebt mit seiner Frau im Rottal.

**Buchempfehlung:**
# Die Saumatz
ISBN 978-3-00-057576-1

Für die einfachen Kleinbauern in Niederbayern ist das 19. Jahrhundert eine arme und harte Zeit. Besonders, wenn man den Makel der unehelichen Geburt trägt. Fanni wächst trotzdem zu einer lebenslustigen und starken Frau heran. Keiner braven allerdings, und so muss sie ihren Herrgott oft um Verzeihung und Hilfe anflehen. Als ihr Leben wieder einmal in Trümmern liegt, träumt auch sie vom Glück in der Neuen Welt.